文春文庫

消失者

アナザーフェイス4

堂場瞬一

文藝春秋

消失者
アナザーフェイス４◎目次

消失者

アナザーフェイス4

第一部　あるスリの死

1

『まだまだ……待て。焦って動くな……よし、目だけで相手を追え』

大友鉄《おおともてつ》は、イヤフォンをきつく耳に押しこんだ。無線から流れる指示は囁き声で、ともすれば耳からこぼれ落ちそうになる。

『大友』

突然森野《もりの》から呼ばれて、大友は背筋を伸ばした。

『首から上を動かすな。目だけだ、目』

ご丁寧な指示で……かなり遠くにいるのに、よく見えるものだ。皮肉に思ったが、逆らっても意味はない。「了解です」とだけ答え、ペデストリアンデッキの手すりに右手を預けた。小田急の駅舎に背を向けた格好で顔を固定し、視界に入る光景を記憶に落としこもうと努める。冷たい風が襟首を撫で、思わず身震いした。

アコースティックギターの音色と、アンプで増幅された澄んだ声が、かすかに聴こえてくる。数十メートル離れた場所で、路上ライブが開かれているのだ。演奏しているのは、この辺では少しは名前が知れた人間かもしれない。人垣が二重三重になり、ちょっとした集会の様相になっている。週末の町田ならではの、ざわついた雰囲気。普段よりもずっと人出が多く、一人の人間を警戒するのは難しそうだ。

ＪＲと私鉄の駅は、同じ名前であっても必ずしも駅舎を一緒にしない。町田駅はその典型で、両者は百五十メートルほど離れている。小田急の方からＪＲに向かうと、途中でデッキが左右に分かれ、左側に町田モディを、右側に丸井を見ながら歩いて行く格好になる。右側のデッキには屋根があるが、左側は吹きさらしで、冬場の寒風、夏の強烈な日差しが、乗り換え客の元気を奪う。

今、大友と数人の刑事が、そのデッキ周辺に張りついていた。ＪＲの駅前にあるちょっとした広場――ドーナツ状に屋根が取り囲み、中心にある銀色のモニュメントは、息子の優斗《ゆうと》のお気に入りだ――に三人、デッキの両端、それに真ん中に一人ずつ三人。盗犯を担当する捜査三課のベテラン刑事である森野は、広場に陣取って全体の指揮を取っている。大友の配置は、デッキの西側、小田急の駅側寄り。細長い通路をじっと見つめつつ、一瞬腕時計に視線を落とした。

土曜日の午後。自宅に近いこんな場所で何をしているのだろうと少しばかりうんざりした気分になったが、何もなければ間もなく任務は終わる。留守番をしている優斗は、そろそろ自分の面倒を自分で見られる年齢になってきたが、いつまでも放っておくわけにはいかない。帰りに、小田急百貨店の地下街で夕食の材料を仕入れて——駄目だ。デパ地下は、街場のスーパーに比べて三割方値段が高い。給料日前だから少しセーブしなければならないわけで、今夜は冷蔵庫の掃除になるか……ちまちまと残った野菜を入れた焼うどん。最近の優斗の好物で、何といっても安く上がるのがいい。義母の聖子《せいこ》は「栄養バランスが悪い」と眉をひそめるのだが、構うものか。野菜がたっぷり入るから、体にもいいはずだ。

冷蔵庫に残っているのは、確かレタスが半分、人参一本、肉厚の干しシイタケ——忘れずに砂糖を入れたぬるま湯で戻すこと——が二つ三つぐらいか。肉を少し買って、せめてスープでも作ろう。

今夜の献立が、一瞬にして頭から吹き飛ぶ。まず、耳に飛びこんできたのは、女性の短い悲鳴だった。体を伸ばし、声を上げた当人を捜して周囲を見回す。その瞬間、再び指示が耳に飛びこんできた。

『平山《ひらやま》だ！　被害者は黒いコートを着た中年男性！　平山は小田急の駅方向へ逃走中！』

森野の指示は的確だった。振り向くと、ＪＲの駅前広場とデッキのつなぎ目付近、路上ライブが開かれている場所のすぐ近くで、膝丈の黒いコートを着た男が、呆然と立ち尽くしている。口をぽっかりと開け、泳ぐように両腕を前に突き出した。その前を行く男は、七十二歳という年齢が信じられないほどのスピードで、軽い前傾姿勢を取って走っている。自分の方に来る、と緊張を高めながら、大友は素知らぬ顔をした。近づいて来たら立ちはだかり、足払いをかける――それで十分だ、と配置につく前に森野は請け合っていた。「奴も最近、さすがに衰えてきた」と、いかにも嬉しそうに言ったものである。「お前が格闘技が得意じゃないのは知ってるが、十分捕まえられる」と。

人を応援に呼んでおいて、ひどい言い草だと思ったが、大友は愛想笑いを浮かべてうなずくだけにした。森野は、捜査三課の中でも強面《こわもて》で知られている。反論すれば、二倍になって自分に跳ね返ってくるのは明らかだった。もっとも彼の特徴は、それだけではない。驚異的な記憶力の持ち主で、頭にインプットされているスリの常習犯の数は、軽く三桁を超えると言われているのだ。趣味は、渋谷のスクランブル交差点に立つこと。じっと観察を続けて、たまたま見かけた指名手配犯を逮捕したことが過去に三回あるという。定年間近だが、最近は何故かとみに張り切っているという噂が、刑事総務課に勤務する大友の耳にも入ってきていた。それほど親しくない――実際、ほとんど面識はなかった――ので、理由を聞いてみる気にはならなかったが、人生をリセットする時期には、心構えも変わるのかもしれない。

大友は静かに、しかし意識して緊張を高めた。森野が追い続けているスリの常習犯、平山が、間もなく自分の位置まで到達する。猶予は数秒ほど。その短い時間で、大友は平山の特徴を頭に叩きこんだ。短く刈りこんだ白髪。深い皺一本一本の奥まで日焼けした、面長の顔。目は細く、唇は薄い。腰丈のブルゾンにグレーのズボンという格好で、動きを重視したのか、足元はスニーカーだ。ナイキの、いかにも軽そうなモデル。前に優斗に買ってやったのと似ている。さすがに七十二歳の男が履くと、足元だけが浮いているように見えた。左胸に抱えているのは、鈍い銀色に輝く小型のアタッシュケース。おそらくゼロハリバートンだろう。

ここ数か月、町田駅周辺ではアタッシュケースがひったくられる事件が頻発していて、平山に容疑がかけられていた。元々混み合う電車の中などでのスリを得意にしていた平山は、最近ずっと荒っぽいひったくりに転向した、というのが森野の読みだった。

被害者が慌てて走り始めたが、そもそも平山が犯人だと気づいているかどうか、怪しい。あんな風にアタッシュケースを抱えられてしまっては、背後からは見えないはずだ。

「誰か！　泥棒だ！」必死で叫んだが、周囲の人たちは反応しない。初冬の冷たい風を避けるように、背中を丸めて急いでいる。結構だ……下手に周りの人が騒ぎ始めると、やりにくくなる。

さりげなく前へ歩き出した瞬間、第二の悲鳴が聞こえた。複数の、若い女性の声。まさか、別の事件か？　大友は、声がした方——自分の背後だ——に首を巡らした。

『大友、集中しろ！』

森野の指示が飛ぶ。だが今は、それに従っていられなかった。

視界に、デッキの手すりから半分身を乗り出し、今にも落ちそうになっている男の姿が入る。まさか、飛び降り自殺？　手すりは、大人の男の胸ぐらいの高さしかなく、乗り越えるのは難しくない。周囲では数人の人間が立ち止まっていたが、誰も助けようとしなかった。いや、周りにいるのは女性ばかりだから、簡単には手を出せないだろう。

大友は反射的に駆け出した。森野が『大友！』と怒鳴ったが、無視する。冗談じゃない、目の前で自殺なんかされてたまるか。

男は、腹を支点にするように、手すりに危うく乗っかっていた。細身のジーンズを穿いた両足は伸び切っており、それで辛うじてバランスを取っている感じである。足をばたばたさせているので、黒いスニーカーが忙しなく交互に上下した。飛び降り自殺ならさっさと飛び越えるはずだが、いったい何をやっているのだろう。いや、理由などどうでもいい。大友は男の両足を抱えると、思い切り体重をかけてデッキ側に引き下ろした。相手の体重は、大友が予想していたよりずっと軽い。勢い余って尻餅をついてしまい、鋭い痛みが走った。脳天に突き抜ける痛みを我慢しているうち、どこか遠くで森野の籠った声が聞こえた。イヤフォンが外れたのが分かり、慌ててはめ直す。

『阿呆！　何やってるんだ。逃げちまったぞ！　小田急の方だ。さっさと追え！』

お言葉ですが、と反論しかけ、大友は口を閉ざした。自殺志願者を助けようとしたんです、と頭の中で台詞を転がしたが、肝心の男の姿は、既になかった。人垣の向こうを、同僚の刑事たちがばたばたと走り抜けて行く。大友は慌てて立ち上がり、彼らの後を追った。この先を右へ曲がれば、小田急の駅。真っ直ぐ行くと、バスターミナルの上のデッキに出る。どっちだ……刑事たちが右へ曲がるのを見て、大友もそれに従った。

デッキの上は透明な屋根になっており、柔らかい日差しが降り注いでいる。それにしても人が多い……土曜の午後、買い物を楽しむ人たちで、駅の周辺が埋まり始めているのだ。ジグザグに走らざるを得なくなり、先を行く刑事たちから遅れてしまう。

改札へ向かう階段を下りると、頭を上から押さえつけられた感じになる。毎日利用するこの駅は、微妙に天井が低いのではないだろうか。白とグレー、茶色のタイルが構内の床に敷き詰められている。そのタイルを打つ、刑事たちの足音が耳に飛びこんできた。森野からの具体的な指示はない。犯人を見失っているのか……刑事たちは改札の前で二手に別れた。小田急町田駅の改札は、このフロアに東西南北四か所、さらにホームから小田急百貨店に直結する一か所の計五か所がある。逃げこみやすいが、ホームは上りと下りしかないので、そちらで押さえられるかもしれない。

大友は立ち止まって呼吸を整えながら、周囲を見回した。改札からホームを抑えるだけでは十分ではない。走って逃げるとしたら南口や東口——昔からの市街地である原町田方面に出る——それに北口——大友の家がある方だ——が使える。さらに百貨店内に逃げこむとか、下りてバスやタクシーを拾う手もある。

『ホームをチェック！　出口を固めろ！』森野の指示が飛ぶ。それは妥当だが……大友は踵《きびす》を返し、ＪＲの駅の方へ戻り始めた。先ほど通ってきたデッキを駆け抜け、バスターミナルへ向かう。転げ落ちるようなスピードで階段を下り、周囲をぐるりと回って平山の姿を捜したが、見つからない。クソ……人数的にはこちらの方がはるかに有利だが、相手は逃げることならお手の物だろう。年を重ねて反射神経もスタミナも失われていても、逃走のノウハウだけは持っているようだ。

逃げられた、と確信する。重い足取りでデッキに上がり、手すりに体をもたれかけさせて街を見渡す。市の北西部へ向かう三本の大通り、そのうちの一本が目の前にあった。右側に銀行、その奥が少しだけ高台になった駐車場だ。道路沿いには細いビルが建ち並んでおり、交通量も多い。タクシーに注意してみたが、平山の姿は見当たらなかった。

呼吸を整えながら小田急の駅の方へ引き返そうとした途端、イヤフォンから森野の声が飛びこんできた。

『阿呆、何やってるんだ！』指示ではなく激怒。『全員、集合だ』

何かをぶつけるような音。もしかしたら無線機を叩きつけ、踏み潰してしまったのかもしれない。だが次の瞬間には、もう一度怒声が耳に突き刺さった。

『全員、集合！　南口を出たところだ！』

僕が一番遠いんじゃないだろうか……うんざりしながら、大友は走り出した。今日は張り込み、さらに身柄確保があるかもしれないから、身軽に動けるようにとスニーカーを履いてきたのだが、それでも先ほどの全力疾走が尾を引いて、足ががくがくする。いつまでも若いつもりでいても、体力は確実に衰えているのだ。最近、優斗と遊ぶ時も、すぐに息が切れてしまう。まあ、あいつもそろそろ、父親となんか遊びたくなくなる頃だけど。

——嫌な予感がした。目の前で犯人を取り逃がしてしまったのだから、このまま解放とはいくまい。今晩、優斗と食事をするのは無理そうだ。電話を入れなくてはならないのだが、今はそんな暇すらない。

そもそも、どうして自分がこんな仕事に引っ張り出されているのだろう、とかすかな不満が湧き上がってきた。もちろん地元ということはあるが、それを言ったら町田に住んでいる警察官は他にもたくさんいる。頭の中で捜査三課の名簿をひっくり返してみたが、覚えている限り、三人はいたはずだ。

まあ、文句を言っても仕方がない。逆らえない人間からの命令なのだから。

大友は、昨日の退庁間際にかかってきた電話を思い出していた。

「明日正午、JR町田駅前の広場に行ってくれ」

「何事ですか？」

刑事部のナンバースリーである特別指導官の福原聡介《ふくはらそうすけ》から電話がかかってくる時は、ろくなことがない。長年の経験から、大友には分かっていた。とはいえ、かつての直属の上司——捜査一課時代だ——であり、現在も逆らえない。

「ちょっと、捜査三課の仕事を手伝ってくれ」

「三課ですか？　一課ではなく？」今まで何回か、大友は福原の命令で一課の特捜本部事件に投入されてきた。いずれも一癖ある事件で、自分の能力を福原が生かそうとしたものだ。必ずしも成功してきたとは言えないが……。

「ひったくりだ」

「ひったくり」繰り返しながら、大友は体から力が抜けるのを意識した。刑事部の中で、捜査一課は殺人や強盗などの凶悪事件、捜査三課は窃盗事件を担当するという住み分けがある。ひったくりやスリは当然、捜査三課の担当だ。誰でも被害に遭う危険性があるという意味で、ひったくりもスリも極めて悪質な犯罪なのだが、それでも殺人とは重みが違う。

「三課の森野部長を知ってるな？」

「巡査部長」を「部長」と呼ぶのは、警察独特の習慣だ。もちろん「刑事部長」も「部長」なのだが、巡査部長と刑事部長を取り違える人間はいない。

「ええ」職人気質の超ベテラン。話したことはなかったが、扱いにくい男だという噂は聞いている。

「その森野が、応援を要請してきている。お前を出すことにした」

「三課に人手が足りないとは思えませんが。所轄にも……」溜息をつき、大友は電話を握り直した。どういう状況で逮捕を狙っているのかは分からないが、それほど大変なことにはならないはずだ。

「いいから、手伝ってやってくれよ」

福原が猫撫で声を出したので、大友は仰天した。この男はいつも、格言めいた台詞を引いて、強引に仕事を押しつけてくるのだ。こんな風に下手に出て頼みこんでくるなど、初めてではないだろうか。

「構いませんけど、明日は土曜ですし……」

「優斗はサッカーか？」

「それもありますけど、週末ぐらいは、ちょっと手の込んだ物を作って食べさせたいんですよ」

「ああ、この件はそんなに時間がかかるとは思えない」即座に福原が言った。「スリを一人、捕まえるだけなんだ。現行犯で逮捕できればそこで終了、何もなければいずれ解散するよ」

「いずれ、ですか」

「俺からもよく言っておくから」どうも今日の福原は弱気だった。「遅くならないうちに解放するようにさせるよ」

「分かりました」どうせ断れるわけもないのだ、ここは素直に引き受けておくしかない。

「それで、ターゲットは？」

「平山という男らしい。スリの常習犯で、今年七十二歳になる」

「ずいぶん年季の入ったスリですね」

「成人してからのほとんどを刑務所で過ごしてきたタイプだ。捕まって、服役して出てきてはまたスリをやって……森野部長が今までに三回、捕まえている」

「因縁の相手、ということですね」

「そういうことだ。十年ほど前に出所してからは大人しくしていたらしいんだが、最近またちょいちょい悪さをしてるらしくてな。いい加減、森野部長も引導を渡すことにしたようだ」

「七十二歳のスリですか……」

「今はひったくりをやってるらしい。さすがに七十二歳になると、スリに必要なしなやかな手の動きが失われるんだろうな」

こうなるともう、習癖としか言いようがない。呼吸するように人の財布を盗んで生きてきた男なのだろう。

「その筋では有名な人間なんですか？」

「電車の揺れに合わせて、微妙に手を動かすような人間だ。尻ポケットから財布を抜かれても気づかれないんだぞ」

大友には驚きだった。普通、電車の中でのスリは、開いたバッグなどを狙う。それが本当だとすると、平山は本当に「名人」だ。

「とにかく、手伝い、よろしく頼む。それと、昼飯は食ってからいけよ」

「どうしてですか？」

「森野が、昼食休憩を取るとは思えない。そういうタイプの人間なんだ」

昼食休憩を取らない人間……その意味を大友は捉えかねていたが、平山を取り逃がした後の「反省会」で、何となく分かってきた。

一秒たりとも、じっとしていられない男なのである。さすがに路上で反省会を開くのは憚《はばか》られたのか、集合場所は駅前にある交番に変わったのだが、全員の顔が揃った瞬間――大友が最後だった――狭い交番の中を行ったり来たりしながら、大声で文句を言い始めたのである。活動亢進というか、とにかく落ち着かない。こんなことで、よく渋谷のスクランブル交差点で粘り強く犯人を待ち続けられるものだ。

森野の怒りは、まず大友に向いた。

「どういうことなんだ」

「申し訳ありません」下手に言い訳するよりはと、大友は深々と頭を下げた。この手のタイプは、自分の気に入った答えが返ってこないと怒りを爆発させそうな気がする。

「いいから説明しろ！」

デスクを思い切り蹴り上げる。交番ではベテランの警部補がデスクについていたのだが、苦笑いするだけだった。どうやら森野の性癖は、所轄にも知れ渡っているらしい。

大友は一つ深呼吸してから説明を始めた。

「デッキの手すりを乗り越えて、飛び降り自殺しようとしている若い男がいたんです。目の前のことでしたし、見捨てるわけにはいきませんでした」

「本当か?」森野が目を見開く。

「間違いありません」嘘なら、もっとそれらしい材料を用意する。苦笑しているのを悟られないように、大友は視線を下に向けた。

「どうなんだ、え?」森野が周囲を見渡して叫ぶ。「それで間違いないのか?」

「はい、あの……確かにそうでした。自分も見ました」恐る恐る手を挙げたのは、応援に駆り出された所轄署の若い刑事だった。

「間違いないんだな?」さらに声のトーンを上げて森野が念押しをする。

「はい。間違いありません」おどおどしてはいたが、若い刑事は証言を引っこめなかった。大友にすれば、格好の援軍である。

「よし」ようやく納得したのか、森野が立ち止まった。が、表情はさらに険しくなっている。「それで、平山はどこへ行った? それと、被害者の事情聴取は」

交番の中が静まりかえった。そう、平山を追うことに集中するあまり、アタッシュケースを奪われた被害者への接触を怠っていた。

「現場だ!」森野が叫ぶ。「被害者を確保しろ。ここを拠点にする。いいか、お前ら、気を抜くな! 平山をこのまま逃すわけにはいかん!」

言うなり、森野が先陣を切って飛び出して行った。他の刑事も慌てて跡を追う。大友はその場に残り、警部補に頭を下げた。

「どうもすみません。ご迷惑をおかけして」

「いや、まあ、いいんだけどね」警部補は苦笑を浮かべるだけだった。「奥の部屋でも使ってもらえば」

「申し訳ありません」

「仕事だからね……ところであんた、大友さんだよね？」

「ええ」どこかで会ったことがあるだろうか、と大友は首を捻った。この交番は、大友が住む街とは線路を挟んで反対側にある。普段歩く場所ではないから、前を通りかかったことさえほとんどないのに。

「町田に住んでるんだろう？」

「北口の方ですが」

「管内に住むお仲間ぐらいは把握してるよ」

そういうことか。大友はうなずき、この会話を終わりにした。警部補はまだ話したそうだったが、先に走り出した森野たちが気になる。

「森野さんも相変わらずだね」

「知ってらっしゃるんですね」

「あの人は、有名人だから」警部補がにやりと笑う。「ま、呑みこまれないように気をつけてね。定年が近いのに、あんなに元気な人はいないよ」

「大友！」遠くで森野が叫ぶ声が聞こえた。

「失礼します」苦笑しながら、大友は交番を飛び出した。まったく、福原もとんでもない仕事を割り振ってくれたものだ。

2

被害者は消えていた。

駅前交番に駆けこんでくるか、現場で右往左往しているのではと大友は予想していたのだが、見当たらない。一一〇番通報もなし。これは僕のミスじゃないからな、と大友は珍しく皮肉に考えてしまった。自分は、被害者からは遠い位置にいた。一番近くにいた刑事が直ちに身柄を確保し、事情聴取すべきだったのだ。

文句を言っても仕方ない。とにかく捜さなければ……大友は、先ほど交番で自分の証言を裏づけてくれた所轄の若い刑事、岩波《いわなみ》とコンビになった。

「変な話ですよね」歩きながら、岩波が首を傾げる。

「思い切り変だ」大友も同意した。「盗まれたアタッシュケース、見たか?」

「いや、自分は後ろの方にいたので……すみません」頭を下げると、長髪がふわりと揺れた。ファッションで伸ばしているのではなく、床屋に行く暇さえないのだろう。はっきり言えば、みっともない。

「それは仕方ない」大友は、平山が抱えたアタッシュケースを思い浮かべた。ケース自体もそれなりに高価な物だろう。それよりも、ああいう頑丈なケースの中には、大抵大事な物が入っているはずだ——重要書類とか、それこそ大金とか。なのに被害者が名乗り出てこないのは何故だ？

「被害者は？」

「あまりはっきり見てません」申し訳なさそうに岩波が言った。「中年の男ですよね」

「初老、かな。五十歳は超えてると思う」中肉中背。黒いコート。ネクタイの色はグレーだった。もう一度会えば顔は思い出せると思うが、説明しろと言われると困る。特徴に乏しい顔だったのは間違いない。

「俺には、そこまで年取ってるようには見えませんでしたけどね」

「後ろにいたんだろう？」

「……そうでした」しょげ返って、岩波が頭を垂れた。

「何でそんなに落ちこんでるんだ？　平山を取り逃がしたのは僕なんだけど」

「チャンスだと思ったんですよ。ひったくりでもスリでも、捕まえれば手柄になりますから。それに、そんなに面倒な仕事じゃないと思ってました」

　やる気があるのはいいことだが、手柄だけを気にしていると、往々にして失敗するものだ。しかし岩波の気持ちは、まだ折れていないようだった。道行く人を捕まえては、先ほどの事件の被害者を見なかったか、と質問をぶつけていく。大友も手当たり次第に話を聴いたが、こういうやり方が非効率的なのは分かっていた。このデッキは単なる通路であり、人は常に流れて行く。おそらく三分ほどで、ここにいる人たちは完全に入れ替わるだろう。

「場所を変えよう」大友は後ろから岩波の肩を叩いた。

「はい?」

「デッキの両脇の店。あの辺なら、事件があった時から座っている人がいるかもしれない」

「ああ、そうですね」

大友はまず、自殺騒ぎがあった場所の正面にあるビルのカフェに入った。反射的に腕時計を見る。事件が起きてから、既に二十分が経過していた。デッキに向いたカウンター席をざっと見回し、カップが空になっている人を捜す。ここに二十分いれば、飲み物もなくなるだろう。すぐ、お喋りに夢中になっている若い女性の二人組を見つけ、声をかけた。

「すみません、ちょっと話を聞かせてもらってもいいですか」

二人とも胡散臭そうな表情を浮かべて振り返ったが、大友の顔を見た瞬間、表情が解けた。

「警察です。警視庁の大友と申します」体を折り曲げるようにして二人に近づき、囁くように言った。すぐにバッジを見せ、二人を納得させる。間に割りこんで座るわけにはいかないので、そのまま少し離れた場所で中腰の姿勢を取り続けた。どちらをターゲットにするか……どちらでも同じだと思い、たまたま目が合った髪の長い女性に向かって話し出す。

「二十分ぐらい前、ここにいましたか?」

「ええ」声が少し上ずっている。

「だったら、ここのすぐ前で騒動が起きていたの、見ていませんでしたか?」

「ああ、自殺騒ぎですか?」女性の顔が強張った。

「そっちじゃなくて、ひったくりなんですけど」

「そんなこと、あったんですか」

「かなり年配の男性――七十二歳なんですけど、その人がアタッシュケースを奪って逃げたんです。ちょうどこの前を通り過ぎました」平山の容貌を説明する。

「すみません、見てないです」

心底申し訳なさそうに首を振り、連れの女性に視線を向ける。彼女も同様に、首を横に振った。

「何人もで、追いかけて行ったんですけどね」

「ああ」髪の長い女性がはっと顔を上げた。「そういえば、そうでした」

「で、七十二歳の男性は見ていない?」

「ひったくりなんですか?」疑わしげに首を捻る。「七十二歳で?」

「そうなんです」大友は表情を引き締めながらうなずいた。彼女が不思議に思う感覚は間違っていない。七十二歳なら、とうに仕事を引退していてもおかしくないのだ。ましてスリなど……だが、平山が自分の目の前で犯行に及んだのは間違いない。

「自殺騒ぎの方は見てたんですけど……あ、もしかして、あの時助けた人ですか？」女性の目が輝いた。

「ええ、まあ」何となく気恥ずかしくなり、大友は緩い笑みを浮かべて誤魔化した。

「それと、アタッシュケースを奪われた被害者なんですけど……黒いコートにグレーのネクタイの——そうですね、五十歳から六十歳ぐらいの男性を見ませんでしたか？」

「いえ、全然」もう少し強く首を振る。すぐに、情けない表情を浮かべ、また心底申し訳なさそうに謝る。「ごめんなさい、役にたてなくて」

「いえ……こちらこそすみません、お休みのところ」

大友は頭を下げて、二人組への事情聴取を打ち切った。すぐに岩波に合図し、名刺を渡させる。自分はいつまでこの事件にかかわっていられるか分からない。何かあった時は、所轄の岩波が話を受けるべきだ。

「何か思い出したら、彼に連絡してもらえませんか」

「大友さんにではなく？」

もう名前を覚えているのか、と大友は内心驚いた。その動揺が表に出ないよう、また緩い笑みを浮かべる。

「ええ。私はただの応援なんです」

もう一度頭を下げて引き下がる。振り返ると、岩波は何故か憮然とした表情を浮かべていた。

「どうかしたか？」

「何だか不公平じゃないですか」岩波が下唇を突き出す。

「何が」

「大友さんが相手だとすらすら喋るっていうか……普通、こんな風に簡単にはいかないですよ。イケメンは得ですよね」

「何言ってるんだ。いい情報がなければ、どんなに喋ってもらっても無意味だよ。今のは単なるお喋りだ……さ、馬鹿なこと言ってないで、聞き込みを続けよう。この店が終わったら向かいの丸井だな。時間がない。急ごう」

　岩波はまだ釈然としない様子だったが、無視して店内の聞き込みを続ける。そのうち、自分たちが周囲の注目を集め始めているのに気づいた。それはそうだ。土曜の午後、このカフェを仕事で使っている人は少ないだろう。女性が多いことからも、ほとんどが買い物ついでに一休みしているのだと分かる。地元の人たちじゃないだろうな、と大友は思った。町田は、都心部から見れば、神奈川県に食い入った飛び地のようなものである。大友自身、数年住んでいるにもかかわらず、自分が東京都民なのか神奈川県民なのか、未だに意識がはっきりしない。大規模な商業施設が多いので、休日ともなれば近くの街から買い物客が集まって来るのだが、そういう人たちはほとんどが神奈川県民だと言われている。小田急線沿線、横浜線沿線に住む人たちにとって町田は、手軽にショッピングを楽しめる街なのだ。確かに、最近の店舗の充実ぶりを見ると、わざわざ新宿や渋谷に出て行く必要もないと思える。

手がかりがないまま店を出ると、デッキを吹き渡る風が頰を叩いて行く。ここは、周辺をビルに囲まれているせいか、常に不規則な風が吹くのである。冬も間近な今、風は冷たく、思わず背中が丸くなってしまう。JRの駅前広場にある銀色のモニュメントがゆっくり回転し、午後の陽光を受けて鈍く煌めいた。優斗に電話しないと、と思ったが、今は無理だ。とにかく一つでも手がかりを見つけないと、今夜の予定が決められない。もしも遅くなるようだったら……五年生になる優斗は、さすがに最近は露骨に「寂しい」と訴えるようなことはしないが、それでも仕事で約束を破ってしまった時に浮かべる悲しげな表情は、大友の胸に小さな痛みを呼び起こす。あと一、二年もすれば、父親の存在を疎ましく思うはずだが、そうなったらそうなったで、今度は僕の方が寂しく思うだろう。母親抜き、父子二人だけの暮らしは、微妙なバランスの上に成り立っているのだと常に意識させられる。

「次、行きますか」後ろから声をかけられ、大友は振り向いた。

「そうだね。手分けしようか。二人で一緒に回っていたら効率が悪い」

「いいんですか？」

「こんな時に、二人一組の原則を守る意味はないよ。僕たちは、平山と被害者を捜しているだけなんだから……何か分かったら、すぐに連絡を取り合えばいい」

「分かりました」

手分けしての聞き込みは、じりじりと進んだ。大友は次第に焦りを感じ始めた。店は無限にあるわけではなく、ほどなく当たり終わってしまう。それでも手がかりが出てこなかったら、次はどうするべきか。森野から指示がない状況に、かすかに苛立った。そもそもこの件は、森野にも責任がある。まず、被害者を確保するよう、指示すべきだったのだ。警察官は、誰かが逃げれば追う。犯人を一秒でも早く捕まえようとするのは、体に叩きこまれた習性だ。ただし、別の指示があった場合は、この限りではない。現場指揮官の一声があれば、こんな無駄足は踏まずに済んだはずだ。

文句を言っても仕方がない、と自分に言い聞かせる。自分はあくまで助っ人なのだから、さっと仕事を終えて、軽く感謝を受けながら去るのが理想である。もちろん、いつもそんな風にスマートに終えられるわけではないが……むしろ自分から熱中してしまって事件に絡め取られ、ひどい結末を迎えたことも少なくない。事件は、人の冷静な判断力を奪うのだ。ましてや自分は、基本的に現場を離れている身である。勘も鈍っている。時々現場に投入されてはいるが、簡単には刑事時代の勘は戻らないのだ。興奮、恐れ、焦り——現場に出る度に、様々な感情に襲われ、きちんと力を発揮できているとは言い難い。だからこそ、福原は現場に投入してくるのだろうが。彼に言わせれば、これは自分にとっての「リハビリ」である。

丸井の一階の店舗、それにＪＲの駅構内のキオスク——現場からは死角になるのを承知で聴いてみた——での聞き込みを終えたものの、依然として手がかりはなし。広場のモニュメント前で落ち合った時には、岩波は早くもげっそりした表情を浮かべていた。

「しっかりしないと」大友はわざとらしく笑みを浮かべて彼の背中を叩いた。「若いんだから、これぐらいでへばってどうするんだ」

「空振りが続くと、きついですよ」

「まあ……そうだね」大友も、精神的、肉体的に疲弊感を覚え始めていた。まったくだらしない話だが、体は嘘をつかない。「とにかく、この辺を歩いている人に話を聴こう。何か出てくるまで続けるんだ」

岩波がうなずいたものの、表情はどこか虚ろだった。「ヤバいですよね……」とつぶやきながら、モニュメントの前を離れる。彼の「ヤバい」が何を意味するかはすぐに分かった。この後、森野の叱責が待っている。もちろん自分も、その対象になるだろう。普通、福原の肝いりで現場に投入されると、指揮官は大友に対して多少は遠慮がちな姿勢を見せるものだ。あくまで助っ人であり、何か起きたら刑事部ナンバースリーの指導官に睨まれる、と。だが森野は、そういうことを一切気にしないタイプのように思える。定年間際という背景もあるだろう。今さら上に睨まれようが、彼には失う物が何もないのだ。

諦めなければ何とかなる。大友はついに、「被害者が東急ツインズの方へ消えた」という目撃情報を入手した。それをもたらしてくれたのは、自分と同年輩の男性――の子どもだった。優斗と同い年ぐらいに見える、眼鏡をかけた少年が、はっきりと証言したのだ。ひったくりの現場も見ていたし、その後被害者が踵《きびす》を返して、商業ビルであるツインズの方へ向かうのを見送った、と。その時は何が起きたのか分からない様子だったが、大友と話しているうちに、次第に当時の状況を思い出したようである。

「で、どんな服を着てたのかな？」少し膝を折って、視線を男の子に合わせながら大友は訊ねた。

「黒い服で……」そこから先が出てこない。

「何歳ぐらいに見えたかな？」

「うちのおじいちゃんぐらい？」疑わしげに首を捻る。

「おじいちゃん、何歳かな？」

少年が困ったように唇を尖らせる。上を向いて、父親に助けを求めた。

「六十五です」小柄な父親が、よく通る声で答えた。

大友の印象だと、そこまで年配ではない。五十代、と踏んでいたのだが、小学生の目からは、五十代も六十代も同じに見えるのかもしれない。

「一人、だったよね？」

少年が無言で首を縦に振った。

「ビルに入ったのかな？」

「見てないです」

「どんな様子だった？　慌ててたとか？」

「走ってた」

今度は大友が首を捻る番だった。犯人の平山が逃げたのと逆方向へ向かうのは、理解し難い。普通は呆然とその場に立ち尽くすか、犯人を追いかけるものではないだろうか。

「分かった」気配に気づいて振り向くと、岩波が立っていた。すぐに状況を告げる。「被害者はツインズに入っていったかもしれない。ちょっと探ってみるから、この人たちの名前と住所の確認を。それと、森野さんに報告してくれ」

「分かりました」ようやく目撃情報が出てきたせいか、岩波の顔に血の気が戻ってきた。

三人を残し、大友は駅前広場を横切ってツインズに入った。ここは、町田駅周辺では最大規模の商業ビルである。デッキに通じる二階部分の店舗は、若い女性向けのファッションブランドが目立つ。人で賑わうフロアを見回しながら、必ずしも被害者はここに入って行ったわけではない、と思い至った。階段を使って下へ降りた可能性もある。

被害者ではなく犯人の行動のようだ。まるでどこかに逃げるように……理解不能だ。

あのアタッシュケースの中には、誰かに見られると都合の悪い物が入っていたのかもしれない、と考える。それこそ麻薬とか、説明不能な大金とか……しかしそうだとしたら、被害者の冷静な態度が説明できなくなる。そんな物が入っていたら、それこそ大慌てで犯人を追いかけるだろう。

この説は却下。

結局、摑まえてみなければ分からないのだ。そして現実問題としては、被害者よりも犯人を捕まえる方がはるかに重要である。平山の身柄を拘束し、盗まれたアタッシュケースを調べれば、被害者の身元につながる手がかりも出てくるはずだ。それは分かっていたが、大友はどうしても、頭に引っかかった被害者の存在を消し去ることができなかった。

入り口近くのショップで聞き込みをしてみたが、目撃証言は得られない。今度は外へ出て、階段を下りる。小田急の駅前から続くごちゃごちゃした商店街が終わった辺りで、すぐ目の前には109がある。もしかしたら、商業ビル——特にファッション関係の集積度は、都内でも随一かもしれない。ほとんどが大友には縁のない店ばかりだったが。普段の生活は、ほぼ北口の一角だけで済んでしまう。

事件発生から一時間。既に午後三時になっている。先ほどから無線は黙ったままで、何の指示もない。どうも、今日は長くなりそうな予感がする。大友は携帯電話を取り出し、自宅へかけた。呼び出し音三回で優斗が出る。電話には異常に早く反応する子で、最近は自宅の電話が鳴れば、必ず自分で受話器を取ろうとする。

「パパ？」

「ああ、ごめんな。もうちょっとかかりそうなんだ」

「まだ帰らないの？」

「そうだな」手首を捻って時計を見る。これは、下手に安心させない方がいい。「ちょっと分からないから……五時になっても連絡できなかったら、お婆ちゃん——聖子さんのところに行ってくれないか」義母の聖子は、「お婆ちゃん」と呼ばれると激怒する。

「分かった」

優斗は案外あっさりと納得したが、それを聞いて大友は少しだけ寂しくなった。何だか、自分の方が成長しないで取り残されているような感じがする。

「早く仕事が終わったら、一緒に飯を食おう」とはいっても、今日は家で作っている暇はないかもしれない。聖子は嫌うのだが、たまには外食もいいか。「外で食べようか」

「いいの?」優斗の声に、子どもっぽい響きが戻ってくる。たとえ安い牛丼であっても、外で食事をするのは楽しみなようだ。

「時間次第だけどな。じゃあ、五時まで待っててくれ。また電話する」

「分かった」

優斗の声が消えないうちに、左耳に突っこんだ無線から森野の声が流れてきた。

『全員、一度駅前交番に集合だ。五分後』

有無を言わさぬ言い方であり、遅れたら殺されそうだ。大友はデッキには上がらず、そのまま下の道を走って行くことにした。上り下りしているだけで時間を食ってしまう。

ここから駅へ続くのは、ごちゃごちゃとした商店街で、歩きにくいのは分かっていたが……身を捩《よじ》ったり急停止したりしながら人を避け、必死で走り続ける。

指示があってから、手元の時計で四分三十秒後、交番に飛びこんだ。まだ二人ほど戻っていない。森野は苛立ちを隠そうともせず、また狭い交番の中で行ったり来たりを繰り返していた。大友は、スカッシュのボールを想起した。

「何だ」少し表情が緩んでいたのに気づいたのか、森野が凄まじい形相で睨みつけてくる。

「いえ」

森野が腕時計を見る。まだ二人が来ていないが、彼の中ではタイムアップということなのだろう。いきなり指示を与え始めた。

「絶対に平山を逃すわけにはいかん。これから、奴の家の張り込みを始める。そこへ戻ったところを捕まえるんだ」

「住所は……」

「町田市内だ」森野が、大友の質問を途中で遮った。「二人一組。四時間交替。最初は五時から九時までとする。大友、お前もだ」

「私はただの応援ですが」

「阿呆」森野が吐き捨てる。「応援だろうが何だろうが、捜査に入ったら最後まで責任を持て」

「ちょっと用事があるんですが……」

「用事だと？」森野の口調が、今にも噛みつきそうなものに変わる。

「ええ、あの、子どもの世話をしないといけないので」厳しい追及に、大友はついしどろもどろになった。普段は、家族のことは堂々と話すようにしている。恥ずべきことでも何でもないからだ。しかし森野が相手だと、いつものようにはいかない。

「何だ、嫁さんはどうした」

「亡くなりました」

一瞬、間が空いた。嫁が出かけている間に子どもの世話を押しつけられた、とでも思っていたのだろう。だが、人の死が前提になっている重い話だというのに、森野はまったく遠慮しなかった。

「事情が何であれ、一度かかわった以上は最後までやってもらう。だいたい、平山を逃がしたのはお前の責任だぞ。呑気に自殺志願者を助けている場合じゃなかった」

「お言葉ですが」さすがにかちんときて、大友は一歩詰め寄った。森野は大友よりも十センチほど背が低く、年齢なりに体も萎んできているようだが、一歩も引かない。「あのままあの青年が死んだら、今頃はもっと大変なことになっていたんじゃないですか。警察官として、見過ごすわけにはいきませんでした」

「いい心がけだが、残念なことに自殺志願者には感謝もされてないな。だいたいそのガキ、どこへ行っちまったんだ？」

確かに。大友は握り締めていた拳を開いた。助けた時にも、何の反応もなかったのはおかしい。普通「死なせてくれ」ぐらいは叫ぶのではないだろうか……いや、それは映画やテレビドラマの中だけの話か。だいたい、あんな衆人環視の中で自殺を企てるなど、あり得ない話だ。誰かが止めに入るとは、考えてもいなかったのだろうか。いや、まてよ……もしかしたら、平山の仲間だったのではないか？　スリやひったくりでは、連携プレーということもあり得る。

「申し訳ありませんが、それは分かりません」

「ただ、騒ぎを起こしたかっただけじゃないのか」森野が意地悪そうに唇を歪める。

「否定はできません」

「酔っぱらいとか」

「それも否定できません」

「お前さん、言われたことは何でもかんでも受け入れるつもりか？」

「現状では、それも仕方ないと思います。何も分かっていないんですから」

「ああ、もういい」森野が勢いよく首を振った。首がもげてしまうのではないかと思えるほどの激しさだった。「とにかく、平山の行方に関する手がかりはゼロだ。電車、バス、タクシー、徒歩、何でも逃げられる。取り敢えず、自宅で張るしかないな」

「町田のどの辺りなんですか」

森野が告げた住所で、ほぼ見当がついた。自分の家からもそれほど遠くない。一戸建ての住宅が建ち並ぶ古い住宅街だが……平山がそんな家に住んでいるとも思えない。まともな収入があるはずもないのだから。

「家は、アパートですか？」

「ああ。築三十年、そろそろ雨漏りがしてきそうなボロアパートだよ」

あの辺には、真新しく小綺麗なワンルームマンションが多いが、森野が言うように、雨漏りしそうな古いアパートが二、三軒あったはずだ。

残る二人が、息せき切って交番に飛びこんできた。

「何分遅れてると思ってるんだ！」

森野の雷に、二人がびくりと体を震わせる。その一人は岩波だった。可哀想に……最近は、森野のような鬼軍曹タイプは少なくなっている。岩波も失敗を咎め立てされることはあるだろうが、こんな風に正面から叩き潰されるような目には遭っていないはずだ。

「張り込みを割り振る」

森野が、すらすらと班割りを指示した。大友は二番目、午後九時から。もしかしたら、優斗と食事ができるように気を遣ってくれた？　ちらりと彼の顔を見たが、とてもそんなことまで考えているようには見えなかった。ただただ、怒りをまき散らしている。

「取り敢えず、明日の朝八時までは張り込みを続ける。その時点で何もなければ、作戦変更だ」

「平山を追う手は、他に何かあるんですか」大友は思わず訊ねた。

「阿呆！」森野が声を張り上げ、大友の質問を叩き潰した。「それは俺が、今晩一晩かけて考える。署で待機しているからな。何かあったらすぐに連絡しろ。解散！」

「ちょっと待って下さい」

大友が声をかけると、既に踵を返していた森野が立ち止まり、首だけ捻ってこちらを見た。

「何だ」急に低い声になって訊ねる。

「どうして平山にそこまでこだわるんですか？」たかがスリ、それもあんな老人に、と言いかけ、大友は言葉を呑みこんだ。犯罪者は犯罪者である。

「奴は俺を裏切った」

「どういうことですか？」

「十年前に出所した時、わざわざ刑務所まで迎えに行って、職まで世話してやった。あんなジジイでもやれる、楽な仕事だ。それをあの野郎……結局同じところに舞い戻りやがった」

「因縁の相手なんですね」

「何でもいい！」森野が顔を赤くして怒鳴った。「とにかく奴は、俺の顔に泥を塗った。今度は、死ぬまで刑務所にぶちこんでやる」

「被害者が見つかっていませんが」

大友の指摘に、森野が凍りついた。これでいい、と思う。森野は熱くなり過ぎているのだ。もしも被害者が判明しなければ、立件が面倒になるかもしれない。あのアタッシュケースの中に、身元を示す物が入っているとは限らないし……被害者が分からないと、調書が取れなくなる。

「被害者は、事件直後、広場を平山とは反対方向に歩いて、東急ツインズ方面に消えた、という証言があります。その後の行方は分かっていません」

「だったらどうする？　緊配でもかけるか？」森野が不機嫌そうに言った。「もう、発生から一時間以上経ってる。今さら見つかるとは思えない。それより、平山の身柄を絶対に押さえるんだ。そうすれば、盗品から被害者も割れるだろうよ」

今度は大友に反論する隙を与えず、森野はさっさと交番を出て行ってしまった。どうするつもりだろう。駅から所轄までは結構な距離があるのだが……まあ、放っておくしかないか。大友は、啞然として外を見ている岩波に声をかけた。

「九時からコンビを組むみたいだ。よろしく頼むよ」

「はい……ええ」我に返って、岩波が慌てて頭を下げる。

「きみが気にすることはないんだ。今回の件は、僕の失敗なんだから」

「だけど、俺も現場にいたんですよ」

「自殺志願者に気を取られて、平山を逃したのは僕だ」大友はゆっくりと首を振った。こうやって言葉にしていると、ミスの重さを改めて意識する。だがそういう思いとは裏腹に、なおも岩波をリラックスさせようと、声をかけてしまった。「心配しなくていいよ。僕はあくまで応援なんだ。これぐらいのミスで、査定に響くわけじゃないから」

これが担当の刑事だったら、大変なことになっている。犯行現場に居合わせ、なおかつ犯人を逃がしてしまったとしたら……最悪が十の指標で、七か八レベルの失態である。始末書では済まないかもしれない。

慣れないことをしたからな。

自殺志願者――もしかしたら平山の仲間だったかもしれない――を助けたことが悪いとは思わない。だが、犯人を逃がしたのも事実だ。あの時自分はどうすべきだったのか。ずっと、心に棘が刺さったように感じるだろう。

3

簡単に買い物をして帰宅したが、優斗は家にいなかった。ダイニングテーブルの上に、小学生にしては整った字で「聖子さんの家にいます」の書き置きがある。一人でいるのに飽きて、お婆ちゃんの家に向かったか……大して広くない家だが、優斗がいないだけで急に広くなったように感じる。

さて、どうしたものか。夕飯にはまだ早いし、聖子の家に迎えに行くのも気が進まない。行けば行ったで、何だかんだと文句を言われるのは分かっているのだから。聖子は、大友の子育てのやり方が何かと気に食わないらしく、文句を並べては「早く再婚しなさい」と締めくくるのだ。実際、見合い写真を用意して待ち構えていることも珍しくない。

あの攻撃をかわすのは、仕事よりもずっと大変だな……苦笑しながら、大友は掃除を始めた。普段、土曜日は掃除の日と決めている。平日にできない分、念入りにやるのだ。刑事総務課は、基本的にウイークデーだけの勤務なので、土日は自由が利く――今日のように、福原から仕事が回ってこなければ。

掃除機をかけながら、引っ越しを考えないといけないな、と思う。この部屋は基本的に1LDKで、優斗の寝室兼勉強部屋は、リビングルームの一角を家具で仕切っただけの場所だ。優斗もそろそろ、鍵がかかるとは言わないが、きちんとドアのある個室を欲しがるだろう。向こうが言い出す前に、そうすべきだ。早くプライバシーの概念を身につけさせ、精神的に自立させなければ……それは大友自身のためでもあるのだが、考えているうちに、何となく侘しくもなる。優斗が、こちらの想像よりもずっと早く大人になってしまうのは分かっているが、子ども時代をもう少し引き延ばせないものかと、つい考えてしまうのだ。

気づくと、部屋に夕闇が迫っている。本棚に置いた亡き妻、菜緒《なお》の写真に目をやった。オレンジ色に染まった顔は、少し寂しそうに見える。

残念だよな、とつくづく思う。君と一緒に、優斗の成長を見守りたかった。人生は思いのままにいかないことの方が多いが、これ以上の挫折はないと思う。乗り越えたように思っていても、今日のように失敗してしまった日など、妻を亡くした直後のどす黒い感情が蘇ってくるのだった。

念のため、聖子の家に電話を入れた。これから優斗を迎えに行く、とだけ言って切るつもりだったのだが、彼女は突然「うちでご飯を食べていったら？」と言い出した。一食作らずに済むと思ってほっとする反面、またあれこれ小言を言われるかと想像するとぞっとする。とはいえ、優斗は迎えに行かなければならないのだから、選択肢は一つしかない。どうも、いつまで経っても苦手意識が抜けないな、と苦笑する。

菜緒はまったく聖子に似ていなかった。スポーツ万能で快活で、太陽のような笑みが魅力的だった菜緒。お茶の先生である聖子はインドア派で、どこかじっとりしている。大友にちくちくと皮肉をぶつけるのを楽しんでいる節もあった。それにつき合わざるを得ない自分の運命を少しだけ呪ったが、仮にも優斗にとっては身近にいる祖母である。躾のつもりか、聖子は優斗に何かと厳しくしているが、優斗の方ではしっかり懐いている。

大友が住むマンションは、小田急町田駅の北側に広がる住宅地に中にある。細い道が毛細血管のように広がり、周囲は一戸建ての家がほとんどだ。最近は、どこの街でも巨大なタワー型マンションが建ち始めているが、町田にはそういう再開発の波はまだ届いておらず、駅周辺の喧騒から少し離れれば、落ち着いた雰囲気が漂っている。

夕方になって風がぐっと冷たくなり、大友は薄いコート一枚で出て来てしまったことを悔いた。背中を丸めながら歩いているうちに、自然に歩調が速くなる。いつの間にか、優斗が通う小学校の前まで来ていた。土曜日の夕方、校庭には既に闇が迫りつつあり、人気がない。ちょうど校舎を改修中で、校庭の真ん中には作業小屋だろうか、プレハブの建物が建っている。校門の所に張ってあるプレートを見ると、昭和三十年に開校したことが分かった。さすがに、それからずっと同じ校舎ではないだろう。二回目の改修か、と考えながら先を急いだ。

聖子の家は、どっしりとした作りの平屋建てだ。ブロック塀の向こうにある家の窓から灯りが漏れ、大友は少しだけ暖かな気分になった。まあ、何だかんだといって家族なんだから……聖子がそう思っているかどうかは分からないが。しきりに見合いを勧めるのは、さっさと娘婿と孫を厄介払いしたいからかもしれない。お茶の先生をしている聖子には聖子の社会的生活があり、優斗の世話をしているだけで、自分の時間がなくなってしまうのだ。

玄関の鍵は開いている。基本的に聖子は、寝る時以外は施錠しない。大友は何度も注意したのだが、まったく気にする様子がない。「何年ここに住んでると思ってるの」と切り返して、反論を許さないのだ。確かに菜緒もこの家で生まれ育ったわけで、聖子にとっては長年慣れ親しんでいる安全な街というイメージなのだろうが……。

既に夕食の準備は整っていた。筑前煮に鯖の塩焼き、根菜がたくさん入った味噌汁。白菜の漬物は自家製だ。小学生が好みそうなメニューではないが、優斗は聖子の作った食事を喜んで食べる。大友はコートを脱いで、空いた部屋——嫁ぐまで菜緒が使っていた部屋だ——でハンガーにかけてきた。もうこの部屋には、彼女が生きていた証拠は一つも残っていないが、がらんとした部屋に入る度に、胸が締めつけられる思いがする。小学生の頃の菜緒、高校生の頃の菜緒、そして結婚する前の日の菜緒。彼女の過去の香りが、まだ薄っすらと漂っている感じがする。

「早くしなさい」ダイニングルームに戻ると、聖子が急かした。「優斗がお腹を空かしてるわよ」

「すみません」大友は軽く頭を下げて席に着いた。優斗の斜め向かい、聖子の正面になる。優斗が立ち上がり、炊飯器から大友の飯碗にご飯をよそった。

「悪い」

飯碗を受け取りながら、大友は柔らかな飯の香りを心地好く嗅いだ。優斗がにっこりと笑う。大友も笑みを零《こぼ》して、食事に手をつけた。例によって聖子の料理は少し薄味だが、何度も食べているうちに慣れてしまった。この方が体にもいいわけだし……鯖の身を大きく解《ほぐ》し、たっぷりの大根おろしを乗せて口に運ぶ。

「優斗、この後家に帰ってすぐ風呂な」

「え？　テレビがあるけど……」

「パパな、九時前にちょっと出なくちゃいけないんだ。先に寝ててくれよ。夜中に帰って来るから」

「そうなの？」優斗が不思議そうな表情を浮かべる。頭の中で、時計を動かして計算しているに違いない。

「まあ、遅くなるけど、家には帰るからさ」

何もなければ、だ。そして何もないはずだと大友は確信している。平山は、言葉は悪いがベテランのスリである。追われているのが分かっていて、自宅に寄りつくとは考えられない。もしかしたら、どこかにアジトを持っていて……いや、それほど金回りがいい訳ではあるまい。せいぜい、カプセルホテルにでも身を隠すぐらいではないか。仮に大金が入っていても、それにすぐ手をつけて高級ホテルに泊まるとは考えられない。スリは大胆であると同時に、用心深い性格の人間が多いはずだ。

「どうしてそんな遅くに仕事なの？」すかさず聖子が食いついてきた。

「ええと、昼間の仕事が終わらなかったので」大友はもごもごと答えた。彼女と話していると、どうしても歯切れが悪くなってしまう。

「土曜なのに？」

「ちょっとしたミスがあったんです」

「あら」聖子が目を細める。「自業自得なのかしら」

「まあ……そうですね」もちろんこのミスは、致命的ではない。殺人犯を取り逃がしたわけではないのだから。だが、まったく素人の聖子に指摘されると、自分の失敗を意識して凹んでしまう。

「それじゃ夜中まで仕事でも、仕方ないわね」聖子が納得したようにうなずいた。

「ええ。勘が鈍っているのかもしれません」

「でも、出かけるまで、まだ時間はあるでしょう」

「はい？」嫌な予感がして、声が上ずってしまう。

「お見合い写真、何枚もきてるから、見てみて。一回ぐらい会ってみたら？　紹介してくれる人の面子《メンツ》を潰してばかりだと、私も肩身が狭いわ」聖子が大袈裟に溜息をついた。

「いや、見合いは……」自分でも情けないほど声がくぐもってしまう。ふと優斗を見ると、にやにや笑っていた。自分に新しい母親ができるかどうかという問題とは別に、大友が見合いする話が面白いらしい。

「別に、会ってから断ってもいいんだから。お見合いっていうのは、そういうもの」

「はあ」溜息をつきたいところを、何とか我慢した。「断るぐらいなら、最初から会わない方がいいと思いますが」

「何事も経験よ。あなたも、いつまでも一人でいるわけにはいかないんだから」

「別に不便してませんけどね」ああ、また突っこまれる。言ってしまってから失言だと気づいた。

「でも、今日もちゃんと夕食を作れなかったでしょう？」

「作るつもりだったんですよ。材料はあったし……」

「はい、言い訳しない」聖子がぴしりと言った。「とにかく、今回のお見合いは断らないで。私も引き受けちゃったから」

「話が早過ぎますよ」

「そんなに仕事、忙しいの？」

「ちょっと、先が読めません」この仕事がどこまで続くかは分からない。だが、年老いたスリを追いかける捜査を、いつまでも押しつけられるとは思えなかった。だいたいこういう仕事が、自分にとってどんな役に立つのか、想像もつかない。刑事としてのキャリアについても、再び真面目に考えなければいけない時期にきているのだが……。

「さ、とにかく早くご飯を食べて。写真を見てもらいます」

「僕も見ていい？」優斗が満面の笑みを浮かべながら聖子に訊ねる。

「もちろん」聖子が真顔で答える。「あなたのママになるかもしれない人なんだから」

4

八時五十分、大友は現場に到着した。森野が言った通り、年季の入ったアパートの前に覆面パトカーが停まっている。エンジンはかけていない。今夜は相当冷えこむが……車内の寒さを想像して、大友は身震いした。

引き継ぎをする前に、アパートの周囲をぐるりと回ってみる。二階建てで合計十部屋あり、外階段にはだいぶ錆が浮いていた。両隣は民家、裏側は真新しいワンルームマンションになっていて、平山が帰宅するためには、家の前の道路を歩いて来るしかない。

取り敢えず、面倒な張り込みにはならないようだ。裏からもアプローチできるような場所だと、張り込みの人数を倍にしなければならない。

五時から張り込みをしていたのは、捜査三課と所轄の刑事のコンビで、二人とも不機嫌そうにむっつりしていた。それはそうだろう。これで仕事が終わりではなく、今夜動きがなければ、明日の朝五時にまたこの現場に来なければならないのだから。十一月の朝は、相当冷えこむ。朝が早いから、これから酒を呑んで気持ちを解放するわけにもいかず、署の寒い当直室で仮眠を取るだけの時間が待っている。

張り込みの相棒である岩波とは、昼間一緒に仕事をしたので、少しは気安い感じになった。運転席に腰を下ろすと、大友は家で用意してポットに詰めてきたコーヒーを勧める。

「すみません」嬉しそうに、岩波がカップを受け取る。

「夕飯は？」

「あ、牛丼で」

「独身なんだ」

「ええ、なかなかチャンスがなくて」岩波ががしがしと頭を掻いた。

「そのうち、いいことがあるよ」

「そうですかねえ」疑わしげに言って、岩波が音を立ててコーヒーを啜る。「何か、毎日疲れるだけです」

「一番下っ端は、いつでもそんな感じだよ。僕もそうだったから」

「大友さんは、そんな風に見えませんけどね」

小さく溜息。だいぶ疲れが溜まっているようだ、と大友は心配になった。もしかしたら、森野に絞られていたのかもしれない。自分だけ逃げていたようで、少し申し訳ない気分になる。

「平山、帰って来ますかね」

「来ないと思う」先ほどから考えていたことを説明した。

「そうですよね……平山だって、我々が張ってることぐらい、予想してるだろうし」

「だけど、念のために張り込みはやらなくちゃいけない」

「分かってるんですけど、この商売、無駄が多いですよね」

これから四時間、ずっと愚痴を零されるのだろうか。うんざりしかけた瞬間、携帯電話が鳴った。こんな時間に誰だろう……福原が叱責するために電話してきたかと思ったが、同期で捜査一課にいる柴克志《しばかつし》だった。どうせろくでもない用事だろう。いや、からかうために電話してきたに違いないと思ったが、無視はできない。柴はしつこいのだ。出なければ、何度でも電話を鳴らし続ける。だったらさっさと話してさっさと切るのが一番いい。今なら、電話で話していても問題はなさそうだから。

「悪い、同期なんだ」大友は携帯を振って見せた。

「ああ、どうぞ」興味なさそうに言って、岩波が腹の上で腕を組んだ。眠気に喧嘩を売るように、わざとらしく大きく目を開ける。

電話の向こうで、柴は笑いを嚙み殺していた。弱い癖に、酒でも呑んでいるのかもしれない。少しばかりむっとしたが、話をしないことには電話も切れない。

「で、何の用かな?」

「テツにしては珍しく、失敗したそうじゃないか」

「何でお前が知ってるんだ」

「そりゃあ、いろいろ噂は入ってくるさ。三課の手伝いなんて慣れないから、ヘマしたんだろう」

「まあ……それは事実だ」

「で、今は? 頭から布団を被って反省してるのか?」

「冗談じゃない。犯人の家の前で張り込み中だよ」

「おっと、それは悪かった」柴の声が急に真剣になった。「邪魔したな。せいぜい頑張ってくれ」

「特捜がない時は気楽なものだね」

「俺だって、三百六十五日、毎日気を張ってたら死んじまう」

「お前はそんなに繊細な人間じゃないだろう」

笑い声を残して柴が電話を切った。悪気はないのだろうが、反省している最中には聞きたくなかった。

「まったく……」溜息をついて電話を畳もうとした瞬間、また鳴り出した。からかい足りないと思った柴がまた電話してきたのだろうか……着信を確認すると福原だった。これも出ないわけにはいかない。

「ヘマしたようだな」

「はい」遠慮も何もない切り出し。柴にしろ福原にしろ、傷ついた人間の気持ちが忖度《そんたく》できない。僕だったら、絶対こんな風に会話を始めないのだが、と大友は溜息をついた。

「取り敢えず、今夜は頑張れ」

「明日以降はどうするんですか？」

「それは別の人間が指示する」

「どういうことですか」話の流れが読めず、大友は首を傾げた。

「今言った通りだ」

「意味が分かりません」

「裏はないぞ」福原の口調はいつもと違ってどこか硬く、大友を拒絶するようだった。

「裏があると思えばそう思えてくる。物事は、正面から眺めてこそ、本当の姿が見えてくるんだ」

いつもの格言めいた言い方だったが、それでも不自然さは消えない。大友は首を捻り、前方に視線を投げた。アパートの外階段を、若い男――たぶん大学生――が軽快な足取りで上っていく。靴のソールがよほど硬いのか、甲高い金属音が車の中にまで聞こえてきた。

「とにかく明日は、別の人間が指示することになる」

「それは、指揮命令系統から考えると問題じゃないんですか？」

そもそも福原から直《じか》に命令が出るのも、組織的には問題ではある。大友には「刑事部刑事総務課刑事特別捜査係主任」の肩書きがついているが、これはいざという時、福原が現場に引っ張り出しやすくするための方便に過ぎない。普段の仕事は、研修の企画や運営などが主で、大抵は書類仕事に忙殺されている。本来の仕事でも戦力として計算されているわけで、福原から突然下る命令に対して、いい思いを抱いていない同僚も少なくない。そもそも自分は、警察という組織の中で、かなりわがままに振る舞っているのだ、と意識している。菜緒が事故で亡くなった後、捜査一課から刑事総務課へ異動を願い出たのもそうだ。どうしても自分の手で優斗を育てたかったから——最近は男の子育てに対する世間の理解も深まっているというが、たぶんそれは、自分の知らない世界での話なのだろう。同僚も先輩も、口を開けば「早く再婚しろ」と言う。「警察を辞めて子育てに専念しろ」と言われないのは救いではあるが。

「指揮命令系統にも例外はある。硬直した組織は必ず死に至るからな」

「ええ……」

「人は変わらなければならない。時代も変わらなければならない。それは避け得ないことだ」

「指導官？」おかしい。どこか遠くを見ながら話しているような感じがする。確かに、多少芝居がかった人なのだが。

「今日のミスに関しては、しばらくそこで、廊下に立ってろ」

「はあ」いつも苦虫を嚙み潰したような表情を浮かべている福原にしては、精一杯のジョークなのかもしれない、と思った。

「ところで、優斗は元気か？」

「ええ、まあ」今日は話題がころころと変わり過ぎる。明らかに普段とは違う福原の調子に、大友ははっきりと戸惑いを覚えた。「本当は、こんな場所で罰を受けている場合じゃないんですが」

「子どもはすぐに大きくなる。お前の旅立ちまであと少しだ」

福原はいきなり電話を切ってしまった。何だったんだ？ 大友は一瞬電話を見詰めてから閉じた。まるで別れの挨拶のような……嫌な予感が胸に渦巻く。まさか、何か性質《たち》の悪い病気にかかっているとか。いや、あの男に限ってそれはないだろう。毎年人間ドックに入って、徹底的に検査をするのだ。それに、病気の方で逃げていきそうなタイプでもある。

「どうかしましたか？」岩波が怪訝そうに訊ねる。声は眠そうだった。

「いや、何でもない」大友は電話を振って見せた。「意地悪な先輩がいてね。僕がミスをしたのをからかってきたんだ」

「ひどいですね、それ」岩波がすかさず同調する。「でも、今日のは仕方ないんじゃないですか。誰だって、目の前で自殺しようとする人間がいたら、助けますよ。もしも平山を捕まえていても、人が死んだら、今よりもっと気分が悪かったんじゃないですか」

「でも、あの自殺志願者はさっさと逃げた。一言ぐらい、お礼を言ってもよかったのに」

「それはないでしょう」岩波が軽く笑う。「邪魔しやがって、ぐらいに思ってるんじゃないですか。それに、みっともないと思ったんですよ。あそこにずっといるわけにもいかないでしょう」

「そうかもしれないけど」大友は小さく溜息をついて、携帯をワイシャツの胸ポケットに落としこんだ。「ある意味、究極の選択だったかな」

「俺は、大友さんは間違っていないと思います」岩波が力をこめて言った。「だいたい森野さん、個人的な気持ちで勝手ばかり言ってるじゃないですか。馴染みのスリだからって、やり過ぎですよ」

「そうかもしれない。ただ、あの自殺志願者は、平山の仲間だった可能性がある」

「悩んでもしょうがないでしょう？　摑まえてみないと分かりませんよ」

「そうだな……」大友は腹の上で両手を組み合わせ、前方のアパートを凝視した。人の動き、なし。十部屋のうち、灯りが灯っているのは半分だけだった。

「森野さんも、入れこみ過ぎですよね」

「何となく、気持ちは分かるよ」

刑事は機械の歯車ではない。もちろん歯車になって動かなければならない場面は多いのだが、簡単に感情を排除することはできないのだ。特に森野のように、スリ捜査一筋できた人間が定年間際になると、いろいろ考えるものだろう。スリは常習者が多く、変な話だが、刑事もいつの間にか「身内」のように考えてしまうことがある。いつまでも更生せずに同じことを繰り返す相手に対しては、手のかかる子どものような感情を抱く、ということか。特に平山の場合、森野とは何十年にも及ぶ歴史があるわけで……それにしても、平山は基本的にどうしようもない人間だと思う。七十二歳になれば、まだ元気な人でも仕事を整理しようと考えるのではないだろうか。体力も衰えているはずなのに、まだ犯行を続けるとは。

「スリとかひったくりの常習者って、一種の病気ですよね」岩波が零した。

「ああ」

「ハイリスク・ローリターンじゃないですか。捕まる危険を冒して盗んだって、儲けは少ないですよね。今時、財布にそんなに多額の現金を入れてる人なんていないでしょう。俺なんか、いつも一万円しか入ってませんよ」

「君、何歳だ？」

「は？」

「年齢かける千、ぐらいの額を入れておくのが、社会人としての礼儀だって、よく聞くけどね」

「でも、大抵の買い物はカードで済みますから」

「小銭を使うのは、牛丼を食べる時ぐらいか」

「そんな感じです。あとは煙草を買うぐらいかなあ」

岩波が小さく笑った。彼も様々なプレッシャーを感じ続ける毎日だろうが、自分といる時ぐらいはリラックスしてもらいたい、と思った。ただ、リラックスするのと気を抜くのとは全然違うことを、意識してもらわなければならないが。大友は最近、優秀なバッターのことをよく考える。優秀なバッターほど、打席ではリラックスして見えるものだ。そしてボールとバットをコンタクトさせる瞬間にだけ、集中力を最大限に高める。自分も見習いたい。普段は緊張しないで書類を捌き、福原から指示があった時だけ、集中する――いつまでこんなことが続くかは分からなかったが。

会話が途切れ、沈黙が車内を満たす。大友はハンドルに両腕を預け、少し前屈みになってアパートの監視を続けた。人の出入りはまったくなく、時間が凍りついたように感じる。こういう時は、意識を空っぽにすることだ。余計なことをあれこれ考えると、監視の目が緩む。人間の注意力とは不思議なもので、何かを必死に考えていると、目の前で起きたことを平然と見逃してしまうものだ。

「ちょっといいですか？」

岩波が遠慮がちに切り出す。ちらりと腕時計を見ると、張り込みを始めてから、いつの間にか二時間が経っていた。優斗はもう寝ただろうな、と考えながら、「何かな？」と訊ねる。

「煙草を一本吸ってきていいですか？」

「ああ」

「そんなに吸わないんですけど」遠慮がちに言い訳する。

「そういえば、吸うところは見てないね」

「一日十本ぐらいかな。でも、張り込みの時はどうしても、ですね……」

「構わないよ。ただし、ここから十分離れるように。うろうろしてると、人目につくからね。それに平山は、現場で君の顔を覚えたかもしれない」

「気をつけます」

「焦る必要はないけど、何かあったらすぐに電話してくれ」

「分かりました」

岩波が、音を立てないようにそっとドアを開け、外へ出た。さすがに閉める時は音がしたが、そこまで神経質になることはあるまい。大友は、バックミラーを覗き、背中を丸めて立ち去る岩波の姿を確認した。疲れているな……と少しだけ同情する。それは自分も同じだが。毎日デスクに座って書類と格闘し、あとは打ち合わせで終わるウイークデーの仕事は、精神的に疲れるばかりだ。土日は家事を片づけるだけではなく、貴重な休憩の時でもある。夕食の準備にかかる前、ソファでとろとろ眠るのは、一週間の中で一番贅沢な時間だ。あれで疲れがすっきり取れる感じがする。

あと二時間……どう考えても今夜は、動きはなさそうだ。大友はコーヒーをカップに注ぎ、一口啜った。この時間にコーヒーを飲むと、眠れなくなることもあるのだが、取り敢えず今は目を開けておくのが優先だ。

苦味を喉の奥で感じながら、ひたすら目を凝らし続ける。あまりにも集中して目を見開いていたので、乾いてきた。だが、瞬きした瞬間に、目の前のアパートが消えてしまうような気がする。

バックミラーを見たが、岩波の姿はなかった。近くで紫煙が漂っているわけでもない。結構、結構……とにかくどこかに上手く隠れていてくれよ。

平山は何を考えていたのだろう、と思う。スリとひったくりは全然違うのだ。福原が言っていたように、年を取ってしなやかな動きが失われたので、乱暴なひったくりに転身したのだろうか。そちらは体力勝負の一面もあるのだが……森野が話していたが、かつて平山の主戦場は競馬場や競輪場、あるいは電車の中だったという。そういう混み合う場所で、レースに夢中になっている人の尻ポケットから財布を抜く。尻ポケットに入っている財布を、気づかれずに抜くのは至難の業だが、平山はその場の空気を読むのに長けていた。例えば競馬場では、レースが最高潮に盛り上がり、歓声と悲鳴が交錯するタイミングを見計らって、指先をポケットに滑りこませる。森野が二回目に逮捕した時も競馬場が舞台だったが、一日で十人の財布を抜いていたという。しかも被害者は、誰も気づいていなかった。

一方、相手が手にしているバッグなどを無理矢理奪って逃げるのは、もっと若く、走るのに自信がある人間の手口ではないだろうか。一瞬見ただけの平山は、七十二歳という実年齢よりは若い感じがしたが、逃げ切れると思っていたらあまりにも考えが甘い。あるいは、自分の若い頃のイメージに捉われすぎているのか。大抵の人は、ある年齢になると、自分の体力の全盛期をとうに過ぎてしまっていることに気づき、決して無理しないようにするものだが……。

岩波が言ったような「病気」とは思わないが、スリは習性に従う生き物だ。一度成功した手口は、何度でも繰り返す。競馬場や競輪場で上手くいったら、次もまた同じようにやるはずだ。今日は、実は同じような環境だったと思う。あの路上ライブのせいで、現場は雑踏になっていたではないか。競馬場や競輪場、あるいは電車の中のような混み具合。平山は事前に、路上ライブの予定を知っていたのだろうか。

動きがないと、どうしても余計なことを考えてしまう。集中だ、集中……そう自分に言い聞かせてコーヒーを口元に運ぼうとした瞬間、ポケットの中で携帯電話が震え出した。こんな時間に誰だ？　慌てて、コーヒーを少しズボンに零してしまう。舌打ちして、電話を引き抜く。見慣れぬ携帯電話の番号が浮かんでいた。無視しようかと一瞬考えた。今は岩波がいないのだから、電話に気を取られて監視が疎かになってはいけない。どうしようかと考えているうちに、車のドアが開いて岩波が助手席に体を滑りこませてきたので、通話ボタンを押した。

「もしもし？」

「刑事総務課の大友さんですか？」

聞き覚えのない男の声。不信感が頭の中に広がっていく。こういう時は返事をせずに、相手の次の言葉を待たなければならない。

「捜査指導参事官の後山《あとやま》です」

大友は首を捻った。自分が混乱しているのをはっきりと意識する。後山はキャリア官僚で、刑事部に新設されたポストについたばかりである。年齢は自分とほぼ同じはずだ。挨拶回りに来た時に姿を見たが、あまり警察官らしくない、という印象を抱いた。細身の体をダブルのスーツに包んでいるというだけでも、警察の中では少し浮いた感じになる。銀縁の眼鏡が、いかにも冷静で冷たいイメージを補強していた。

「はい」状況が読めない大友は、自分でもそれと分かるぐらい、疑わしげな声を出してしまった。

「いきなり電話して申し訳ないですね」慇懃無礼な口調だった。

「いえ」

「突然で恐縮なんですが、お願いしたいことが――」

「あの」大友は戸惑いながら、後山の言葉を遮った。「失礼ですが、参事官から直接指示を受けるのは、異例ではないかと思います」

「仰る通り……って、あれ？　何も聞いてないんですか？」突然くだけた口調になった。

「どういうことでしょう」

「福原指導官から電話がありませんでしたか？」

　突然、状況が読めた。福原は「別の人間が指示することになる」と言っていた。その「別の人間」が後山というわけか。しかし、ほとんど面識がない人間からいきなり指示を出されても、素直には動けない。

「ありましたが、私は別に──」

「平山が殺されました」

「はい？」あまりにも話が極端に変わり過ぎるので、大友は筋読みができなくなった。

「平山が殺されました」後山が冷静な声で繰り返した。「町田市内で、遺体で見つかっています。先ほど、身元が確認されました」

「どういうことですか」僕は担がれているのではないか？　いきなりこんなことを言われても、にわかには信じられない。

「状況は、私も詳しく分かりませんが、現場に行くべきだと思いますね」

「それはそうですが……」大友は横を向いて、岩波の顔をちらりと見た。岩波も、怪訝そうな表情でこちらに注目している。「どうして私に連絡してきたんですか？」

「それが私の仕事だからです」やけに自信たっぷりに後山が言い切った。「詳しいことは、所轄の方で確認して下さい。捜査一課も出動します」

いきなり電話が切れた。狐につままれたような気持ちで、大友は首を傾げる。突然電話がかかってきたのも異常だし、その内容も普通なら考えられない。だが、誰かが悪戯でやっているとも思えなかった。

「何ですか？」

「いや、それが――」

岩波が慌てて体を斜めに倒す。バイブ音が聞こえ、彼がズボンのポケットに入れていた携帯が震えだしたのだと分かった。あたふたと携帯を取り出すと、瞬時に顔が蒼褪《あおざ》めた。

「ヤバイ。森野さんです」

大友は緊張感がにわかに高まってくるのを意識した。このタイミングで森野から電話があるということは、何かあったのは間違いない。後山が、一瞬早く連絡してきたということか。

「はい、岩波です」緊張しきった様子で、電話を耳に押し当てる。「ええ、はい……ええ？」突然声が裏返った。大友を見る目は、目玉が飛び出しそうなほど大きく見開かれている。「そうなんですか？　はい、そうです。じゃあ、そっちの現場へ……」

大友は、岩波の電話が終わらないうちに車のエンジンをかけた。エンジンはすっかり冷えきっていたので、冷たい風がエアコンから噴き出してくる。現場がどこかは分からないが、岩波が聞いているだろう。とにかく、一刻も早く現場に行かなければならない。

気を遣って狭い道路を走りながら、大友は岩波の電話が早く終わってくれないかと祈った。どうも森野は話が長いようで、肝心の情報を伝え終わっていないようだ。

もちろん、彼も混乱しているのかもしれないが。昼間取り逃がした男が、夜になって他殺体で見つかる——混乱しない方がおかしい。

5

現場は、ＪＲ町田駅の南口から少し離れた住宅街にある駐車場だった。土曜日のせいか、駅のすぐ近くなのに人通りが少ない。だがパトカーが殺到し、パトランプの赤が付近を血の色に染めて、騒がしい雰囲気になっていた。野次馬もちらほら見受けられる。制服警官が、慌てて黄色い規制線を引っ張り、現場を保存しようとしている。こんな騒ぎがなければ、この駐車場は、住宅街にぽっかり空いた黒い穴のようだろう。

「まさか、こんなところで」車を降りた瞬間、岩波がぼそりとつぶやいた。「こんな目立つところで殺しですか？」

「現場は別かもしれないよ。ここは遺棄した場所、というだけかもしれない」どこかで殺して車で運び、駐車場で遺棄したというのは、考えられないでもない。ただしこの駐車場が、死体を捨てる場所に相応しいとは思えなかった。

「そうですね。でも、もう少し離れていれば……」

岩波が言葉を呑みこむ。大友は、うなずきながら気を引き締めた。ここは神奈川県との県境近くで、実際、小さな川を渡った向こうは相模原市なのだ。もしも遺体がそちら側で見つかれば、警視庁は殺人事件捜査の重荷を背負うことにはならなかったのだが、逆にスリの捜査は難しくなっていたかもしれない。神奈川県警に協力するのが主になってしまうからだ。いくらスリの犯人であっても、殺人事件の被害者という事実の方が重い。

月極の駐車場は、道路に面した部分に低いフェンスが張ってあるだけで、誰でも出入りできる。下は砂利で、土地が余ったオーナーが取り敢えず駐車場として貸し出した、という状況が想像できた。フェンスに管理会社の看板が張ってあるので、念のために電話番号をメモする。

岩波が、覆面パトカーのトランクを開け、オーバーシューズを持ってきたが、大友は苦笑しながら受け取るのを断った。岩波が不快そうに唇を歪めたが、こんな砂利敷きの駐車場で、足跡を残さないように気を遣っても仕方がない。オーバーシューズは、あくまで室内の――少なくともフラットな現場を荒らさないようにするためのものだ。

現場では既に鑑識活動が始まっていたので、取り敢えず今は、邪魔せずにそれを見守るしかない。駐車場の中には入ったが、フェンスに背中を預ける形で、現場からは距離を置いた。

「あの車の陰ですね」岩波が囁く。

よく見ないと分からないが、駐車場の地面にはロープが張ってあり、それぞれの駐車区画を示している。全部で十二台分。鑑識の連中は、奥の一番左側のスペースに固まっていた。ホンダのRV車が前向きに停まっている背後だ。そちら側もフェンスになっているのが見える。遺体は、車とフェンスの間に押しこまれるように遺棄されていたようだ。

「大友」

振り向くと、森野が暗い表情で立っていた。大友は軽く頭を下げて、彼の怒りと焦り、それに恐らくその底にある悲しみを受け流そうとした。

「間違いなく平山だ」

「森野さんが確認したんですか」

「ああ……通報で聴いた特徴が平山らしかったからな」

「第一発見者は？」

「ホンダ車の持ち主だ。今、署で話を聴いている」

平山の遺体は、予想通り車とフェンスの間の狭い空間に押しこめられていた。実際には、車のリアフェンダーの下に潜りこむ格好になっている。鑑識の連中が座りこんで何か調べていたので、遺体の様子はよく見えない。

「この車の持ち主はどうした！」森野が叫ぶ。誰かが、「間もなく来ます」と切り返した。

　森野は、隣の空いたスペースに立ち、腕組みしながら鑑識活動を見守っている。いや、実際には、ちらりと垣間見える平山の遺体を観察しているのだと分かった。横に立つと、緊迫した雰囲気がはっきりと伝わってくる。顔をうかがうとやはり蒼白で、口元は硬く引き締められていた。今の彼から言葉を引き出すのは難しいだろうと思ったが、ほどなく彼の方から口を開いた。無理に押し出すような口調で、声はかすれている。

「何も、死ぬことはなかったんだ」

「ええ」

「平山とのつき合いは、三十年になる。俺が刑事になって、最初に捕まえたのが平山なんだ」

「そうなんですか？」

「ああ。いいオッサン……自分より十歳以上も年上のオッサンがスリなんかやっているのは、ショックだったな。平山は、人は悪くないんだよ。ただスリがやめられないだけで」

　スリの常習犯を、「人は悪くない」と言い切るのはどうかとも思うが、二人の間に、刑事と犯罪者というだけでは割り切れない微妙な絆があるのは大友にも分かる。そうでなければ、仕事まで紹介しないだろう。

「捕まえる度に、これが最後になると思うんだ。そしてまた裏切られる……こんなことの繰り返しだった。もしかしたら平山は、天性の詐欺師なのかもしれないな。それを信じて、仕事の世話までした自分が馬鹿みたいだ」

「森野さんは、正しいことをしたと思いますが」

「いや、余計なお世話だったんじゃないかね」

森野がこちらを向く。その目に涙が溢れ、今にも零れそうになっているのを見て、大友の気持ちは揺さぶられた。善と悪、法律のこちら側と向こう側——そういう仕切りでは割り切れない人間の絆もある。

「結局奴は、更生できなかった。何十年もつき合って、まっとうな人間として立ち直らせることができなかったんだから、俺の負けだよ。これじゃ、刑事失格だな」森野が乱暴に顔を擦る。

「更生は、警察官だけの責任に帰するものじゃありませんよ」大友はつい慰めてしまった。威勢のいい、傲慢で意固地なオヤジだとばかり思っていたのだが、彼の心の底にある優しさに気づいてしまった今、こちらも暖かい言葉をかけざるを得ない。「検事、裁判官、刑務官……法執行者全員の責任です」

「分かったようなことを言うな」

森野が、拳で大友の肩を小突く。かなり力が入っており、鈍い痛みが走った。

「実際、全ての責任を一人で負うことはできません」

「それじゃ駄目なんだ。俺は、警察官としての全人生を否定されたような気分だよ」

大袈裟です、と軽く慰めようとしたが、結局言葉を呑みこむ。定年間際ともなると、いろいろ考えるのだろう。

　ホンダ車の方で、ざわざわと人が動いた。持ち主が署から戻って来たのだろう。そちらへ向かって一歩を踏み出しながら、森野が言葉を嚙み潰すように言った。

「今回、奴はヘマしたんじゃないかな」

「ヘマ？」

「だいたい、ひったくりなんていうのは、もっと若い連中がやることだ。平山らしくない手口だよ。それに今回は、盗んだ相手がまずかったとかな……それで、かっとなった相手に殺された」

「それだけで人を殺しますかね？」

「最近は、誰でも切れやすくなってるんだよ。普段大人しくして気持ちを抑圧している分、急に爆発するんじゃないか」

「……そうかもしれません。でも、そもそも被害者はどうやって平山を捜し出せたんでしょうか」

「うーん」森野が腕を組んだ。「それは、今の段階では何とも言えない。それより、あの車の持ち主、お前が事情聴取してくれ」

「私ですか？」歩きながら、大友は自分の鼻を指差した。

「そうだ。お前は……何となく、お前の顔を見ていると話してしまうからな。今のところ、あの男も容疑者だぞ」

森野が、車に向かって顎をしゃくる。車の持ち主は運転席に腰を落ち着けたばかりで、ルームライトが顔を照らし出している。年の頃、三十歳ぐらい。細面で、無精髭が顔の下半分を覆っているのが見えた。近くに住んでいるはずだが、慌てて飛び出して来たためか、シャツ一枚しか着ていない。しかし体を震わせたのは、寒さのせいばかりではないだろう。

エンジンがかかり、車が前に出る。大友は「あの運転手を確保しておいてくれ」と岩波に囁き、森野と一緒に車の後ろ側に回った。

作業しやすくなったので、鑑識課員たちは立ち上がって現場を調べている。時折ストロボが光り、その度に平山の遺体が闇の中で浮かび上がった。ほどなく小型の投光器が持ちこまれ、平山の遺体を昼間よりも明るく照らし出す。

撲殺のようだ。頭から大量の出血……顔は腫れ上がり、大友は遺体が平山だという確信を持てないほどだった。頭の傷が致命傷になったと思われるが、顔の怪我も相当なものだ。殴り続けられ、最後に頭に一撃、という感じだったかもしれない。

大友は、ちらりと車を見た。リアフェンダーに、血糊がべったりとついており、白いボディなのでひどく目立つ。これを綺麗にするには、相当の忍耐が必要だろう、と所有者に同情した。人間の血を洗い流す経験など、ほとんどの人にないのだから。

遺体をあんな狭い場所に押しこめて……犯人は複数だったのではないか、と大友は想像した。いくら相手が七十二歳でも、一人で抵抗を封じこめて殺すのは相当難しい。森野の言う通り、平山は誰かまずい相手を狙ってしまったのかもしれない。それこそ暴力団とか、気の短い若者のグループとか。そういう連中が、自分たちより先に平山を見つけ出すのも、不可能ではないだろう。

森野が、遺体の前、頭のところでしゃがみこむ。踵を浮かした格好で、しばらくじっと頭を垂れた。両手を合わせ、無言で何か語りかけているのが分かる。大友も、その場で手を合わせた。現場で一瞬見ただけの平山の顔が脳裏を過ぎると同時に、激しい自責の念に襲われる。

この男の死に関しては、自分にも責任がある。もしもあの時、無事に捕まえていれば……少なくとも、こんな形で平山が最期を迎えるようなことはなかったはずだ。そう思うと、喉元に酸っぱい物がこみ上げてきて、息が詰まる。僕はこの一件を、舐めていたのかもしれない。福原から命令された時、頭の中に「たかがひったくり事件の捜査」と軽視する意識があったのは否定できない。人の命にかかわる捜査ではないと、無意識のうちに割り切ってしまっていたような気がする。

森野がゆっくりと立ち上がり、うつむいたままこちらへ向かって来た。そのまま殴りかかってくるのではないかと思い、大友は背筋に寒いものが走るのを感じたが、森野は一メートルほど手前で立ち止まった。目は乾いている。既に立ち直ったのか……大友は正面から彼の顔を覗きこんだ。険しい表情だったが、それは怒りというより自分を鼓舞し、気合いを入れているからのように見える。その気合いが、大友にも乗り移った。

「こんな風に死ぬことはなかったんだ」森野がぽつりとつぶやく。

「私の責任です」

「あの時捕まえていれば、な」森野が寂しそうに笑う。「今さらそんなことを言っても、何にもならんが」

「この件、私も手伝わせてもらいます」

「俺は、そんなことまで頼んでないぞ」森野が目を細める。「ただ、今日の人手が足りないから、誰かを寄越してくれって言っただけだ。あんたを指名したわけでもない」

「分かっています」

「指導官が、な」森野が唇を尖らせる。「まあ、あの人のやり方に関して、俺はどうこう言える立場じゃないが」

「実際、私もほとほと困っているんです」大友は肩をすくめた。「でも……すみません、今回は少し仕事を舐めていたかもしれない」

「ほう」森野が目を見開いた。

「あんなミスに、言い訳は通用しません。私があの時、きちんと捕まえていたら、死なずに済んだと思います」

また雷が落ちるだろうと覚悟したが、森野は喧騒に消えそうな小さな声で「ああ」と短くつけ足すだけだった。

「俺たちは、ミスばかりしてると思う。警察の仕事で、一から十まで完璧にできることなんて、滅多にない。いつでも綱渡りなんだ。でも今回の件は、極めて特殊だ。あんなイレギュラーな事態が起きたんじゃ、どうしようもない。それにあの時、平山を追っていたら、あの阿呆な自殺志願者が死んでいたかもしれない。それはそれで、後味が悪かっただろうな」

「ええ。しかし、あの自殺志願者もグルだったかもしれません」

「そうかもしれないが、今回は、運がないんだ」どこか諦めたように森野が言った。

「だけど、このままでは終わらせないぞ」

「もちろんです」

「ただ、あんたに関しては……」森野が眉をひそめた。「この現場はいい。どたばたしてるから、『たまたま居合わせたんで手伝いました』と言っておけば、誰も文句は言わないだろう。ただ、殺しの捜査は一課の手に渡るから、その後のことは分からないぞ。俺には口出しする権利がないからな」

　自分で、RV車の持ち主に事情聴取しろ、と指示したのに、森野はひどく不安そうだった。それはそうだろう。被害者が、捜査三課が追っていた犯人ではあっても、これは明白な殺人事件である。捜査一課が捜査を引き取っていくのが当然なのだ。どうやって食いこんでいくか……福原に頼むのが一番いいのだが、今回の彼は、どうも様子がおかしい。となると、先ほど自分にこの一件を知らせてくれた後山に頭を下げるべきか……しかし、出しゃばっている、とは思われたくない。

福原にお願いして、正式に一課の捜査に加えてもらうべきか。悩んでいると、電話が鳴った。先ほども浮かんだ電話番号――後山ではないか。

「どうですか」後山が遠慮がちに切り出してきた。

「今、現場に着いたところです。遺体を確認しました」

「そうですか……もちろん、この件の捜査は引き受けてもらえますね？　一課にはもう、話を通しました。自由に動いてもらって構いません」

「それは、どういう――」

「勝手を言って申し訳ないんですが、今後、あなたに対する指揮権は、正式に私に移ります」

「どういう意味ですか？」大友は電話を握り直した。福原はどうなる？「福原指導官は……」

「指導官は、退職を視野に入れられています」申し訳なさそうに後山が言った。「考えて下さい。来年春には、間違いなく異動になるんですよ」

「ああ……」思わず気の抜けた声を出してしまった。そんなことは、当然分かっていて然るべきだった。捜査一課長から刑事部の指導官へ――キャリアからも年齢からも、そろそろ一線署の署長という退職間際の餞《はなむけ》のポストが待っている。一課在籍時の上司と部下、それに今の特殊な関係が、いつまでも続くわけではないのだ。

「指導官は、私を後任に指名しました。今回、あなたにこの捜査に参加してもらうのは、私の判断です」てきぱきと話しているものの、後山の声には明らかに戸惑いが感じられた。彼自身、こんなことは自分の仕事ではないと思っているのだろう。「今後も、あなたの出動に関しては私が判断します」

「余計な仕事ですね？」キャリア官僚は、こんな細かい仕事はしない。全体を見て命令するのが彼らの役目なのだ。「託した」と簡単に言うが、福原にも、そんなことをする権利はないだろう。ポスト的には同じ警視正とはいえ、キャリアとノンキャリアの間には、絶対に越えられない線がある。

「何事も経験です」そう言う後山の声に、揺らぎはなかった。自信たっぷりというわけでもなかったが。

電話を切り、大友は後山の番号を登録した。今後、どれぐらいの頻度で電話がかかってくるだろう、と考えながら。

6

第一発見者にしてRV車の持ち主は、永田穣《ながたみのる》、三十四歳と分かった。近くで美容院を経営しているという。家族は妻と子ども二人、それに「会長」である母親が同居している。美容院は会社組織にしているということで、母親が金と実権を握っているのだろう。

大友は、自分たちが乗ってきた覆面パトカーの後部座席に永田を誘導した。自分は横に座り、岩波が運転席に陣取る。

「大変でしたね」

まず、慰めから入る。彼が受けているショックは本物に見えた。顔面は蒼白で、握り合わせた両手の震えが止まらない。寒さのせいもあるのだろうが……大友は、エアコンの温度を上げるよう、岩波に指示した。車内を流れる風が少しだけ強くなり、永田の表情がわずかに緩む。

「今日は、車を動かしましたか?」

「いえ……あの、四日前からあのままです」

「火曜日からですね」

「火曜日」永田が指を折って数え始めた。簡単な計算にも戸惑うぐらい、混乱しているようだ。「ああ、はい、そうです。火曜日の夜十時ぐらい。皆で飯を食いに行って、その帰りです」

「ご家族の中で、あなたの他に車を運転する人は?」

「俺だけです」

「今まで、あの場所で何か変なことはありませんでしたか?」

「まさか」永田が思い切り首を振る。「あの駐車場、もう三年ぐらい借りてるんです。何もなかったですよ」

大友は手帳のページにボールペンの先を叩きつけ、次の質問を考えた。この事情聴取が上手くいきそうにない予感が、既にある。永田の怯えが演技でないことは、最初に話した時に分かっていた。相手が嘘をついているかどうか、本能的に判断できるのは、学生時代に劇団で舞台に立っていた経験もあるからだと思う。

「この駐車場は、誰でも自由に出入りできますよね」

「そうです」

「ガラの悪い連中がたむろしていたりとかは？」

「見たこと、ないです」

「だいたい、この辺、夜になると人通りも少ないですよね」

「ええ、九時を過ぎると、家へ帰る人ぐらいしかいないんで」

永田の緊張が、ようやく薄れてきた。一度肩を上下させると、小さく溜息をついて口の両端をひくつかせる。顔面の強張りを解《ほぐ》そうとしているようだった。

「何であんなところで……」溜息をつき、首を傾げる。「縁起でもないですよね。車、困ったな」

「そうですね」

「血が付いちゃって……あんなの、掃除できないですよ」

「分かります。ああ、岩波君？」

「はい？」いきなり話を振られて、岩波が甲高い声を上げた。

「後で、ちょっと水で流してあげてくれないか？　あのままじゃ、洗車に持って行くのも大変だろう」

「はあ」

不満たっぷりの口調だった。どうして自分が……とでも思っているのだろう。こういう時は、実際にやるかどうかはともかく、元気よく「分かりました」と言っておけばいいのだ。それだけで、永田はかなり気分が楽になる。

「まだ新しいですよね、あの車」大友はちらりと窓の外を見た。かなり大型の車——RVはどれもそうだが——なのは、家族五人で乗ることが多いからだろう。

「去年買い換えたばかりなんですよ」

「車そのものがダメージを受けたわけではないですから」大友は反射的に慰めた。「血を洗い流して、あとは洗車にかければ、分からなくなりますよ」

空しく丸まった彼の背中を見送りながら、大友は岩波に声をかける。

「どう思った?」

「あの人は、事件には関係ないでしょうね」岩波が車のルーフに腕を乗せる。投光器の灯りで照らし出された顔は、疲れ切っていた。「ちょっと可哀想でしたね」

「そうだな……もう一度、遺体をちゃんと見ておこうか」

「ええ」気が進まない様子ながら、岩波がうなずいた。まだあまり、死体を見た経験もないのだろう。

大友は平山の遺体の横に屈みこみ、じっくりと様子を確認した。ブルゾンにグレーのズボン、ナイキのランニングシューズという格好は、大友の記憶にある限り、昼間と同じである。両目が薄く開いて、涙が溜まっているのが見えた。おそらく、殺されてからそれほど時間は経っていない。地面に伸びた右腕は、きつく拳に握られている。死ぬ直前の痛み、苦しみはあったはずだ。

「アタッシュケースはどうした？」

後ろから声をかけられ、振り返る。森野が、困惑した表情を浮かべて立っていた。周囲を見回してみたが、見当たらない。

「そういえば、ないですね」

「やはり、盗まれたのかね」森野は渋い表情のままだった。

「そうかもしれません」

「ひったくり犯が強盗被害に遭ったのか……」

あり得ない話ではないが、偶然が過ぎる。確かにあのアタッシュケースには、いかにも大事な物が入っている感じがしたが、それにしても……もしかしたら平山は、あのアタッシュケースに何が入っているか知っていて、計画的に狙っていたのか？

「アタッシュケースの中身は何ですかね」大友は低い声で訊ねた。

「さあ、な」森野の答えは素っ気無い。ズボンのポケットに両手を突っこんだまま、遺体を凝視している。

こうなると、そもそもアタッシュケースを奪われた被害者を特定できていないのが痛い。今日は二重三重のミスを犯していたのだと、改めて痛感する。

「テツ」声をかけられ、振り向く。柴が両のポケットに手を突っこんで立っていた。腰丈の黒いコートに茶色いズボン。コートの前を開けているので、ネクタイをしていないのが分かる。ワイシャツには皺が寄っていた。

「お前のところが担当か？」

「待機中だったからな」

柴がうなずいた。森野に形式ばった挨拶をしてから、大友を手招きする。二人は現場から離れ、駐車場の隅に行って話し始めた。

「で、状況は？」寒さに耐えかねたのか、体を揺すりながら柴が訊ねた。

「まだ何も分からない。被害者は、僕たちが昼間、ひったくりの犯人として追っていた男だ」

「何だって？」柴の目が細くなった。

「お前も鈍いな。僕がどうしてここにいるのか、考えろよ」

「地元だからかと思ってたが」

「地元の事件に一々顔を出してたら、体が幾つあっても足りないぞ」

「そりゃそうだ。だけどそもそも、町田なんてそんなに事件の多い場所じゃないだろう」

「普段は平和な街だよ」

軽口はそこまでだった。大友が昼間からの流れを説明すると、にわかに真剣な表情になった柴が、声を潜めて訊ねる。

「問題は、そのアタッシュケースじゃないか？」

「そうなんだ。未だに行方が分からない。誰かが中身を狙った可能性もある」

「よほど大金が入っていた、とかな。どれぐらいの大きさだったんだ？」

一瞬目を閉じ、大友は平山が抱えていたアタッシュケースを思い浮かべる。鈍い銀色に輝くケースは、それほど小さくはなかった。

「四十五センチに三十センチというところかな」大友は横、縦と順番に指先を動かし、空中でサイズを描いた。「厚みは十センチぐらいだと思う」

「それ一杯に金を入れるとしたら、どれぐらいになるだろう」

「軽く一千万円、かな」

「だろうな……いや、一千万円どころじゃないか」柴が顎を撫でる。土曜の夜のせいか、髭が薄く顎を覆っていた。「どれぐらいになるかは分からないが、そのケース一杯に金が入ってたとしたら、あらゆる犯罪の動機になるぜ」

「ああ」

「目撃者、見つかりそうにない場所だなあ」少し呑気な口調で言って、柴が周囲を見回す。投光器とパトライトが、紅白の光を周囲に投げかけていたが、それが消えればひどく寂しい場所だということは分かっている。街灯の灯りも頼りなく、女性だったら一人歩きできるような雰囲気ではなかった。

「テツ」

一人歩きを心配しなくていい女性もいる――大友は近づいて来る同期の高畑敦美《たかはたあつみ》に向かってうなずきかけながら、失礼なことを考えた。実際彼女は、大友とさほど背丈が変わらず、がっしりした体格なのだが。高校時代にはハンマー投げでインターハイに出場し、大学では女子ラグビーで活躍してきた。体が大きいせいで今でも妙な威圧感があるが、顔が可愛いので、陰では「アイドル系女子レスラー」などと揶揄《やゆ》されている。その噂が彼女の耳に入らないように、と大友は常に願っていた。

敦美はしばらく捜査共助課にいたのだが、この春、捜査一課に異動になったのだった――よりによって、柴と同じ班に。そして同期とはいえ、柴は敦美に対して苦手意識がある。まあ、彼女の相手が得意な人間もあまりいないだろうが……とにかく呑むし、それを人にも強要するのだ。だいたい、バーボンのストレート。休みの前日などは、延々と朝まで呑み続けることも珍しくない。もっとも、緊急出動の多い捜査一課に異動になってからは、少しだけ酒も控えているようだ。あくまで彼女の基準での「少しだけ」だが。

今日も土曜日なので呑んでいたのではないかと思ったが、その気配はまったくない。もっとも彼女は、うわばみどころかザルで、いくら呑んでも酔わないのだが。

「二回説明するつもり、ないでしょう？」大友と柴が一緒にいるのを見て、既に状況説明は終わった、と判断したようだった。

「僕は別にいいけど、聞きたい？」

「手短に」言って、親指と人差し指の間を一センチほど開ける。

大友は、昼間からの出来事を簡単に説明した。二度目となると、説明も慣れた物になる。頭の回転が速い彼女は、すぐに状況を把握したようだった。

「穴だらけの捜査じゃない」

「申し訳ない」大友は素直に頭を下げた。

「テツのことだから、油断してたわけじゃないと思うけど……問題の自殺志願者も見つかってないのね」

「そりゃあ、自殺の邪魔をされたんじゃ、いたたまれなくてその場にいられないだろう」柴が合いの手を入れた。「お前は別に、間違っちゃいないよ」

「そうね……もしも見つけたら、公務執行妨害で逮捕してやったら？　実際、そいつのせいで平山を取り逃したんだから」

「そうかもしれないけど、きっと自殺しようとするほど悩んでいたんだよ」大友は反論した。「そんな人間に、さらに説教したら可哀想じゃないか」

「怒られることで、自分の存在価値を見出す人間もいるけどなあ」頭の後ろで両手を組みながら柴が言った。「人間、無視されるのが一番辛いんだ」

「あんたもそうじゃない？」敦美がにやにやしながら言った。「都会の片隅で埋もれた、砂粒みたいな存在……」

「やめろって。昭和の歌謡曲かよ」柴が顔をしかめたが、やはり敦美には突っこみにくいようで、反論にも切れがない。

「そんなことより、テツ、優斗君は大丈夫なの？」

「あ、そうか」慌てて腕時計を見ると、既に日付は変わっていた。今夜はどうなるのだろう。「捜査会議はどうするのかな」

「今夜は、やるにしても簡単な報告だけじゃないかな」柴が言った。「きっと三十分で終わるよ。まだ何も状況が分かってないし、これからすぐ分かるとも思えない。本格始動は、明日の朝だろう」

「それで、優斗君は？」敦美が再び突っこむ。

「家を出る時に寝かせてきたんだけど……どうなるかな。本当は、午前一時で張り込みを交代して帰る予定だったんだ」

「帰れるにしても、それぐらいになるんじゃない？」敦美が手首を持ち上げて、自分の腕時計を確認した。「寝てるなら大丈夫でしょう。取り敢えず、こっちに専念ね」

　今夜はともかく、明日以降やることは近所の聞き込みだ。ただ、目撃者がいるかどうか……あのRV車の背後は、どこからも完全に死角になる。たまたまその車に乗りこもうとした人がいたからいいものの、もしかしたら、遺体はしばらく見つからないままだった可能性もある。

そうだ、他の車の持ち主だ。不動産屋に連絡して、駐車場を借りている人間を割り出せば、目撃者につながるかもしれない。

……いや、それも難しいか。町田は非常に大きな街で、人口は四十万人を数える。多摩地区では八王子市に次いで二番目に大きな市だし、ちょっとした地方の県庁所在地よりも人口は多い。そんな街にも、死角になってしまう場所があるのだ。

そう、どんな街にも闇はある。

深夜一時から町田署で開かれた捜査会議は、柴の予想通り、わずか三十分で終了した。特別に呼ばれた森野が、昼間からの状況を説明する。妙に緊張した空気が漂うのを感じて、大友はずっと居心地が悪かった。

一時的に解放され——明日の朝は八時集合になった——大友は柴、敦美と連れ立って特捜本部に当てられた会議室を出た。廊下は刑事たちがざわついているが、これから朝までの数時間は静かになる。明日は日曜日……優斗をどうするか決めなくてはならないが、いずれにせよ六時半には起きなければならないだろう。自宅から署までは、歩いて十分ほどしかかからないが、何かと準備が必要だ。

「今日はどうするんだ？」

「俺は、道場で雑魚寝だな」欠伸《あくび》を嚙み殺しながら柴が伸びをする。

「高畑は？」

「ま、適当に」軽く肩をすくめる。「それとも、テツの家に泊めてくれる?」

「こいつの家には、寝る場所なんかないじゃないか。狭いんだぜ」柴が顔をしかめる。

「ソファでも何でもいいけど」

「そうもいかないだろう」大友は肩をすくめた。「泊めてあげたいのは山々だけど、ソファで寝たんじゃ疲れは取れないよ」

「まあね。とにかく私は適当にやるから、気にしないで。それより、優斗君は本当に大丈夫なの?」

「明日の朝、預けてくるよ」

「お義母さんと上手くいってるの?」

敦美が心底心配そうに訊ねた。最近は、同期だろうが何だろうが、互いのプライベートな部分には突っこまないのが普通だが、この二人は遠慮なく大友の領域に土足で踏みこんでくる。もっとも大友は、それを不快に感じたことはなかった。しかし、今の問いに対しては言葉を濁すしかない。

「ああ、まあ……いろいろある」

「話を聞くと、結構凄そうな人だしね」敦美がにやにやしだした。

「凄いというか……そうだね。凄い人だ」

強引といえば、あれほど強引な人は周りにいない。今日——既に昨夜だが——見せられた見合い写真を思い出す。冷静になって考えれば、条件は悪くない。今年三十歳になるという、小学校の先生。顔立ちも可愛かったし、何より子どもの扱いに慣れているだろう。同じ公務員同士ということもあり……何を余計なことを考えているんだ、と大友は頭を振った。別に条件で結婚するわけじゃない。こちらはまったく真剣に考えていないのに、見合いの話を持ち出されても、真面目に反応できるはずもない。どうも、聖子の本音は読めなかった。

亡くなった妻の母――永遠に理解できない存在かもしれない。

「じゃあ、取り敢えず今夜はお疲れ」柴が言った。

ふと思いついて、口にする。

「捜査指導参事官の後山さん」

「ああ?」柴が疑わしげな視線を向けてきた。「後山さんがどうかしたか」

「面識、あるか?」

「ないよ」柴が苦笑する。「キャリアのお偉いさんだぜ?　顔を見る機会もないよ。何かあったのか?」

「いや……この現場に関しては、福原指導官じゃなくて、あの人から話がきたんだ」

「要するに、テツの後見人が、福原指導官から後山さんに交代したってこと?」敦美が首を傾げる。

「そういうことみたいなんだけど……福原さんも、そろそろ異動らしいし」

「確かにそういう年よね」納得したように敦美がうなずき、拳で顎を軽く叩いた。「それで後山さんか……」

「何か問題でも？」

「ちょっと変わった人みたいよ」

「そうなのか？」

「噂で聞いただけだけど」

大友は静かにうなずいた。確かに……あの妙に丁寧な喋り方は、キャリアの人間のそれとは思えない。

「お前も、いろいろ大変だな」柴が大袈裟に溜息をついて、大友の肩を叩いた。「いっそ、一課に異動する希望を出したらどうだ？　そうしたら、少なくとも訳の分からない理由で引っ張られることはなくなる」

「それはそれで、大変だと思うけどね」また事件だけに巻きこまれる日々。胸が熱くなる想像だが、現実がそれにストップをかける。自分には優斗がいるのだ。

そうすると悪いことに、聖子が持ち出した見合い写真が、またも脳裏に浮かんでしまうのだった。

7

大友が特捜本部に飛びこんだのは、ちょうど捜査一課長の前田《まえだ》が壇上に立った時だった。この帳場の本部長になる署長が、一言発した後。たぶん、規定の時間に十秒遅れだ。冷や汗を拭いながら一番後ろの席に腰を下ろした瞬間、一斉にこちらを振り向いた視線が体を貫く。まったく、昨日からどこか調子が狂ったままだ。最近、朝は起こさずとも目を覚ますようになった優斗が、今日に限って愚図り、なかなか起きなかった。慌てて朝食を取らせ、聖子の家まで送って署へ……最後はほとんどダッシュだった。外は初冬の陽気なのに、わずかに汗をかいている。ハンカチを額に押し当て、すっと背筋を伸ばした。古いパイプ椅子がぎしりと音を立て、それでまたひやりとする。

この春赴任してきた前田は、「事件に好かれる男」という評判を取っている。行く先々で事件に出くわし、心身ともに磨り減らしながら、ここまできた男なのだ。そして一課長になってからだけでも、特捜本部が新たに五つ立っている。このうち三つは犯人逮捕にこぎつけているが、二つはまだ未解決のままだった。わずか数か月で六つ目の特捜……ハイペース過ぎる。まるで東京全体が、動乱期に入ってしまったようだった。

「今回の一件は、非常に不可解な点が多い。昨夜の捜査会議でも話が出たが、昨日の昼間の事件から端を発している。そこからつながっている可能性が高いので、今回は捜査三課にも協力を要請した。連絡を密にして、一刻も早い解決を目指して欲しい」

前田の指示が短いのは、大友もよく知っていた。こういう時、ぐだぐだと話を引き伸ばしがちな幹部もいるのだが、前田は気が短い。そういう性格の人間は、他の人間も皆同じだと考える傾向がある。とにかく必要なことだけを伝えて、さっさと刑事たちを街へ解き放つことを第一に考えるのだろう。

「では、具体的な説明に入る。遺体の検視状況から……友永《ともなが》管理官」

呼ばれた友永が立ち上がり、前田に代わって壇上に上がった。捜査一課の管理官の中では一番の若手である。ぴんと伸びた背筋、鋭い眼光、意思の強さを感じさせる四角い顎。若くして指揮官になる人間は、見た目からしてやはり鋭い。

「解剖は今日の午前中だが、取り敢えず検視の結果を簡単にお知らせする」低い、よく通る声。もっと広い部屋でも、マイクはいらないだろう。「被害者、平山治朗《じろう》、七十二歳。死因はおそらく、脳挫傷。遺棄現場にも多量の出血痕があったが、争った形跡がないので、殺害現場は別の場所と見られる。死亡推定時刻は、概ね午後十時前後」

平山の傷を写した写真が、プロジェクターで投影された。醜い傷だ。髪の毛がこそげ取られ、そこから血に染まった頭蓋がはっきり見えている。まるで、フルスイングしたバットが直撃したような感じだった。

「なお、口の周辺、顎、喉などに擦過傷があった。目の粗いタオルなどを押しつけられた感じだ」

口封じか……顔の下半分をきつく縛られた状態でどこかから拉致され、殺されてあの駐車場に棄てられた可能性が高い。となると、やはり不審な車の目撃者を捜す必要が出てくる。

「手首にも擦過傷。頭部、顔面には殴られた形跡もあり、殺される前に、かなりの暴行を受けていたと見られる……解剖は本日午前中。それで、凶器についてもある程度特定できるはずだ。それでは、今日の捜査担当を割り振る。現場の聞き込みは――」

友永が、てきぱきとした口調で仕事を割り振っていく。自分の名前が最後まで出ないので、大友は少し不安になってきた。特別に投入されたとはいえ、特捜本部にいる限りは、普通の刑事と同じように扱って欲しい。

「最後、平山の周辺捜査。これは昨日からの流れで、捜査三課の森野部長にキャップをお願いします」

他の課、それに年長の森野に対し、友永は丁寧な口調で対応した。大友の二列前に座っている森野が、小さくうなずくのが見えた。それを見て友永もうなずき返し、続ける。

「森野さん、昨日のスタッフをそのまま使って下さい。平山のことは、森野さんはよくご存じだと思いますが、最近の動向について、あるいは交友関係、その辺りを徹底的に洗って下さい」

森野がもう一度、今度はさらに深くうなずいた。自分はまた、森野の指揮下に入るのか……精神的に少し不安定になっている森野が、どういう指示を出すかが心配だったが、ここは黙って受け入れるしかない。ミスはミス。ここから盛り返していかないと、嫌な記憶を背負ってしまうことになる。

「では、以上で捜査会議を終える。本日夜は、八時に集合」

がたがたと椅子を引く音が響き、刑事たちが一斉に立ち上がった。八時か……少なくとも九時までは、拘束されるだろう。優斗の夕食は、また聖子にお願いするしかない。だがそれは、まだ先の話だ。今は考えなくていい。仕事に集中しなければ。どうにも気持ちが拡散しがちな今回の事件だが、大友は気持ちを引き締めた。

平山のアパートは狭い1ＬＤＫで、鑑識、それに刑事たちが入ると、あっという間に息苦しいほど狭くなってしまう。大友は六畳の和室の隅に立ち、取り敢えず部屋の様子を記憶に叩きこんだ。片隅で丸まった布団、畳の上に直に置かれた小型の液晶テレビ。低いテーブルが部屋の中央に置かれ、そこには昨日の朝刊と湯飲みが乗っていた。雑然とはしているが、不潔な感じはない。最低限の掃除はしていたようだ。そういえば、小さな掃除機が部屋の片隅にある。

岩波は押し入れを調べている。プラスティック製の衣装ボックスが三つ。中には、下着やシャツの他に、ジャージやトレーニングウエアが入っている。寝巻きというわけではなく、実際にトレーニングに使っていたようだ。足腰は鍛えていたのかもしれない——ひったくりのために。端から端まで渡したポールには、ジャケットが五着、コートが四着にセーターが七枚もかかっていた。七十二歳の一人暮らしにしては、ずいぶん服が多い感じがする。それに全体に派手というか、若作りだ。服にかける金が、それほどあるとは思えなかったが。

「通帳、ありましたよ」

衣装ボックスをずっと調べていた岩波が振り向いて、預金通帳を差し出した。受け取り、ぱらぱらと開いていく。非常にシンプル、というか、出入りの少ない通帳だった。毎月入ってくるのは年金だけ。他に定収入はないようで、働いていなかったことは明らかだった。月に一度、決まった額を下ろしている。年金の収入で生活していけるか……不動産屋に当たって、この部屋の家賃が四万五千円であることは分かっている。他に光熱費、食費、その他諸々。少なくとも月に十万円はないと生活できないだろう。台所の様子を見た限り、きちんと自炊はしているようで、食費はそれほどかかっていないはずだが。

冷蔵庫を開けてみる。作りおきの惣菜が入ったタッパーウエアが幾つもあった。まめに料理をしていたのは間違いないが、大友はかすかな違和感を覚えた。自分よりもよほどきちんとした食生活を送っていたようだが……冷蔵庫の横にある食器棚を確認して、大友は、違和感の源泉に気づいた。茶碗、味噌汁椀が二つずつあるし、皿も一人暮らしで使うには多過ぎる。

「岩波君」大友は、まだ押入れを調べている岩波に声をかけた。岩波がすぐに飛んでくる——実際には三歩歩いただけだったが。部屋はそれだけ狭いのだ。

「平山は、本当に一人暮らしだったんだろうか」

「はい？」何を言われているのか分からない様子で首を傾げる。

「食器が二人分あるんだ」

「あ、そうですね」食器棚を覗きこみながら岩波がうなずいた。

大友は食器棚の前を離れ、狭い玄関を調べた。外に出ているのは、平山の物らしい、黒の革靴だけ。靴箱を開けてみると、スニーカーが三足入っていた。昨日、平山は確かにナイキを履いていたが、コレクションしているとは考えられない。どれも最近のハイテクモデルであり、若者が好みそうなものばかりなのだ。別に七十二歳の男が履いていけないというわけではないし、動きやすさを考えたらこういう靴の方が絶対にいいのだろうが、やはり違和感は拭えない。これもトレーニング用ということだろうか。サイズは全て同じだった。

「女、ですかね」岩波が後ろから声をかけてきた。

「違うと思う。この靴箱、見てくれ」

「スニーカーだけ？」

「平山が履くような靴には見えないんだけど」

「まあ、確かに若向けですよね……」岩波が顎を撫でた。

「平山の家族はどうなってるんだろう」

「天涯孤独だって聞いてますよ」

うなずき、昨日森野から聞いた平山の経歴を思い出す。仙台出身。中学卒業後に上京して——いわゆる「金の卵」と言われた世代だろう——大田区内の青果店で働き始めたが、仕事中に怪我をして退職。それが二十歳の時で、しばらくは満足に働くこともできなかったらしい。青果店の店主は親切な男で、事務仕事を紹介しようとしたのだが、平山はそれを断ったという。どうやら、青果店で働いていた未成年の頃から、スリに手を染めていたらしいのだ。怪我がきっかけになって、真面目に働くのが馬鹿馬鹿しくなったのだろう。

それから五十年以上が経つ。そのかなりの時間を刑務所で過ごした平山だが、結婚したことは一度もないという。一時はつき合っていた女性がいたようだが、四十九歳の時に逮捕され服役、それで自然に別れてしまったらしい。その時平山を逮捕した刑事が森野である。

その後、平山と女性との関係はなかったはずだ——少なくとも、森野はそう言っている。最近は特に、動向をきちんと監視していたのだから、何かあれば自分たちにも教えてくれていただろう。そういう点、森野は細かい男だ。

電話を取り出し、一度部屋の外に出る。ひんやりとした空気が全身を包みこみ、背筋がぴしりと伸びた。森野が電話に出るのを待つ間、周囲を見回す。この辺は静かな住宅街で、日曜の午前中ということもあってか、人の姿は見えない。遠くで、小学生のものらしい歓声が聞こえた。近くに小学校があるので、サッカーの練習でもしているのだろう。優斗は今日、サッカーの練習もなく、静かな一日を過ごしているはずだが……聖子に言われて、家の前を掃除しているかもしれない。今時、箒《ほうき》を持って道路掃除というのも流行らないはずだが、聖子は必ず優斗に掃除させる。優斗本人も、別に嫌がっている様子ではないが。昔は箒の方が背丈より長かったが、最近ではそんなこともなく、器用に道路を掃き清めている。その様子は、小さな修行僧のようだった。

「森野だ」

無愛想な声が耳に突き刺さった。大友は電話を握り直し、平山の部屋に誰か別の人間が住んでいた可能性を告げる。

「女ではないな」森野が断言した。

「そうですか？」

「何度か家を張ってみたが、女の出入りはなかったぞ」

二十四時間監視を続けたわけではないはずで、そうは言い切れないだろうと思ったが、それ以上は突っこまなかった。突っこむにしても「断言できませんよね」程度しか言えない。そしてそんなことを言えば、森野が爆発するのは分かりきっている。

「他にはどうですか？」

「まあ……何も断言はできないな」森野の言葉が揺らいだ。

「若い男とか」

「何だ、それは」

「スニーカーがありました。若い男性が履くようなものです……親戚とかはいないですよね？」

「いない」今度ははっきりとした断言だった。「奴は四人兄弟の一番下なんだが、兄弟との縁は完全に切れている。甥や姪はいるはずだが、つき合いはないと思う。だいたい、甥や姪でもそれなりの年齢だろうが。若向けのスニーカーを履くような年でもないはずだ」

「でしょうね……ちなみに最近は、まったく働いていなかったみたいですね。銀行の口座には、年金以外の入金がありません」

「ま、年も年だしな。確かに働きに出ていた形跡はない」どこか寂しそうに森野が言った。自分より一回り年上……しかし本人も定年間近の身となると、平山の境遇も十分理解できるのだろう。刑事とスリ。あちら側とこちら側でまったく正反対の人間とも言えるが、因縁でつながった仲でもある。

「この前出所した時に、森野さんが紹介した仕事は……」

「町田のガソリンスタンドだ。俺のちょっとした知り合いでね。年も年だったんだけど、特別に引き受けてもらった」

「そこは、年で辞めた、ということでしょうか」

「ちょっと調べてみる。いつ辞めたかは、重要なポイントかもしれない」

　ガソリンスタンドなら、高校生のバイトもいるだろう。平山の家に住んでいたのが、本当に若い男なら、その頃のつながりが関係しているのかもしれない。

「しかし、妙だな」森野が漏らした。「誰かと一緒に住んでいるような気配はなかったんだが」

「食器も二人分ありましたよ」

「ますます妙だ。奴は料理なんかしないタイプだぞ」

「部屋もそれなりに片づいていました」

「それもおかしい」森野の声が、次第に熱を帯びてきた。「奴は、片づけができない人間なんだ。刑務所暮らしが長いくせに、そういう習慣を身につけなかったんだな」

刑務所は、統制の世界である。起床から就寝まで完全に監視され、何でもきちんとやるように強制される。成人してからのかなりの歳月を刑務所で過ごしても、基本的なだらしなさは変えようがなかったということか。

つまり、平山と一緒に住んでいたのは、かなり几帳面な人間――きちんと食事を作り、ある程度は部屋も片づける――だった可能性が高い。そんな条件で人捜しはできないだろうが。

「ガソリンスタンドの方は俺が調べてみる」

「お願いします」

「部屋のガサ入れは、あとどれぐらいかかりそうだ?」

「もうしばらく、ですね。出てきた靴も調べてみないといけませんから」

「後で連絡する」

電話を切って、一つ息をつく。今朝の森野は、昨日と打って変わって冷静だったな、と思った。一晩寝て、少しは気持ちが落ち着いたのか……落ち着くほど十分な睡眠は取れていないはずだが。

部屋に戻り、スニーカーを持ち出すよう、鑑識に指示する。潜在指紋についても、さらに入念に調べるように頼みこんだ。平山以外の人間がこの部屋にいたなら、それが誰なのか、きっちり割り出さなければならない。

「その薬缶は、特に入念にお願いします。取っ手のところを……」

どんなに丁寧な人間でも、薬缶はあまり洗わないものだ。取っ手には、指紋が残っている可能性が高いと判断する。

「大友さん」岩波の緊張した声が響く。まだ押し入れに首を突っこんでいたが、こちらを向いた時には、両手にA4サイズの封筒を手にしていた。「金ですよ」

岩波が、テーブルの上に封筒を置く。慎重に手を入れて、中から金を引っ張り出した。札が何枚も出てきたのを見て、大友は大金だと緊張したが、実際にはほとんど千円札である。一万円札がちらほら。岩波が、札ごとにまとめて丁寧に並べていった。

「……二十五万、ですね。あとは小銭」五百円や百円の硬貨も大量にある。

「これ、盗んだ金じゃないかな」

「そうだと思います」

「財布やアタッシュケースなんかは残ってないんだね」

「それは見当たりません」

「捨てたのか……」それはそうだ。用事があるのは中身で、入れ物ではない。ブランド品の財布やアタッシュケースなら、質入して金に換えているかもしれないが、いずれにせよ手元には残していないだろう。もしも見つかれば、犯行の証拠にもなり得る。一方金には名前も書いていないし、指紋から直前の持ち主を割り出すのも難しい。

「結局、ひったくりで生計を立てていたってことなんでしょうね」金を袋に戻しながら、岩波が言った。妙に悔しそうな口調である。森野の後悔が乗り移ったのかもしれない。

「被害届は、どれぐらい出てるんだ？」

「この半年で、五件ぐらいです。うちの署の管内だけですが」

「他に遠征していたかもしれないな」

「まったく、いい年していつまでも……」岩波が吐き捨てる。

警察の仕事の大きな柱が、犯罪者の更生である。何とか犯罪から遠ざかり、気持ちを入れ替えてまともな社会人になって欲しい。そう願って様々な手を尽くすのだが、実際には上手くはいかないものだ。真面目な人間が、一瞬魔が差して犯罪に手を染めてしまった場合など、反省すれば立ち直る機会は幾らでもありそうだが、実際にはそうではない。一度犯罪者のレッテルを貼られると、社会の方で拒絶しがちになる。そうなると居場所が消えてしまい、また犯罪に走るのだ。

大友にもそういう経験があった。所轄で駆け出しの刑事だった頃、傷害事件で、ある有名商社の社員を逮捕したのだが、彼は執行猶予判決を受けた後、会社に戻れなかった。解雇されたわけではないが、様々な圧力をかけられて辞表を提出せざるを得なかったようで、実質的には馘《くび》である。その後、捜査一課に異動した後で、大友はこの男をもう一度逮捕することになった。今度は傷害致死。最初に逮捕された時と同じように、酒場の喧嘩だったのだが、今度は相手を殺してしまったのだ。実刑判決を受けて服役し、もう出所しているはずだが、今頃どうしているか……会社を辞めた後、職を転々としていたようだが。

そういう不運な例以外にも、一定の比率で社会的な脱落者はいる。若い頃、自らの意思で犯罪に手を染め、その後絶対に抜け出せなくなるタイプだ。平山は、その典型だろう。分かっていても、そう考えると悲しくなる。

「どういうつもりか知らないけど、七十二歳にもなって、みっともないと思わなかったんでしょうかね」岩波が、今度は口調に怒りを滲ませる。

「生きているうちに、どこかで変わるタイミングがくると思うけど……平山の場合、まだ自分にはその転機がきていないと思ってたんだろうな」

「いい年になって、まだひったくりをやってるっていうのも……」岩波が首を振る。

「平山って、自分のジイサンと同い年なんですよ」

「そうなのか?」

「ええ。平山と違って、普通の会社員だったんですけどね。今はもう退職して、いいおじいちゃんなんです。いつもニコニコしていて、一日中コタツの前で座っているようなイメージがあるんですよね。それなのに平山は、あんなところで大胆に引ったくりをやってるんだから」

「でも、僕たちは捕まえられなかった。七十二歳に負けたことになるんだよ」

「そう……ですね」岩波が溜息をついた後、唇を噛んだ。

多少感受性が強過ぎる感はあるが、この若い刑事の態度に、大友は好感を抱いた。淡々と、義務として仕事をこなしている刑事が多い——若い刑事ほどそういう傾向が強いと思う——中、この男は事件に入りこむ性癖を持っているようだ。しばしば、入り過ぎて周りが見えなくなることもあるのだが、ただ義務的に捜査しているよりはよほどいい。

電話が鳴る。森野だった。

「ガソリンスタンドの店主に話を聞いたぞ。平山は、五年前までは真面目に勤めていたらしい」

五年前というと、六十七歳か……真夏の陽射しの中、あるいは冬の寒風に背中を叩かれながら勤めるには、きつい年齢だろう。力仕事でもあるだろうし。

「退職金とか、出たんですか?」

「すずめの涙ほどだな。何しろ、勤めたのも五年ぐらいだったから。その後は、どう考えても裕福な暮らしじゃなかったと思う」

「でしょうね」そして結局、犯罪に舞い戻ったわけか。そう考えると、少しばかり胸が痛んだ。気を取り直して訊ねる。「働いていた頃、誰か若い奴とつき合いはなかったたんですか？」

「特に親しい人間はいなかったようだ。平山の方でも、壁を作っていたようだしな。前科者だという意識もあっただろうし、自分の息子や孫のような人間とつき合うのは、疲れるだろう」

「分かります」

「ということで、この線はそれほど熱心に追いかける必要はない。気になるなら、事情聴取できるように、話は通すが」

一瞬、真面目に検討した。当時の様子を聴くのは、無駄足になるかもしれない。だが、森野が短い時間電話しただけで、きっちり情報を吸い上げられたとも思えなかった。

「お願いします。経営者の人には、話を聞いてみたいですから」

「今は、平山とはまったくつき合いはないようだがな」

「それでも構いません。被害者の人となりを知るのは大事だと思います」

「被害者……被害者か」森野がぽつりとつぶやいた。「奴さんを『被害者』と呼ぶ日がくるとは思わなかったな」

8

結局、盗んだと思われる現金以外、平山の家から特別な発見はなかった。一緒に住んでいる人間がいるらしいという疑いはあっても、断定はできない。鑑識が指紋を幾つか採取しているから、そこから手がかりが出てくるのを待つしかなかった。最近は照合技術も進んだから、仮に前科のある人間が暮らしていたとすれば、今日中には特定できるだろう。

自分が住む街で捜査をするのは、どこか奇妙な気分だった。普段は平和で、何もない街……今はそこに、わずかだが不穏な雰囲気が流れているような気がする。人が殺されるというのは、どんな状況であっても大事件なのだ。今回は特に、自分の家に土足で踏みこまれたような感じがする。早く事件を解決しないと。いつまでもこういう気分を抱えたままではたまらない。

平山が勤めていたガソリンスタンドへ向かって車を走らせながら、大友は胸の中でもやもやと渦巻く不快感を消し去れなかった。昨日からのミス。まだ一歩も進んでいない平山殺しの捜査。現場での聞き込みでも、まだ有力な情報は入っていないらしい。あの住宅地の中では、聞き込みも難儀するだろう、と大友は柴や敦美に同情を覚えた。

ガソリンスタンドは、小田急町田駅の南側、原町田中央通りの交差点から程近い場所にあった。森野が話を通していたので、車を乗り入れるとすぐに、経営者が顔を出してくれた。事務所に通され、名刺を確認する。内田俊明《うちだとしあき》。四十絡みの男で、明るい青の制服がよく似合っていた。大友の名刺にちらりと視線を落とすと、如才なく椅子を勧める。しかし表情は強張り、顔色はよくなかった。

「平山さんが亡くなった件は……」

「森野さんから聞きました。残念です」

大友は何も言わずにうなずいた。内田が暗い顔でうなずき返す。この男も後悔しているのだ、と悟った。辞めたのは年齢のせいかもしれないが、ここの仕事で収入があれば……とでも考えているのだろう。

「辞めて五年ぐらいになるんですよね」気を取り直して大友は訊ねた。

「そうです」

「ここにいた頃、働きぶりはどうでしたか?」

「真面目でしたよ。基本的に無遅刻無欠勤で。他のバイトや店員とは距離を置いていましたけど、年齢も違うから、それはしょうがないと思います」

「前科の件は?」

「それは暗黙の了解で、皆知ってましたけど」内田がうなずき、声を潜めた。「わざわざ本人の前で言うことじゃないですしね。私も、余計なことはいわないようにと、皆に言い含めていました」

「でも、呑み会の席とかで、つい話題になったこともあるでしょう」

「平山さんは、呑み会にはまったく出てきませんでした。そういうところが、皆と距離を置いている感じだったんです」

「そうですか」平山の孤独がひしひしと伝わってきた。本人は当然自分の立場を意識してそうしていたのだろうが、溶けこめないのは辛かったのではないだろうか。「そもそもどうして、平山さんを雇ったんですか？」

「それは森野さんの紹介で——」自分が表面的な事実しか認識していないと気づいたのか、すぐに説明をつけ加える。「実は昔、森野さんにお世話になりましてね。もう十五年も前で、オヤジがこのスタンドをやっていた頃なんですけど、何回か泥棒に入られて。その時、捜査を担当してくれたのが森野さんだったんです」

「犯人は捕まったんですか？」

「ええ……お恥ずかしい話ですけど、内輪の人間でした」内田がキャップを取り、頭を掻いた。

「そうですか」

「辞めたばかりの人間だったんですが、ちょっと変わった男でしてね。それを見抜けなかったのは、情けない限りです」

「そういうこともありますよ」大友はすかさず慰めた。人の本性を簡単に見抜けたら、世の中のトラブルは半分に減る。

「そうでしょうかねえ」

「それで、森野さんと関係ができたんですね」

「そうです。あの時は散々お世話になって……だから、平山さんのことを頼まれた時も、引き受けたんですよ。森野さんが身元引受人になってくれるっていう話だったし、そもそも森野さんの推薦だったら、トラブルが起きるとは思えなかったから」

「でしょうね……それで、こちらで働いている間に、何かトラブルはありませんでしたか？」

「それは、まったくないです」内田が深くうなずいた。「きちんと真面目に働いてくれましたよ」

「当時、社員の方やアルバイトで親しかった人は……」

「そういうのは、特に、ねえ」内田が顎を撫でる。辞めて五年も経てば、記憶も薄れるだろう。「少なくともここでは、特に親しく話していた相手はいなかったですね。話をしないというわけじゃなくて、最低限の仕事の話はするんだけど、深くかかわらないように、平山さん本人が気をつけてる様子でしたから。それは、さっきも言った通りです」

「店の外での関係は分かりませんか？　呑み会には来なくても、誰かとつき合いがあったとか」

「うーん」腕組みして、内田が首を捻る。「申し訳ない。外のことまでは分かりませんからねえ」

「分かりました」名簿を探してもらうべきか、一瞬迷う。一人一人当たっていくのはいかにも効率が悪いし、そこから情報が出てくるとも思えない。しかし、持っていて損はない情報だと判断した。「申し訳ないんですが、社員とアルバイトの名簿をいただけると助かります。五年前、平山さんが勤めていた当時の物が欲しいんですが」

「すぐ出ますよ」ようやく、内田の表情が少しだけ晴れた。「名簿の管理はちゃんとやってておかないと、後でいろいろ困りますからね」

「助かります」

内田がノートパソコンを立ち上げた。脇から覗きこむと、表計算ソフトを使い、一月ごとに名簿をまとめているらしい。人の出入りが多い仕事だろうから、月単位の従業員名簿が必要になるわけだ。内田は五年前のデータ――ファイル名から想像がついた――を引っ張り出すと、別のシートを開いてそこに貼りつけ、さらに別のファイルにあった連絡先一覧をペーストし始めた。

「今、プリントアウトしますから」

「お手数おかけします」

プリンターが吐き出した紙を、内田が手渡してくれた。名前と住所、電話番号が綺麗に一覧表になっている。

「上の方の二人、黒字になっているのが正社員です。この二人は今も働いていて……下の六人が当時のアルバイトです」

「アルバイトで、今も残っている人はいるんですか?」

「いや、もう全員いないですね」

住所を確認すると、二人が町田市内、三人が相模原市内、もう一人は大和市内に住んでいた。町田が、東京というよりも神奈川だということをまた強く意識する。内田が申し訳なさそうに言った。

「申し訳ないんですが、今も連絡がつくかどうかは分かりません。何しろ五年前ですし、引っ越したりということもあると思いますから」

「ええ。でも、携帯は簡単には変えないものですし、元の住所が分かれば、何とでも追跡できます。ありがとうございました」大友は名簿の角を合わせて丁寧に折り畳んだ。

「社員の方は、二人ともまだ働いていると仰いましたよね？」

「ええ」

「今からでも話が聴けますか？」

「構いませんけど……働いているのは、ここじゃないんですよ」申し訳なさそうに内田が言った。

「ああ、他の店ですか」

「うちは五店舗あるんですけど、二人とも今は別々の店で働いています。訪ねて行かれるなら、話は通しておきますが」

「すみません。お手数おかけします」大友は頭を下げた。こんな風に協力してくれる人ばかりだと、本当に助かる。何しろ市民の協力は薄くなる一方で、聞き込みによる事件解決率は、十年前に比べると二割減った、というデータさえあるのだ。かといって、全てが科学捜査で解決できるわけもなく……捜査は岐路に立っている、と感じることは少なくない。

車に戻り、名簿を改めた。社員二人が勤めるスタンドは、一軒が町田市内、もう一軒が相模原市内にある。といっても、距離的には近いので、両方回ってもさほど時間を食うことはないだろう。

「社員二人には話を聴いてみようと思う」

「そうですね」助手席に座った岩波が欠伸を嚙み殺した。

「何だ、眠いのか？」

「昨夜ほとんど寝てないですから。大友さんは元気ですね」

「子育てしてると、疲れてる暇もないんだよ」

「ああ」何か納得したようで、曖昧に返事をした。大友の事情は分かっているのだろうが、ここで話題にすることではないと判断したのだろう。「じゃあ、行きますか」

「相模原の方から行こうか。ここからだと、そっちの方が近い」

「そうですね」

目当てのガソリンスタンドは国道十六号線沿いにあり、この店からだと二キロほどしか離れていない。行く途中で、ちょうど事件の現場を通りかかることになる。そうだ、柴たちに会えたら、現場がどうなっているか、状況を聞いておいてもいい。特捜本部が立っている時、こうやってずっと動き回っていると、他の刑事が摑んだ情報はなかなか入ってこないものだ。極めて重要な情報——直接犯人につながるような情報を、夜の捜査会議まで知らない、ということもままある。

「ちょっと現場に寄っていこうか」

「そんな暇、あるんですか？」

「大丈夫だよ。それに、何か新しい発見があるかもしれない」

「分かりました」岩波は助手席でリラックスした姿勢を取り、腹のところで両手を組み合わせた。すぐに、軽い寝息が聞こえてくる。この様子だと、本当に昨夜はほとんど寝ていないのだろう。一晩徹夜したぐらいで情けないと思ったが、彼の場合、初めての特捜本部事件だというし、体よりも神経が参ってしまっているのではないだろうか。

　街中を走るこの道路は、人も多く走りにくい。片側四車線の広い道路なのに、信号もないところでいきなり飛び出してくる人もいるのだ。見ると、中央分離帯——背の低い植えこみになっている——のところで、足踏みしながら車の流れが途切れるのを待っている若いカップルがいる。もちろん、こんな場所で横断してはいけないのだが、大友は反射的にブレーキを踏んだ。中央分離帯付近でうろうろされると、かえって危ない。クラクションを鳴らし、それに気づいたカップルに向かって、右手を右から左へ振ってみせる。二人が揃って頭を下げ、ダッシュで車道を渡って、左手にあるファミリーレストランの中に消えていった。交通違反を助長するようじゃ、警察官失格だよな、と思いながら、バックミラーを見る。ブレーキから足を離そうとした瞬間、そこに映るバイクに気づいた。

車高の低い、大型のスクーターなのだが、動きが微妙に怪しい。急に左車線に寄り、大友の車の脇に出る。追い越していくのかと思ったら、そのまま横に停まった。大友が車を出すのを待って、ドラッグレースをしかけようとでもいうように。何なんだ……もう少し行くと、T字路になって、右か左か、どちらかに曲がることになるが、どうするつもりだろう。アクセルを踏みこむと、同時にスクーターが走り出した。

「岩波君」

「はい？」岩波が寝ぼけた声で返事をする。熟睡していたようだ。

「横のスクーターを見てくれないか」

「何ですか？」岩波が慌てて座り直す。

「スクーター」

岩波が姿勢を立て直し、外を見る気配がした。大友は運転に専念する。どうも怪しい感じはするが、具体的に何がおかしいのかは分からない。

「ヤマハのグランドマジェスティですね。４００ccのモデルです」

「見ただけでモデルが分かるのか？」

「自分もバイク乗りなんで」

「顔は？」

「分かりません……フルフェイスでスモークシールドですね。体型からして、男だとは思いますけど」

大友は、一瞬だけ見た運転者の姿を思い浮かべた。背中を丸め——オートバイに乗っているとそういう姿勢になりやすい——じっとこちらを凝視している様子。フードにファーのついたモスグリーンのパーカーに、ジーンズという格好だったのではないか。それだけでは、どんな人間なのかまったく分からないが。

気にはなったが、いつまでもオートバイにかかわっているわけにもいかず、大友はアクセルを踏んで車を前へ進めた。T字路の交差点はすぐそこ。右へウインカーを出してからちらりと横を見ると、オートバイはいつの間にか消えていた。

「後ろに回りましたよ」

岩波に言われてバックミラーを見ると、確かにヘルメット姿が映っていた。顔が見えないのが少し嫌な感じである。

「ちょっと注意しててくれ。あまり見ると気づかれると思うけど」

「何なんですか？」

「分からない。だから、注意していて欲しいんだ」

右折する……オートバイはついてくる。尾行だとしたら、あまりにも下手だ。もちろん、自分の姿を堂々と晒す尾行にも意味はある——相手にプレッシャーをかけるため、とか。しかし、素人が警察にそんなことをしても意味はない。もっとも、オートバイで尾行しようとしたら、車を使う時のように、間に一台入れるのは無理なのだ。前の車が邪魔になって、すぐに見失ってしまう。

「まだついてきますね」

サイドミラーを睨みながら、岩波が報告した。取り敢えず、オートバイのことを意識から押し出すようにする。この状態では、向こうも手出しはできないだろう。次の信号、原町田三丁目の交差点ですぐに右折する。原町田は、昔からの町田の市街地だが、最近は再開発が進んで工事中の場所も多い。郊外型の大きなマンションも目立った。細い道を、後ろにオートバイを従えて走る……あまりいい気分ではない。横浜線の線路を越え、原町田橋の交差点で右折し、犯行現場に向かう。オートバイはまだ付いてきた。さらに右折して、一際狭くなった路地を犯行現場に向かう……バックミラーを覗くと、いつの間にかバイクは消えていた。

「今の角、曲がりませんでしたよ」岩波が報告する。

「ナンバーは見た？」

「すみません、さすがにそれは……急にスピードを上げました」

気づかれたと思って、逃げたか。よく分からない行動だが、追いかける必要はないだろう。直接危害を加えられたわけでもないし。

「どうしますか？」岩波が心配そうに訊ねた。

「放っておこうか。調べている暇もないし」

大友は狭い路地の左側に寄せて車を止めた。死体遺棄現場になった駐車場は、ここから五十メートルほど先にある。まだ規制線が張られているはずだ。周囲を見回したが、聞き込みをしている刑事たちの姿は見当たらない。柴や敦美にわざわざ電話するのも申し訳ないと思い、取り敢えず現場を覗くだけにした。

駐車場の出入り口には規制線が張られているが、最近現場を隠すのによく使うブルーシートは既に消えている。一応、現場検証は終わったのだ。立ち番をしている所轄の制服警官に挨拶し、現場に足を踏み入れる。永田は自分の車をどこかに動かしたようで、遺体が見つかった場所は、外からもよく見えていた。車の後ろに当たるフェンスに、わずかに血の跡が残っている。大友は現場に歩み寄って、しゃがみこんでみた。細かく敷き詰められた砂利にはまだ血が付着していて、昨夜の凄惨な雰囲気がまだ生々しく残っている。あの時は、血の臭いも濃厚に漂っていた。

「テツ」

呼びかけられ、ゆっくりと立ち上がる。駐車場の外にいる柴が、こちらに向かって手を振っていた。一緒にいるのは、所轄の若い刑事で、岩波の先輩である。大友は駐車場を出て、柴たちと合流した。

「どうも、今回はよくないな」柴が両手で顔を擦る。

「目撃者なし、か」

「ああ。悲鳴を聞いた人もいない。この辺、十時を過ぎると、歩いている人もほとんどいないそうだ」

「町田の住宅地は、だいたいどこもそんなものだと思う」

「他の連中とも連絡を取り合っているけど、今のところ、情報はゼロだ。これは難儀しそうだぜ……そっちは？」

「平山の家にガサ入れしたけど、今もスリをやってたみたいだな」

「いい年して、ひどい話だぜ」柴が顔をしかめる。

「そこそこ、金を溜めこんでいたんだ。正規の収入は年金しかないから、自宅にあった現金は、スリやひったくりで盗んだものだと思う」

「具体的な手がかりは？」

「ないな。昨日、家に寄ったかどうかも分からない。寄ったとしても、アタッシュケースはもう始末しているんじゃないかな。どこにもなかった」

「そうか……それで、これからどこへ？」

「平山が勤めていたガソリンスタンドの同僚を訪ねてみる。平山は誰かと一緒に住んでいたみたいなんだけど、その相手が分からないんだ」家の状況を説明した。

「親戚でも女でもないわけか。若い男を引っ張りこんで……」

柴が真剣な表情で言ったが、大友は思わず噴き出してしまった。

「何だよ」むっとして、柴が唇を尖らせる。

「若い男を引っ張りこむって……その言い方はどうなのかな」

「男と女、だけじゃなくて、男と男の関係だってありなんだぜ。奴はそういう趣味だったかもしれないし」

あり得ない話ではないが、相手の正体が分からない以上、柴の推測——邪推と言ってもいい——に乗るわけにはいかない。

「そういう情報は聞いてないな」

「ネタ元は森野さんだろう？　あの人だって、平山の夜の生活までは摑んでないはずだぜ」

「まあ……そうだろうね」大友は顔をしかめた。話が下半身の方に向くと、いつでも少しだけ引いてしまう。

「これからどうする」柴が煙草を引き抜き、唇に挟んだ。火は点けないまま、口の端で揺らす。

「取り敢えず、平山と住んでいた人間を見つけたい。そいつが何か知っているかもしれないからね」

「そうだな。でも、昔の同僚ってのはどうなんだ？　当たり先としてはあまりよくない感じがするけど」

「どうかな……今でもつき合いがあるかもしれないよ」

「まあ、当てずっぽうで聞き込みを続けるより、そっちの方がいい線かもしれないな」柴が自分を納得させるようにうなずく。「こっちは、何か手がかりを摑めるとも思えない」

「とはいっても、無視するわけにはいかないだろう。現場はあくまでここなんだから」

大友は肩越しに、親指を平山が倒れていた辺りに向けた。

「分かってるよ。ま、状況を見て、夜の捜査会議で何か言うさ……言うべきことがあれば、だけどな」

どうも今回の柴は、気合いが足りない。彼の本心は、大友にも簡単に推測できた。たかが老スリが一人殺されても、害虫が駆除されたぐらいに思っているのではないか……捜査一課の刑事として、しばしば人の死と向き合う柴には、そんな風に死に「格づけ」をする癖がついているのかもしれない。

自分も以前は、似たようなものだった。死が、万人に等しく残酷だと分かったのは、妻の菜緒を突然事故で亡くした時である。どんなに孤独で、社会から零れ落ちて暮らしているように見える人間でも、死ねば必ず悲しむ誰かがいる。そういう人の悲しみを和らげることこそが、刑事の仕事だと思う。柴は、親しい人間を亡くした経験がないから、簡単に人の死に軽重をつけるのだろう。だがそんなことは、説教すべき問題でもない。一人一人が、死に関して違う感覚を持つのが自然なのだ。少なくとも自分たちは、建前上は自由で民主的な社会に住んでいる。死の概念を誰かから押しつけられるいわれはない。

意気が上がらない柴と別れ、車に戻る。岩波がしきりに周囲を気にしていることに、大友は気づいた。

「どうかしたか？」

「いや、さっきのバイクの男がいたら嫌だな、と思って」

「いるのか？」

「今のところはいませんね。俺が気づいていないだけかもしれませんけど」

「あまり神経質になっても仕方ないよ。あの男に何かされたわけじゃないし、僕たちには僕たちの仕事があるんだから」

「そうですね」

車に乗りこみ、バックミラーを調整する振りをしながら背後を確認する。いた。

思わず息を呑む。車の中で岩波と話していても、相手に聞かれる心配はないのだが、何となく声を出すのが憚られた。

変装しているつもりかもしれないが、先ほど着ていたジャケットを裏返したものだ、とすぐに分かった。茶色をベースにした迷彩柄になっているが、フードのファーは同じ物に違いない。電柱の脇に立っているのでヘルメットは被っていないが、長い髪が不自然にぺたりと寝ている。長時間ヘルメットを被っていれば、この寒さでも汗はかくだろうし、髪の毛はあんな風になるだろう。大きなサングラスをかけているので、表情ははっきりしない。若い感じはするが、年齢は定かではなかった。

「奴、いるぞ」

「マジですか？」

慌てて振り向こうとした岩波の肩を摑む。

「こっちが気づいてることに気づかせない方がいい。サイドミラーで見てくれ」

岩波が、少しだけ左側に身を乗り出した。目を細めて凝視していたが、やがて、「あの迷彩のジャケットの奴ですか？」と訊ねる。

「ああ」

「リバーシブルですね、きっと。体形はよく似てます」

自分と同じことに岩波が気づいたと思うと、少しだけ嬉しくなった。この男は、結構観察眼が鋭い。

「ちょっと煙草を吸う振りをして、その辺を一回りしてきてくれないか？　近くにバイクが停めてあったら、チェックしてくれ」

「了解です」岩波がさりげない様子でドアを開け、車を降りた。この辺の演技力も悪くない。刑事は幾つもの顔を持つべきだ、というのが大友の持論だ。

バックミラーを見ていると、岩波の姿はすぐに細い脇道に消えた。少しウインドウを下ろして外の空気を招き入れる。バックミラーを覗くと、バイクの男は依然として電柱に寄りそうように立っていた。腕組みをし、口元は硬く引き締めている。サングラスで目が見えないので断定はできないが、怒っているようにも見える。

我慢比べだ、と思う。向こうも、こちらが気づいていると分かっているはずだ。それで何の反応も示してこないのは何故だろう。ただ見守っているだけで……腕時計とバックミラーを交互に見ながら、岩波の帰りを待つ。五分経って戻ってきたが、ずいぶん時間が経ったように思えた。岩波がドアを閉めると、かすかに煙草の臭いが漂う。一服してきたのは本当らしい。

「バイク、ありましたよ」ナンバーを読み上げる。「どうしますか？」

「所有者を割り出そう」

「割り出してどうするんですか」

「それが分かれば、あとは取り敢えず放っておいていいんじゃないかな。危害を加えてきたわけじゃないしね。相手の正体が分かっていれば、何かあった時には対処できる」

「じゃあ、ナンバーの照会はしておきます」

「頼む……悪いね、つまらない話を押しつけて」

「いえ」

大友は車を出した。岩波は携帯電話を取り上げ、ナンバーの照会を始める。次のガソリンスタンドに着く前に、オートバイの所有者が分かった。

「鷹栖《たかす》大作《だいさく》。年齢は……二十歳ですね。住所は相模原市になっています」

「そうか……一応、前科も照会してくれないか」

「了解です」

もう一度携帯を開き、電話をかけ始める。そうしているうちにガソリンスタンドに着いてしまったので、大友はハザードランプを点して路肩に車を停めた。すぐに電話を切った岩波が「前科、ないですね」と告げた。

「分かった」やはり放っておこう、と決める。今気にしても、何ができるわけではない。やらなければならないのは、鷹栖の相手ではないのだ。

だが、向こうはそう思っていないようだった。ガソリンスタンドでの聞き込み——空しい結果に終わった——を終えて車に戻ると、鷹栖は覆面パトのボディに身を寄りかからせて、勢いよくガムを嚙んでいた。

9

サングラスもヘルメットもないと、鷹栖はひどく幼く見えた。免許証によると二十歳だというが、一見したところは高校生のようである。

「ちょっと、いい?」口のきき方は生意気だったが、声が少し甲高いので、どこか滑稽な感じもする。

「おい」岩波が鷹栖の肩に手をかけ、車から引き剝がした。「ふざけるなよ」

鷹栖が大袈裟によろけ、転びそうになった。すぐに演技だとばれるやり方だ——演技だと思わせないのが本当の演技なのに。大友は手を出さず、無視しておいた。どうせあの勢いでは、実際に転ぶことはない。案の定、鷹栖は深く膝を曲げてバランスを取り、その場に踏み止まった。こちらをちらりと見て、舌打ちをする。

「乱暴なことをするとどうのこうのとか、言わない方がいい」大友は警告した。

「何言ってんの？　そんなの、当たり前じゃない。警察が乱暴なことをしちゃまずいでしょうが」大友の言葉をまったく聞いていない様子で、鷹栖が気取った口調で言った。

「いい加減にした方がいいよ、鷹栖大作君。立派な名前なんだから、それに見合った態度を取らないと」

「へえ。さすがに名前は割り出したんだ」鷹栖が平然とした口調で言ったが、耳が赤くなっているのに大友は気づいた。正体が分かってしまえば、不利になるとでも思っているのだろう。大友の顔を正面から見ると、「ちょっと話があるんだけど」とわざとらしく凄んで言った。

「さっさと話せばいい」大友は両腕を広げた。「こう見えて、こっちは忙しい身なんでね。暇人につき合ってる暇はない」

「誰が暇人だよ」鷹栖が唇を尖らせた。そうすると、一層幼く見える。「こっちだって忙しいんだ」

「お互いに忙しいなら、話をする時間なんてないじゃないか」大友は運転席のドアに手をかけた。「じゃあ、お疲れ様」

「ちょっと、ちょっと」鷹栖が慌ててドアを平手で押さえた。

「おいおい」大友は眉を顰めた。「これ以上妨害すると、公務執行妨害で逮捕するぞ」

「まさか」鷹栖が顔を引き攣《つ》らせる。威勢がいい割には、気が弱いのかもしれない。

「情報提供者に、そんなひどい真似をすると損するぜ」

「情報？」

「あんたたちが聞きたい情報を持ってきたよ」ゆっくりと表情を崩す。「平山さんのことを知りたいんじゃないのか？」

「何でパトの後部座席なんだよ。お茶ぐらい奢れよ」座るなり、鷹栖がぶつぶつと文句を零した。

「得体の知れない相手にお茶を奢っても、経費で落ちないんだ」

「刑事は誰でも自腹で奢ってくれるって、平山さんは言ってたぜ」

何なんだ、こいつは……大友は口を閉ざした。平山のことをよく知っているようだが、もしかしたらあの部屋に住んでいるのはこの男なのかもしれない。

「君、住所は相模原だよな」

「まあね」

「本当は町田に住んでるんじゃないか」

「町田も相模原も同じようなもんだけど」

「東京と神奈川だ。まったく違う」

「一々細かいねえ」鷹栖が鼻で笑う。「平山さんの話、聞きたくないのかな？」

「真面目に聞かせる気があるなら、さっさと話してくれないかな。ここが嫌だったら、

「署の取調室で聴いてもいい」

「警察のやり口っていうのは、平山さんに聞いてた通りだね」

「君は、平山さんと一緒に住んでいたのか」大友は、鷹栖の足元をちらりと見た。ライディング用ということだろうか、足首までがっちり固めたマウンテンブーツである。ギアチェンジの必要もないスクーターなら、そこまで入念に足を保護する必要もないはずだが。

「さあね」

鷹栖が肩をすくめ、煙草をくわえる。大友はさっと手を伸ばして、煙草を奪い取った。

「何すんだよ」鷹栖が睨みつけてきたが、迫力よりも幼さの方が目立つ。

「悪いけど、車内は禁煙なんだ。それより、本当は何の用件なんだ？　こうやって話している間にも、僕たちの時間はどんどん無駄になっていくんだけど」

「平山さんは、どうして殺されたんだ？」

「それがどうして気になる？　君と平山さんの関係は？」

「可哀想じゃないか。早く犯人を見つけてくれよ」子どものような懇願だった。

「全力で捜査している。君は、それを邪魔してるだけじゃないかな。どうして僕たちの跡をつけた？」

「気になるから」鷹栖が肩をすくめた。「ちゃんと捜査してくれてるかどうか、チェックしてたんだ」

「君がこんな風に邪魔しなければ、捜査はちゃんとやる」話が堂々巡りに入りつつあるのを意識しながら大友は言った。「平山さんのことを話してくれるんじゃないのか」

「聞きたい？」

鷹栖がにやりと笑う。大友は、この男が二十歳だというデータは間違いではないかと思った。あまりにも幼く、無邪気過ぎる。こちらをほとんど恐れない態度は、まるで子どものようだ。奪った煙草を掌の中で転がしながら、大友は質問を重ねた。

「平山さんとはどういう関係なんだ」

「ああ、ちょっとした知り合い」鷹栖が耳の穴に指をねじこんだ。「ちょっとした、というよりは、もう少し知ってるかもしれないけど」

「あの部屋に一緒に住んでいたから？」さりげなく質問を繰り返す。

「ノーコメント」

「いい加減にしてくれないかな」大友は声を荒らげた。「さっきから、話が一歩も進んでいない」

「平山さんは、ずっとスリをやってた。大ベテランだ」突然話題を変えてきた。

「それは分かってる」

「今も、だ」

「だろうね。部屋に、出所不明の金があったぐらいだから。あれは盗んだものだろう」

こちらが既に知っていることを話されても、反応できない。

「平山さんは、結局スリでしか生きていけない人だったんだ」鷹栖が両手をそっと擦り合わせた。「そういう人もいるだろ？」

「そうだね」認めるのは嫌だったが、話を進めるためには仕方がない。

「こういう目に遭うのは……しょうがないのかな」少しだけ声に元気がなくなった。

「僕は、自業自得とは言わない」

「死ぬほどひどい罰を受けたんだぜ」

「誰にも、人を殺す権利はない」

「死刑はいいのかよ」鷹栖が口を尖らせた。

「それとこれとは話が違う」

「何が？」

「警察には、量刑を決める権利はない。それに僕たちは、常に更生を願って仕事をしてる」

「よく言うよ」鷹栖が笑いながら言った。「本当はどうでもいいと思ってるんじゃないの？　虫けら一人死んだぐらいじゃ、世の中は変わらないとか、さ」

「君は、平山さんが虫けらだって言うのか」

鷹栖が黙りこみ、神経質そうに左手の爪を噛み始めた。引き上げた右足の膝を右手で抱えこむと、車内が無言のカーテンに覆われる。少しだけ暑苦しい感じがして、大友はエアコンの温度を下げるよう、岩波に命じた。

「平山さん、きっと何かヤバいものを盗んだんだよ」

「今回の件を言ってるんだな？」この男と平山の関係を疑いながら、大友は訊ねた。平山が昨日の昼間、アタッシュケースを盗んだ件は、マスコミには伏せられている。自分たちのミスをわざわざ発表する必要はないし、未発見のアタッシュケースが、「犯人しか知り得ない事実」である可能性もある。新聞発表には単に、「七十二歳、無職」とだけ記載されていた。

ということは、鷹栖と平山の関係は濃い。この男は、普通にニュースを見ているだけでは分からないことを知っているのだから。

「他に何がある？」挑むような口調で鷹栖が言った。「あのアタッシュケースには、何かトラブルの原因になるような物が入ってたんだよ」

「そう思う根拠は？」

「平山さんが殺されたから」

話が堂々巡りになってきた。大友は静かに首を振り、考えを巡らせた。焦点の一つは、この男と平山の関係である。盗まれた物がアタッシュケースだと知っている……ということは、昨日の午後以降、鷹栖は平山と接触していたに違いない。一緒に住んでいたら、それはまったく不自然ではないのだが。アタッシュケースを持って意気揚々と家に戻った平山、それを出迎える鷹栖、という構図が頭に浮かぶ——浮かんだだけで、意味は分からなかったが。

「平山さん、病気だったんだ」

「どんな？」

「肝臓がかなり悪かったらしい。俺にははっきり教えてくれなかったけど」

鷹栖の話が本当なら、平山の体はぼろぼろだっただろう。それなのに、現場でのあの身のこなし……人間の体は分からないことばかりだ。

「どうして君がそれを知ってるんだ？」

「俺は、弟子だからさ」

一瞬の沈黙。大友は「岩波君」と短く言った。それに呼応して、岩波が乱暴に車を発進させる。

「おい、何だよ」鷹栖が仰天して、大友に体を向けてきた。

「君は簡単に言うけど、今のは聞き捨てならない話なんでね」

大友は煙草を彼の眼前に差し出した。鷹栖が慌てて奪い取る。

「それ、吸ってもいいよ。しばらく吸えなくなると思うから」

「どういう意味だ？」

「弟子ってことは、君もスリなんだろう？　自分から網に飛びこんできた人間をみすみす見逃すほど、僕はお人好しじゃない。しばらくつき合ってもらうことになると思う」

取調室まで連行しても、傲慢さと軽さが入り交じった鷹栖の態度は変わらなかった。

椅子に腰を下ろすなり、ズボンのポケットに両手を突っこんで、両足をテーブルの下に伸ばした。椅子からずり落ちそうになるぐらい、浅く腰かけている。

「取調室って、平山さんの言ってた通りなんだね」態度は悪いが、表情はむしろ素直で、周囲を物珍しそうに見回している。

「本当にそうなのか、ゆっくり考えてくれ」

言い残し、大友は岩波を監視につけて取調室を出た。外には制服警官も配備したから、逃げるのはまず不可能である。刑事課のある二階から、特捜本部の置かれた四階まで階段を駆け上がり、管理官の友永を探す。電話の乗った長いテーブルについた友永は、何か書き物をしていたが、大友が部屋に飛びこんできたのを見て、迷惑そうに顔を上げた。テーブルの前で急停止すると、「どうした」と低い声で訊ねる。ほとんど関心を見せなかった。

「平山の弟子だ、と自称している若者を連行しました」

「弟子?」友永が眉を吊り上げる。「スリの弟子っていう意味か?」

「ええ。おそらく、平山と同居していたのもその男です」

「弟子って……おいおい……」友永の顔に困惑が広がる。「スリに弟子もクソもあるのかね」

「それは分かりませんが……」

「一緒に住んでいたとしたら、昨日の件も何か知っているかもしれないな」話を切り替え、友永が顎を撫でる。

「ええ。少し絞り上げてみようと思います」

「よし、その線を頼む」

「一つ、お願いがあります。その男の顔写真を撮影して、平山の近所で聞き込みをさせてもらえませんか？　あの付近で目撃者がいるかもしれない。本人は、同居していることを否定しています」

「分かった。俺もちょっと顔を拝んでおこう」

友永が立ち上がる。一連の動きの中で、流れるようにスーツのボタンをきっちりととめた。立っている時はとめる、座れば外す。スーツの基本的な着方をちゃんと守る男らしい。

二人は、取調室のマジックミラーから鷹栖の様子を観察した。

「なんだ、まだ子どもじゃないか」友永が首を傾げる。

「一応、成人です。二十歳ですから」

自分で持ってきたデジカメで、友永が鷹栖の顔を撮影した。こちらからだと、彼の顔の正面が見える。鷹栖の体はますますずり落ち、胸のところまでテーブルに隠れていた。

岩波も相当苛々しているだろう、と大友は同情した。足を蹴飛ばしてやりたい、という欲望と必死で戦っているはずだ。だがこの段階では、鷹栖は容疑者ではない。単なる参考人だし、手荒な真似は御法度だ――容疑者であっても同じことだが。

「で、どこまで叩くつもりだ？」撮影した画像を覗き込みながら、友永が言った。ガラス越しの割には、きちんと撮れている。

「少し放置しておこうかと思います。焦ってきたところで、本丸に突っこみますよ」

「そうだな。何だかやけに突っ張ってるみたいだが、少し頭を冷やさせた方がいいだろう。しかし、何でわざわざこっちの網に飛びこんできたんだ？」

「それが読めないから困ります。我々をからかっているのではない、と思いますが」

「もしもそうだったら、きつくお灸を据えておけ」真顔で言って友永がうなずく。「平山の家の聞き込みには、もう少し人を割く」

「差し出がましい真似をして、申し訳ありません」大友は軽く頭を下げた。

「いや……それは構わないが」友永の顔に、困惑の色が広がる。

「自分はあくまで手伝いですから。生意気なことを言っていると思われたら、いつでも雷を落としていただいて結構です」

「とは言っても、後山参事官から馬鹿丁寧にお願いされてるからな」友永がゆっくりと顎を撫でた。

「そうなんですか？」大友は一気に、顔から熱が引くのを感じた。自分の守護神は、本格的に福原から後山に交替したというのだろうか。ほとんど面識もない男に。

「参事官たっての頼みだから、断るわけにはいかんだろう。もちろん、お前が役に立つ男だってことは、俺もよく知ってるけど」

きびきびした態度からは想像もできないが、友永は案外気を遣う男のようだ。もっとも今や、本物の鬼軍曹タイプは、ほぼ死滅している。先輩たちの話を聞くと、昔はとにかく「黙って俺についてこい」タイプの指揮官が多かったそうだ。しかし今は、チームワークを大事にする人間がほとんどである。いかに機嫌よく、部下に仕事をさせるか――そのために気を遣う人間こそが、出世できるのだろう。

「では、申し訳ありませんが、よろしくお願いします」大友は頭を下げた。後山がどんな風に頼みこんだか知らないし、友永が実際には自分のことをどう思っているか分からないが、自分は自分だ。驕らず高ぶらず、あくまで助っ人の姿勢を貫こう。

友永が去った後、大友は携帯電話を取り出した。着信はなし……少し前までは、優斗が用もないのに電話をかけてくることが多かったのだが、最近はそれもない。仕事中に電話しないよう、気を遣うようになったのか、あるいは自分に興味をなくしてしまったのか。

優斗の顔を頭から追い出し、森野を呼び出す。事情を説明すると、森野は一つ唸って黙りこんでしまった。

「鷹栖という名前に心当たりはないんですか？」

「知らんな。だいたい、弟子っていうのは、本当なのかね」疑わしげに訊ねる。「平山が誰かと一緒にいるところなんか、見たこともないぞ」

「あくまで自己申告です。これから叩きますし、平山の家の周辺で鷹栖を見た人がいないか、聞き込みをしてもらうように手配しました。でも実際、スリに弟子なんかいるんですか？」

「俺は、見たことがあるけどね」森野が一言一言を嚙み締めるように言った。「親子でスリっていうのもあったぜ」

「そうなんですか？」

「競馬場専門で荒らしをやっていた男がいて、こいつは自分の子どもが小学生の時から、現場に連れ回していた。それで、自分のテクニックを見せつけるのさ」

「技を伝授したわけですか」父親の職場見学のようなものか、と大友は皮肉に考えた。

「本人はそのつもりだったんだろうな」

「それで、息子もスリに？」

「いや、今は海上自衛官になってる」

大友は一瞬、話についていけなくなった。公務員は、採用に際してかなり厳しく身元を調べられる。本人に犯罪歴があった場合、まず採用されないし、身内の場合も……スリの息子が自衛官という事実は、想像しにくかった。

「オヤジは、子どもが中学生の時に病気で死んだんだよ。なかなか尻尾をつかませない男でね……やってるのは分かってるんだけど、俺は一度も現認できなかった。結局、経歴にバツはついてない。で、息子は父親のそういうところを散々見てきて、自分はこれじゃいけないと思ったんだろうな。高校を卒業して、自衛隊に入ったんだ」

「今でもつき合いがあるんですか？」

「毎年年賀状がくるよ。自衛隊に入った時には、俺のところにわざわざ挨拶にきたぐらいだし。オヤジが散々迷惑をおかけしましたって……その時初めて、父親がスリをやっていたことを、俺も認めたんだけど、晴れの門出の時にそんな話をするのもなあ」森野が苦笑する。「ま、そういうこともあった。それに、集団スリのグループもないことはない。これは一種の会社というか、学校のようなものだ。中にいるうちに、上手い奴の技術を盗むんだ」

「平山と鷹栖の関係は、少し違うようですけどね。鷹栖は、一子相伝、なんて言ってます」

「ふざけた野郎だ」森野の声に怒りが滲む。「少し痛めつけてやれ。今回の件についても、何か知ってるだろう」

了解しました、とは言えない。「痛めつける」のが、自分にはまったく似合わないやり方だと、大友は了解している。

取調室に入ると、岩波がうんざりした表情を浮かべているのが分かった。早くも鷹栖がペースを握り、適当な台詞をまくしたてているのだろう。大友はまだ、鷹栖という人間の本性を摑んでいなかった。ふざけているだけなのか、何か深い考えがあるのか……今のところ、自分たちをからかっているようにしか思えなかったが。岩波が椅子から立ち上がったので、大友は彼が座っていた鷹栖の正面に陣取った。両手を組み合わせ、少しだけ身を乗り出す。

「最初に一つ、警告しておきたい」

「へいへい、何でもどうぞ」鷹栖が気楽な調子で言った。テーブルの下で足を組んでおり、左の膝頭が上から出ている。

「冷静に話そうか。君は平山さんの弟子だ、という話だったね」

「そう言った。色々教わったよ」

「例えば？」

「常に体を鍛えておくこと。スリは、スピードが勝負だからね。平山さんは、毎日ジョギングしていたんだぜ？　あれは、七十二歳の体力じゃないね」

やはりあのトレーニングウエアやスニーカーは、実際に平山が使っていたものなのだ。納得してうなずき、大友は脅しに入った。

「それに、知恵の輪ね」

「知恵の輪？」

「指先を常に動かしておくんだ。知ってる？　平山さんの指、物凄く長いんだよね。ポケットに突っこむにしても、手全体じゃなくて、指先だけなら分かりにくいから。それで、指先の感覚を鈍らせないように、いつも動かしてた。本当はピアノがいいらしいんだけどね」

「君が平山さんの弟子ということは、つまり、スリの片棒をかついでいたんだよな？

それは、窃盗の共犯になるんだ」

「だったら逮捕する？」嬉しそうに、鷹栖がにやにやと笑う。自分の身には、そんなことは絶対に起きないと信じきっている様子だった。

「共犯ならね」

「教えを受けていただけっていうのは、どうかな。それでも共犯になる？」

大友は眉をひそめる。この話の行く先が、何となく読めてきた。

「つまり、君はスリ学校の生徒だったんだ」

「学校じゃなくて家庭教師だね。一対一の関係なんで」

鷹栖が鼻の横を掻いた。人を馬鹿にしきった仕草だったが、不思議と大友は怒りを感じなかった。所詮子どものやることだ、とも思う。

「平山さんから、技術を叩きこまれていたんだね」

「そういうこと」

「で、その技術を実際に使ったことは何回あるのかな」

「一度も」鷹栖が肩をすくめる。「そういうことはしちゃいけないって、平山さんからきつく言われてたからね」

「意味が分からないが」

「自分の目の黒いうちは、やっちゃいけないって。ノウハウは教えるけど、俺が犯罪者になるのを見るつもりはないっていうことさ。なかなか理に適ってるだろう？」

本当かどうか、疑わしい。確かに、スリの方法を人に教えたからといって、犯罪にはならない。ネット上では、原爆の作り方まで流布しているぐらいなのだ。教えを実行に移せば当然犯罪だが、鷹栖はやっていないのでは、と大友は思った。実際にやっていれば、こんな風に簡単には話せない。まあ……この男には、監視をつけて放すしかないだろうな、と結論づける。正直、いつまでもかかわっている余裕もない。

「それで、僕たちに何の用なんだ？　わざわざ接触してきて、僕たちの時間を無駄にする理由を教えてくれ」

「捜査、どこまで進んでるんだ？」鷹栖が前屈みになり、曲げた右肘をテーブルに乗せた。「師匠を殺した人間を、早く捕まえてくれよ」

「捜査の状況を、関係ない人に教えるわけにはいかない」

「俺は関係者じゃないのかな」

「アタッシュケースの話は、どこで聞いた？」

鷹栖がゆっくりとテーブルから離れた。両手をテーブルに突っ張って、上体を真っ直ぐ立たせる。急に雰囲気が変わって、大友は戸惑った。戦闘開始の合図のようでもある。

「昨日、平山さんと会ってるね？　会わなければ、アタッシュケースの話を知ってるわけがない」

「会ってないよ」

「会ってなくて、どうしてアタッシュケースのことが分かる？」

「電話で話したかもしれないじゃないか」

「オーケイ」大友は一つ、小さくうなずいた。揚げ足取りが……通話記録を調べれば、話したかどうかぐらいは分かる。こいつのペースに乗るな、と自分を戒めた。「で、話の内容は？　スリをやったことを告白されて、アタッシュケースの話も聞いた。だとしたら、君には、それを警察に通報する義務がある」

「義務を守らなかったから逮捕でもするわけ？　冗談じゃない。それに俺は、教えに来てやったじゃないか」

「アタッシュケースのことは、まだ何も聴いてないけど」

「一々細かい刑事さんだね」鷹栖が吐き捨てる。

「君の説明が飛び飛びだからだ。少しは系統立てて話したらどうかな。そうすれば、お互いに時間を無駄にしなくて済む」

話せないのだ、と大友には分かっていた。仮に鷹栖が、本当に平山の「弟子」ならば、師匠が殺されたことに関して悲しみと怒りを抱いているのは間違いない。一刻も早い犯人逮捕を望んでいるはずだ。そのためには警察にも協力したい——しかし実際に警察に話してみると、自分の立場が悪くなると思って、話す内容が曖昧になってしまうのではないか。要するに、気が弱く後ろめたいところがある若者の行動に過ぎない。ねじれた正義感らしき物が透けて見えるが……。

「じゃあ、君は昨日、平山さんから電話でアタッシュケースについて聞いた、ということにしよう。話の内容は？」

「困ってた」

「どういう意味かな？」大友は首を傾げた。

「困ってたというか、戸惑ってたというか。面倒な物を盗んだみたいだね」

「ヤクとか？」

「違うと思う」真剣な表情で鷹栖が首を振る。「ヤクだったら、マル暴が必死で追いかけてくるんじゃないの」

「だったら何なんだろう」大友は、ボールペンの尻でテーブルを叩いた。自分でやっておきながら、乾いた音が苛立ちを加速させる。

「重要書類とか？　刑事さんはどう思うわけ？」

「僕に聞かないでくれ。僕は何も知らないんだから」被害者も見つかっていないのだと言いかけ、口を閉ざす。何も、自分の恥をこんな男に教える必要はない。

「とにかく平山さんは、アタッシュケースを処分するって言った」

「その電話、何時ぐらいだった？」

「四時頃、かな」

まだ、自分たちが必死に平山の行方を捜していた頃だ。それから約七時間後、平山は遺体で発見される。

「どんな様子だった？」

「ちょっと焦ってるみたいだったね」

「今まで、そういう様子だったことは？」

「一度もないね。平山さんは、いつも淡々と仕事をする人だったから」

「仕事じゃなくて、犯罪だ」反射的に大友は訂正した。

「ああ、分かった分かった」面倒臭そうに、鷹栖が顔の前でひらひらと手を振る。「とにかくそういうこと。平山さんは、何かヤバい物を摑んだに決まってるんだよ」

「実際にアタッシュケースは処分したんだろうか」

「さあね。それから話してないから」

パターンは二通り考えられる。実際に処分したか、誰かに奪われたか、だ。奪われた場合、盗まれた当の被害者が奪い返した、とも考えられる。どうやって犯人の平山に辿りついたかは謎だが。

「平山さんが死んだことは、いつ知ったんだ」

「今朝」

「新聞で？」

「テレビでね」

「それで、どうしてそんなに平然としていられるのかな」

虚を突かれたように、鷹栖がぽっかりと口を開けた。ゆっくりと閉じると、大友を睨みつける。

「悪いかよ」

「師匠なんだろう？　師匠が殺されて、そんな風に平然としているのは、僕にはちょっと理解できない」

「ああ。これも平山さんの教えだから。身内も信用するな。気持ちを動かされるな。ちょっとしたことで動揺していたら、絶対に仕事は上手くできないってね」

「これは、ちょっとしたことじゃないんだ。人一人、殺されているんだから、これ以上ひどい犯罪はないんだよ」

　鷹栖が唇を引き結ぶ。大友は、事実が彼の頭に染みるのを待った。しかし、表情は一向に変わらない。ずっと、大友をからかうような薄い笑みを浮かべている。

「いつから僕たちを尾行してた？」

「午前中、この署の前からね」

「どうしてそんなことを？」

「あんたたちが真面目にやってるかどうか、確かめたかったから」

「アタッシュケースのことを話すなら、最初からちゃんと署を訪ねてくれればよかったんだ」

「それで、本気で話を聞いてくれる？」鷹栖が肩をすくめる。「尾行も、わざと分かるようにやってたんだよ。怪しい人間なら、あんたたちは事情を聴くだろう？　案の定、だったね」

大友は内心むっとしたが、感情が顔に出ないよう、無表情の仮面を被った。今のも平山の教えなのだろうか。だとしたら、彼は刑事の本質を知っている。疑えば突っこんでくる——逆に言えば、疑わしく見えなければいいのだ。それなら、スリも刑事の目からは透明な存在になる。

「では、ご苦労様」大友は両手をテーブルについて立ち上がった。

「はい、お疲れさん」鷹栖も軽い調子で言って立ち上がり、テーブルを挟んで大友と対峙した。言葉の軽さとは裏腹に、今度は目に燃えるような色が宿っている。明らかに怒っていた。何に対しての怒りかは分からないが。

「帰って結構だよ」この男は、アタッシュケースについて、これ以上の情報を持っていないだろう。隠しているかもしれないが、必要になったら、いつでも引っ張ってくればいいのだ。一度警察とかかわってしまった以上、簡単に逃げられない。例えば、平山の部屋から出た潜在指紋を照合する手がある。鷹栖が平山の部屋に出入りしていた——住んでいたことが分かれば、さらに厳しく突っこむこともできるのだ。

だが、大友の考えを読んだように、鷹栖がくしゃくしゃになったハンカチを取り出し、丁寧にテーブルを拭き始めた。こいつ……滅多に怒らない大友は、はっきりと頭に血が昇るのを意識した。といって、怒鳴りつけることもできない。テーブルを拭き終えると、満足気な笑みを浮かべて背中を伸ばす。

「足がないんだけど」平然と言い放った。

「岩波君」大友は内心の苛立ちを隠して、静かな声で言った。

「はい？」岩波が頭から突き抜けるような声を出した。

「お送りして」

「いや、しかし――」

「あそこにバイクを置きっ放しにしておいたら、交通課の連中に持って行かれる」

「放っておけばいいじゃないですか」岩波が反論した。

「警察ってのは、強引なんだね」鷹栖が皮肉っぽく言った。「最初に交通課が出てきて、その後は刑事課が出しゃばってくるのかい？　それって別件捜査ってやつじゃないのか」

「貴様！」岩波が詰め寄ろうとしたが、大友が「駄目だ」と忠告すると、慌てて立ち止まった。

　鷹栖が甲高い笑い声を上げながら、テーブルの脇を回りこんでドアに手をかける。「お願いしますよ、運転手さん」と岩波に言って、平然と外へ出て行った。岩波が慌てて後を追う。大友に困ったような視線を向けてきたが、大友としては無音で首を振るしかできなかった。

　一人取り残され、思わず椅子にへたりこむ。が、ダメージを取り戻す時間もなく、ドアがまた開いた。一人の男が、心配そうに部屋の中を覗きこんでいる。「取りこみ中です」と追い返そうとした瞬間、大友は言葉を呑みこんだ。

後山だった。

「どうも、仕事中に申し訳ありませんね」

演技ではなく、後山は本気で恐縮している様子だった。どう対応していいのか、迷う。自分とさほど年齢が変わらないこの男は、警察官僚というよりは、金融会社で内勤をしているサラリーマンのように見える。綾織の薄いグレーのスーツに、無地濃紺のネクタイ。庁舎に入る前に脱いだのか、オフホワイトのコートは丁寧に畳んで右腕にかけていた。

「いえ……あの、座りませんか？」

「よろしいですか」

「もちろんです」

後山は、先ほどまで鷹栖が座っていた椅子に腰かけた。容疑者を座らせる側だということは分かっているのだろうか……まあ、今ここでそんなことを言っても仕方ないが。

「捜査の進展具合はどうですか」

「微妙な要素があります」鷹栖という、不確定な要素について説明した。

「弟子、ですか」後山が目を細める。「スリの弟子はスリですね。犯罪者です」

「逮捕歴はありません。本人も、自分は何もやっていないと言っています。要するに、教えを受けていただけだと」

「不自然な証言ですね」

「ええ」

大友は後山の顔を凝視した。丁寧な物言い、冷静な表情の背後にある本質が見えない。キャリア組というのは、概して自分たちノンキャリアに対しては、本音でつき合おうとしないものだが……どうして福原が、この男を自分の新しい守護者として指名したのかが分からなかった。

「参事官は……どうするつもりですか」

「何がですか」

「今後、私に直接指示されるんですよね」

「そのつもりです」

「そうすることで、参事官に何かメリットがあるんですか」

後山が薄っすらと笑みを浮かべた。一瞬躊躇したように見えたが、やがてゆっくりと言葉を吐き出す。

「分かりません」

「指導官からは、どんな風に言われているんですか」

「それは二人の会話ですから、あなたに話すつもりはありません。でも私は私として、あなたを上手く生かすことには意味があると思う。あなたが今の立場から離れるつもりがない以上、特例は作っておかなければならないでしょう」

「それは……そうですね」我ながら歯切れが悪いと思いながら、大友はうなずいた。

「あなたの立場はよく分かります。あなたがやっていることは、警察の仕事という点から離れれば、今後の日本の社会のモデルケースにもなります」

「大袈裟です」苦笑が零れ落ちる。

「いや、子育ては、今後の日本の大きなテーマなんですよ。少子化の時代に、どうやって家族を作り上げていくか……うちの息子も、まだ六歳ですが、いろいろ大変です」

「分かります」そこだけは全面的に賛同できる。小学校に上がる直前の子どもというのは、一番手がかかるのだ。六歳の子どもは、常に意識と無意識の間を彷徨《さまよ》っている。

「仕事と育児を両立させるのは大変だと思いますが、あなたが頑張れば、後に続く人の役にたつ」

「はあ」モデルケース……そこまで大袈裟なことは考えていない。正直、優斗の世話をするだけで精一杯なのだ。

「例えば、私です」

「はい？」

「私も、子どものことではいろいろあるんです」

第二部　第二の死

1

　事件発生から一週間が過ぎ、二度目の週末も大友は捜査に追われて、優斗と過ごせなかった。平日もずっと、夕食の世話は聖子に任せきりである。次第に居心地が悪くなってきたが、こればかりは仕方ない。夜、自分がいなくても、優斗は一人で風呂に入って眠れるようにはなっていたが、さすがに自炊はまだ無理だ。コンビニエンスストアの弁当は避けたかったので、夜の食事を作りおきしておこうかとも思ったのだが、捜査に追われる中では、到底無理だった。唯一の救いは、家から署まで近いので、朝食は一緒に食べられることだった。

「悪いな、簡単な食事で」月曜日の朝、大友は朝食の席で優斗に詫びを入れた。

「別に、大丈夫だけど」バナナを頬張りながら優斗が答える。薄い笑みを浮かべていた。

　本当に大丈夫なのかどうか……今日の朝食だって、トーストにバナナ、ヨーグルトだけだ。タンパク質が足りない。子どもの朝食としては、ひどいバランスだった。

「今度はちゃんと作るから」

「バナナ、好きだけど」

「体にもいいしな」

最近は、九割近くの家庭で、朝食はパンだという。しかし大友は、優斗にできるだけ米の飯を食べさせたかった。何かと手間はかかるのだが、絶対にこの方が腹持ちがいい。給食の時間になる前に、空腹で勉強に集中できなくなるような目に遭わせたくないのだ。

食べ終わると、急いで学校の準備をさせる。最近は、すっかり一人でできるようになったし、忘れ物をすることもない。この辺は、几帳面だった菜緒の性格をそのまま受け継いでいるな、と思う。自分は、どこか肝心なところで抜けていると自覚しているのだが。

学校までは歩いて五分ほどだ。署へ行くのに、途中までは一緒になる。

「優斗、今日の予定は？」

「放課後、サッカー」

「それじゃ、使ったユニフォームは洗濯機に入れておいてくれよな」

「洗濯しておくけど？」

「いいよ。それぐらい、パパがやるから」思わず苦笑する。この一週間は、朝三十分早起きして洗濯機を回す毎日だった。

「だって、スタートボタンを押すだけでしょう?」

「そうだけど、そんなことまでしなくていいよ」

大友は優斗の頭に手を置き、髪をくしゃくしゃにした。優斗が少しだけ、嫌そうな表情を浮かべる。最近、こんな風にすると、少しだけ鬱陶しそうにするのだ。口には出さないが……。

優斗と別れ、署への道を急ぐ。朝から疲れている、と実感した。あれから休みがなく、夜も遅い。食事もいい加減になっているし、何より捜査に動きがないのが痛かった。何か重要な手がかりでも摑めたら、一気に気持ちが楽になるのだが。

ずっと同じような動きが続いていても、週が変われば気持ちはそれなりに新しくなる。今日は、朝の捜査会議に一課長の前田が顔を出していた。一番新しい特捜本部だから、週の始めに気合いを入れようということだろう。だが、例によって挨拶は短い。

「事件発生から一週間以上だ。疲れも溜まっていると思うが、週が変わって、ここが踏ん張りどころになる。少しでも手がかりを見つけられるよう、一層奮起してもらいたい」

後は、ほんのわずかの具体的な指示。一課長が刑事たちに直接指示を飛ばすようになったらおしまいだ、と現場ではよく囁かれる。実際の特捜本部は、管理官や係長がきめ細かく指示して動くものである。一課長は、複数の特捜本部を同時に見なければならないし、管理官や係長を飛び越して直接命令すると現場は混乱する。どんなに癇癪持ちで気の短い人間が一課長になっても、組織の論理を破綻させてはいけないという常識ぐらいは、身に染みついているのだ。

「以上、迅速な解決に向けて、努力を期待する」

軽く一礼して、署長の横の席に座る。署長は、名目上は特捜本部長なので、朝夜二回の捜査会議には必ず顔を出すのだ。続いて友永が、前田に代わって壇上に立つ。顔には疲労の色が濃いが、てきぱきと指示を飛ばしていった。

てきぱきしてはいるが、中身はない。捜査はまったく前進していないのだ、と大友は暗い気分になった。これは、少し気持ちを入れ替えないと……会議が終わった後、大友は岩波を署の近くの喫茶店に誘った。

「喫茶店なんかに寄ってて、いいんですか？」岩波が唇を尖らせる。

「朝飯、食べてないだろう。何か食べろよ、奢るから」

「いや、いいですよ……悪いですから」岩波は、日に日に顔色が悪くなっている。今は、蒼いを通り越して土気色だ。髭の剃り残しが目立つのは、集中力が途絶えている証拠ではないだろうか。

「とにかく、動き出す前に一息入れよう。エネルギーを補給してさ……僕も今朝は、まだコーヒーを飲んでいないんだ」

「じゃあ、行きますかね」あまり気乗りしない様子で岩波が言った。

「一週間分の打ち合わせっていうことで、いいじゃないか。どうせそういう話はするんだし。悪いと思うようなことじゃないよ」

「そうですかね」岩波の表情が少しだけ明るくなった。

「あまり気を入れ過ぎない方がいいよ」

「いや、でも……」

「まあまあ。コーヒー一杯でもリラックスできるし、緩急は大事だよ」

初めての特捜本部。緊張のせいで神経が参っているのだろう。自分も最初はそうだった、と大友は懐かしく思い出す。こんなことで大丈夫だろうかと心配になったが、案外簡単に慣れたものだ。開き直れたからだと思う、一人の刑事にやれることには限界がある。何でも自分で解決しようと首を突っこむから、疲れるのだ。

岩波を誘った店は、昭和からずっと生き残ってきたような喫茶店だった。インテリアはくたびれているし、最近のコーヒーショップでは必須の、エスプレッソやカフェラテなどはなし。だが、何となく安心できる。岩波はモーニングセットを、大友はアメリカンコーヒーを頼んだ。この店では何度か飲んでいて、特別薄いわけではないと分かっていたが、少しだけ胃にも気を遣ってやるつもりだった。

モーニングセットは、斜めに切った厚切りのトースト二切れとゆで卵だけのシンプル極まりないメニューだったが、岩波は美味そうに平らげた。

「朝飯を食べたのなんて、本当に久しぶりですよ」コーヒーに砂糖を加えながら、岩波が少しだけリラックスした口調で言った。

「どんなに朝が早くても、朝飯は食べた方がいいよ。脳に糖分が行かないと、ちゃんと考えられなくなる」

「分かってるんですけど、朝飯を食べる時間があったら、その分寝ていたいんですよね」

「それは分かるけどさ……さて、僕たちがどこまで平山のことを知ったか、確認しておこうか」

岩波が手帳を広げた。一年間使ってきた手帳は、既に表紙がよれてぼろぼろになっている。しばらくつき合ってきて分かったが、この男はメモ魔で、気がつくと細かい字でページを埋めるのに熱中している。

「行きつけのスーパー、コンビニ、定食屋は分かりました」

「ただし、どの店でも店員は顔を覚えている程度で、会話は交わしていなかった、と」

大友は応じた。

「それと、そういう場所に行く時はいつも一人でしたね」

「そうなんだよな……」大友はコーヒーを一口飲んで腕組みをした。「あそこにもう一人住んでいるというのは、僕たちの見立て違いだったんだろうか」

「そんなこと、ないですよ」岩波が唇を尖らせる。「スニーカーからは、平山の物じゃない指紋も出てるじゃないですか」

「ただし、完全なものじゃない。一致する指紋も出なかった」

こうなると、鷹栖が取調室のテーブルを綺麗に拭い去ってしまったのが痛い。大友は未だに、鷹栖があの家で平山と一緒に住んでいたのではないかと疑っている。

「そういえば鷹栖は、平山の家には寄りついていないんだね」

「ええ。まさか、本当に相模原に家があるとは思いませんでしたけどね」

鷹栖は実家暮らしだった。彼についても調べてみたが、高校を卒業後、定職につかずにぶらぶらしていたらしい。金がなくなるとバイトをして、という気楽な生活だったようだ。親に小遣いをねだるようなことがなかっただけ、立派かもしれないが。あのスクーターも、自分でローンを組んで買ったらしい。「平山の弟子」と言っていたのは、やはり自分たちをからかっていたのではないかと思えてくる。

「だいたい、平山との接点がないんだよな」大友は顎を撫でた。

「本人が言ってるだけですからね……もう一度引っ張りますか？　それとも、家族に話を聴いてみるとか。変なことをしていたら、家族は知っているはずでしょう」

「引っ張る理由がないんだけどね」大友もコーヒーに少しだけ砂糖を加えた。「やっぱり、からかわれたんじゃないかと思う」

「確かに、あの後は一度も接触してきませんしね。どうも、分からないな……」

「気にしない方がいいかもしれない」

「ただ、アタッシュケースのことは、どうしても気になるんですよね。実際、出てきていないわけだし。奴が言った通り、処分したのかなあ」

「確かに、それは気になる。鷹栖は、もう少し事情を知っていると思うんだけど……」

大友たちは、平山の生活のタイムラインを作ろうとしてきた。一日を、どのように過ごしているのか……しかし、現在は職についていない以上、彼の行動パターンを把握するのは不可能だった。あの逮捕劇の前、森野が集中的に尾行していたのだが、時々電車に乗っていたぐらいである。それも、朝の満員電車。どこへ行くわけでもなく、小田急線で町田と新宿を往復、というパターンだったようだ。おそらく車内でのスリを狙っていたのだろうが、森野は一度も現場を確認できなかった。平山自身も、監視されているのを察していたのかもしれない。

だったら、どうして町田駅前ではあんな無茶をしたのだろう。事件当時、路上ライブをやっていたアマチュアミュージシャンに話を聴くと、ネットやチラシなどで事前に宣伝はしていたという。ということは、平山にも知るチャンスはあったわけで、人が集中する場所として密かに狙っていたのかもしれない。ああいう場所なら、逃げこむ先はいくらでもあるわけで、ある意味競馬場などより安全とも言える。

「もう一度、鷹栖に会わないといけないね。やっぱりアタッシュケースの件は、あの男から攻めた方が早い」

「すぐ捕まえますか？」

「他のことは後回しにしよう。それと、鷹栖の交友関係も調べておいた方がいいかな。本当に平山と関係していたかどうか、調べておかないと」

「そうですね。ただの虚言癖かもしれない」

「無駄足は踏みたくないけど、潰せるところは潰しておかないと」

コーヒーを飲み干し、立ち上がる。その瞬間、携帯電話が鳴り出した。見知った名前がディスプレイに浮かんでいる。同期で、捜査二課にいる武本《たけもと》。

「ええと、ちょっといいかな」電話に出ると、どこか遠慮がちに武本が切り出した。

「いや……今、忙しいんだけど」自分が帳場に入っていることを知らないのだろうか。

「それは分かってるんだけど、ちょっと時間を割いてもらえないかな」

「今、特捜の手伝いをしているんだ」

普通はこの一言が、完全な抑止力になる。特捜の重要性は、刑事なら誰でも知っていることだ。

「それは分かってるけどさ」

「忙しいんだよ。お前みたいに、ずっとデスクに座ってる人間には理解できないかもしれないけど」

「まあ、緊急なんだ」

二課の連中の性癖は、大友には今一つ理解できない。基本的に内偵捜査が中心で、大抵は地下に潜ってマイペースで仕事をしている。それが「緊急」というのだから、よほどのことだろう。だが「まあ」という前置きが気になる。緊急度は七十パーセント？あるいは八十パーセント？　それでも今は、こちらの仕事の方が大事だ。

「一段落したら、かけ直すから」

「そうか……じゃあ、待ってる」

緊急と言っている割には、強い態度ではなかった。妙に遠慮した様子で、武本が電話を切る。大友はしばし携帯電話を見詰めた後、畳んでワイシャツの胸ポケットに落としこんだ。

「何ですか?」コートを羽織りながら、岩波が訊ねる。

「同期の奴なんだけど、何か用事があるそうだ」

「どうするんですか」

「後で電話するよ」

「いいんですか?」

「僕らの仕事はこっちだよ」大友は親指で自分の胸を指した。「二課の相手は、手が空いた時でいいんだ」


鷹栖の実家は、相模大野駅から、歩けば二十分もかかる場所だった。駅前は大規模に再開発され、すっかり綺麗になっているが、これだけ駅から離れると、昔ながらの古い住宅街がまだ健在である。鷹栖の家も、築三十年ほど経っていそうな、小さな一戸建てだった。

母親の美南子《みなこ》が、恐る恐るといった感じで応対してくれた。四十代前半といったところだろうか、小柄で化粧っ気がない。ジーンズにグレーのカットソー、レモン色のカーディガンという地味な格好だった。玄関のドアは開けたが、中には通す気はないらしい。立ったままだと寒さが身に染みたが、今の段階では無理矢理話を聴き出すことはできないと判断し、大友は外で話を聴くことにした。

「息子さんにお会いしたいんですが、いらっしゃらないようですね」家の周囲にスクーターがないことは、既に確認している。

「出かけています」低い、聞き取りにくい小声だった。

「いつ戻るかは?」

「分かりません。昨夜からいないので」美南子の顔が少しだけ暗くなった。

「戻っていないんですか」

「ええ」

岩波の顔をちらりと見る。岩波がうなずき返し、メモ帳を広げた。ボールペンを構え、いつでも正式な事情聴取ができる準備を整える。

「事件の関係でお話を伺いたいんです。連絡を取りたいんですが、何とかなりませんか?」

「たぶん、携帯の電源は切っています」

大友はうなずいた。鷹栖の携帯の番号はとうに割り出してある。何度か電話してみたが、一度もつながらなかった。かかってきた電話には出ないようにしているのかもしれない。自分からしかかけないとか……携帯の使い方としては、極めて異例だ。

「ちょっと、息子さんのことについて聴かせていただいていいですか」

「ええ……」美南子が腕組みをして、視線を逸らした。

「息子さんは、平山治朗さんという人とつき合いがありませんでしたか？　息子さん本人がそう言っていたんですけど」

「あの、殺された人ですよね」緊張しきった声で美南子が訊ねる。喉が小さく上下した。

「ええ」この付近では大きなニュースなのだ、と意識する。

「分からないんですけど、何でそんな人と息子が関係しているんですか？」

「それは、私たちにもまだ分かりません」

「息子が何をしているかは、私にも分からないんです。いい加減で……」深々と溜息をつく。「高校は出たけど、その後ずっとぶらぶらしていますから。たまに働くこともあるけど、長続きしないんです」

「バイト、ですよね」

「ええ。ちゃんと就職してくれればいいのに……ご近所の手前もありますから」

「分かります」一瞬刑事の立場から離れ、大友は心底同情した。年齢こそ違うが、同じ子どもを持つ親同士である。優斗が、十年後にふらふらしているとは思えなかった――そうではないと信じたかったが。

「でも、調子ばかりよくて、人の言うことを聞かないんです。ちゃんと働くとか、学校へ行くとかすればいいのに、いつも『そのうち何とかするから』って、そればかりで」

「大変ですよね」大友は深い同情の表情を浮かべてうなずいた。

「何だか、何を考えているのか分からなくて」

「どこの家も同じようなものだと思います……それで、悪い連中とのつき合いとかはなかったですか」

「とんでもない」美南子が慌てて首を振った。「そういうことはないです……ないと思います。あれば、分かるはずですから」

あまり自信のなさそうな口調だったが、大友は彼女の言い分を信じた。母親だからといって、子どものことを全て分かっているわけではない。まして鷹栖は成人しているわけだし……いや、あれはとても「成人」とはいえない。二十歳にしては、言動がひどく子どもっぽい感じがする。

「そうですね……それで、息子さんの口から、平山さんの名前を聞いたことはありませんか？」

「ないです。一度もないです」強調しながら繰り返す。「今だって、びっくりしてるんですから」

「息子さんは、平山さんの家に入り浸っていたんじゃないでしょうか」

「え？」美南子が、力なく言って、大友の顔を見た。少しでも慰めになればと、大友は柔らかい笑みを浮かべた——大抵の人はこれで安心してくれる——が、美南子には効果がないようだった。急に顔色が悪くなり、引き結んだ唇が震え始める。

「どうですか？　そういう話を聞いたことはありませんか？」

「初耳です。本当なんですか？」

大友は岩波に向かってうなずきかけた。岩波が、手帳に挟んだ写真を取り出す。美南子に差し出したが、彼女は手に取ろうとせず、気味悪そうに視線を落とすだけだった。

「これは、平山さんの部屋に置いてあったスニーカーです。見覚えはありませんか」

「……ないです」

「間違いないですね？」

念押ししたが、美南子は力なく首を振るだけだった。嘘ではない、と判断する。仮にあの家に入り浸っていたとしても、何も実家から服や靴を持ち出す必要はないのだ。どこかで買えば済む。

「あの子は、家を出たがっているんです」美南子がぽつりと言った。

「そうなんですか？」

「でも、お金がないですから……父親が厳しくて、そんなお金は出せないって言って。だったら真面目にバイトするなりちゃんと就職するなりすればいいのに、それができないんです」

「最近、急に金回りがよくなった、というようなことはないですか」

「何が仰りたいんですか？」美南子が大友を睨みつけた。それまでの元気のない様子が一転して、目に怒りを湛えている。

「金遣いが荒くなったとか」知らん振りして、大友は質問を重ねた。

「そんなことはないです」声が震え始めた。

「部屋にお金を隠しているようなことはありませんか？」

「ないです！」

吐き捨てるように言うと、いきなりドアを閉めてしまった。靴先だけが玄関に入っていた大友は、危うく挟まれる直前で足を引いた。一つ溜息をつき、岩波と顔を見合わせる。

「失敗、ですかね」

「ちょっと待ってくれ」

大友は一度深呼吸して、インタフォンを鳴らした。鍵をかけた気配がないので、思い切ってドアを引いてみる。予想通り、あっさり開いた。美南子は先ほどと同じ格好で、その場に立ち尽くしている。

「一つだけお願いがあります。息子さんが戻られるか、連絡があったら、私の方に電話するように伝えていただけますか？　だいたい最初は、彼の方からこちらに連絡してきたんです」

大友は名刺を差し出した。美南子はしばらく迷っていたが、結局手を伸ばして名刺を受け取った。じっと大友の名前を見ていたが、それで不安が解消される様子はない。大友は深く、しかし素早く一礼してドアを閉めた。

　近くに停めておいた車へ戻る途中、岩波が不平を漏らした。

「あれ、絶対に何か知ってますよね。母親なんだから、息子の様子がおかしかったら、気づかないわけがないでしょう」

「それは、頻繁に見ていれば、の話だね。鷹栖がしょっちゅう平山の家に出入りしていて、家にろくに帰らなければ、何をしていたかは分からないと思う。親子の会話があったとも思えないし」

「まあ、そうですね……」不満そうに、岩波が唇を尖らせた。「でも俺は、やっぱり何か隠していると思うな」

「根拠は？」

「勘、ですけど」

　大友は車のドアに手をかけた。ルーフ越しに、岩波の顔を見る。

「勘は大事だけど、全面的に頼っちゃ駄目だ」

「了解です」

　相変わらず不満そうに言って、岩波が助手席に体を滑りこませる。自分も乗りこもうとした瞬間、大友の電話が鳴った。

　武本だった。

2

「こっちから電話するって言っただろう」大友はすかさず文句を言った。

「一応、緊急なんだよ」

「分かってる」

「手短に頼むよ。仕事中なんだ」

「分かってる」繰り返し言って、武本が咳きこんだ。そう言えば、声もどこかくぐもっている。急に寒くなって、風邪を引いたのだろう。

「ややこしい話なのか」

「まあ、そうかな」言って、またすぐに咳きこむ。風邪は相当重症のようだ。

「それで、聞きたいことっていうのは？」

「お前、スリ——ひったくりを追ってるんだよな」

「正確には、犯人を殺した人間を追ってる」

「被害者はどうした？」

大友は一瞬混乱したが、武本の口ぶりから、アタッシュケースを盗まれた男のことだろう、と判断する。念のため確認すると、武本が低い声で「ああ」と言った。

「まだ見つかっていない」

「変な話だと思わないか？」

「変だけど、こっちとしては、アタッシュケースを盗まれた人間に関しては、それほど重視していないんだ」

「どうして」

「どうしてって……人が一人殺されているんだよ？　そっちの捜査に重点を置くのは当然じゃないか」

「アタッシュケースは？」

「それも見つかっていない」

「そうか……ちょっと、ひったくりがあった現場について教えてくれ」

「JR町田駅前の、小さな広場だ。動くモニュメントがあるんだけど、知ってるか？」

「いや」

「当日は、路上ライブをやっていて、人が多かった。ひったくりをやるには、悪くない環境だったよ」

「それで、被害者は、どんな感じの男だった？」

一週間以上前のことだが、今でもはっきりと思い浮かべることができる——自分の目で見たことに関しては。中肉中背、黒いコート姿の初老の男。それを告げると武本が「ああ」と言ったが、不満そうな口調だった——明らかに、風邪の苦しみのせいではない。

「もうちょっと詳しく分からないか？　それじゃ、まるっきり匿名みたいじゃないか」

「僕はひったくり——平山の方に集中していたから」

「そして、被害者は現場から立ち去った」

「平山が逃げたデッキと反対側のビルの方へ向かったのは分かっている。でも、その後の足取りが分からない」

「おかしいと思わなかったのか」

　武本が詰め寄る。それはもちろん、おかしい。だが、彼がこんな風に怒る理由が思い当たらなかった。元々呑気なタイプなのに……たぶん今は、大友が見たこともないような険しい表情を浮かべているだろう。

「参ったね」武本が急に弱気になって、溜息を漏らす。「その後、被害者は追ってないんだな？」と念を押した。

「正直、そこまで手が回らない」

「アタッシュケースも見つかってない？」

　この質問は二回目だ。そんなに大事なアタッシュケースなのか……彼が追っているのは、被害者ではなくアタッシュケースの方なのだろうと判断した。

「残念ながら」

「真面目に捜したのかよ」

「捜してはいるさ」少しむっとして大友は答えた。「とにかく、見つかっていないんだ。

平山は、処分すると言っていたようだけど」

「言ったって、誰に？」武本の声が、急に鋭く尖った。

「自称、平山の弟子」

「そんな人間がいるのか」

「僕は、嘘じゃないかと思ってる。まだ若い奴なんだけど、警察をからかってるだけじゃないかな。何かあると、変な情報を持ってくる奴、いるだろう」

「そいつはどうやって接触してきた？　電話か？」武本の声に勢いが増した。

「いや。生意気に、僕たちを尾行してきたんだ」

「だったら、弟子っていうのは本当じゃないのか。変な情報を入れてくる奴は大抵電話を使うし、しかも匿名だ。わざわざ顔出しして情報提供したなら、当たってるんじゃないかな」また呟きこむ。しかし、今回はすぐに立ち直った。「で、そいつの居場所は」

「行方不明だ。今、捜索中」

かすかに音が聞こえた。一瞬何だか分からなかったが、すぐに、武本がマスクの奥で舌打ちしたのだろうと気づく。大友は首を傾げた。普段は調子のいい、どちらかと言えば軽い男なのだが。

「そいつに関する手がかりはないのか」

「残念ながら。普段からふらふらしているような若い奴なんだ……そんなことより、お前、どうしてこんな事件に首を突っこんでくるんだ？」

「別に、突っこんでないよ」

「突っこんでるじゃないか。風邪を引いてるのに、わざわざ電話してきて」

「捜査のためなら、当然だ」

「つまり、捜査なんだね？」

武本が黙りこんだ。すぐに、深々と溜息をつく。

「敵わないな、お前には」

そっちが迂闊過ぎるんだと思ったが、大友は何も言わなかった。捜査二課の人間は何かと秘密主義で、もったいぶった態度が時に鼻につくのだが、この男が大事な同期なのは間違いない。今までに、助けてもらったこともあるのだから、足蹴にはできない。それにしても今回は、あまりにも態度が不審だ。

「捜査なら捜査で、そう言えよ。できることなら協力する」

「刑事総務課としては、一課も二課も公平に扱うってことか」

「そうじゃなくて、事件に上下はないだろう」

「元一課の人間の台詞とは思えないな」武本がおどけた口調で言ったが、その拍子にまた咳きこんでしまった。

「あのさ、柚子がいいよ」

「柚子？」武本が苦しそうに繰り返した。

「柚子の果汁と蜂蜜。生姜《しょうが》も少し入れてお湯で溶いて、ゆっくり飲むんだ。体も温まるし、喉にもいい。カリンの方がもっといいんだけど、あれは柚子ほど簡単に手に入らないし、干したりする手間がいるから」冬場、優斗が風邪を引いた時には必ず作る、スペシャルドリンクだ。聖子の家に柚子の木があるからこそ、いつでもできるのだが。

「喉飴で十分だよ」かつり、と軽く硬い音がした。武本が、飴でも口に入れたのだろう。

「まったく、しつこい風邪だ」

「こんなに話をしてると、いつまで経っても治らないよ」

「分かってる。なあ、アタッシュケースが見つかったら、教えてくれないか？」

「非公式に？」

「そう、非公式に」武本が認める。「あれは、俺たちにとって、生命線になるんだ」

「ちょっと待て」大友は思わず、声を荒らげた。「あのアタッシュケースの中身が何か、知ってるのか？　つまり被害者が誰かも分かってるんだろう」

「まあ、その辺は……後で、な」いつも調子のいい彼にしては、ひどく歯切れが悪い。

「じゃあ、何かあったら、連絡してくれ」

「おい――」

いきなり電話が切れた。何なんだ、いったい――一つだけはっきりしているのは、二課の動きを軽視はできない、ということだ。秘密主義を押し通すあの連中は、いきなりとんでもない材料を持って浮上してくるのだ。

「武本が？」柴が目を見開いた。「何で二課が、この事件に首を突っこんでくるんだよ」

「何か、あいつが抱えている事件の関係だと思う」

「その辺、きっちり聞いたのか？」

「いや」大友はフォークにスパゲティ・ナポリタンを巻きつけようと苦戦していた。麺が太過ぎて、うまくいかない。十分柔らかいはずなのに……食べにくいが、このナポリタンは美味い。味は極端にケチャップが効いているのだが、いわゆる「喫茶店ナポリタン」とは香ばしさが違うのだ。ケチャップと混ぜ合わせる際に、強火で一気に焦げ目をつけているのか。優斗が好きそうな味だが、大人でも十分楽しめる。「風邪がひどくてさ。あまりきつく言えなかった」

「相変わらず甘いわね、テツは」

敦美が鼻を鳴らす。彼女の夕食はステーキだ。柴は鯖のアイオリソース。二人とも、今日は早めに特捜本部に戻って来たので、大友が署の近くにある地中海料理の店に誘ったのだ。市役所近くのこの店には、優斗と一緒に何度か訪れたことがある。スパイスやオリーブオイルがきつそうな印象があったが、実際には穏やかな味である。テーブルクロスは赤白や青白とばらばらで、壁にはメニューやポスターが一杯に張ってあり、地が見えないほどだった。統一感や落ち着きはないが、座っているだけでどことなく楽しい。

「こういう店で食べるなら、優斗も連れてくればよかったのに」敦美が言った。

「そうもいかないよ。こっちは仕事中だし」大友は苦笑した。「ま、あいつは何とか食べてる」

「また、おばあさんのところ？」

「そう言うと殺される」大友は唇の前で人差し指を立てた。「聖子さんって呼ばなくちゃいけないんだ」

「若ぶってるわけ？」

「実際、感覚は若いんだけどね。お茶を教えているから、若い人ともつき合ってるし」

「それで、自分の教室に来ている人とのお見合いを勧めるわけね」

大友は思わず目を見開き「何で知ってるんだ？」と訊ねた。

敦美が笑いを爆発させる。握ったナイフとフォークが皿を小刻みに打ち、かちかちと音を立てた。

「勘よ、勘。何か、テツって、そういうことに引っかかりそうじゃない。でも本当に、お見合いしたら？　そろそろ真面目に再婚を考えてもいいんじゃない？」

「勘弁してくれ」

「だけど、どうして嫌がるんだ？　お前だったら選び放題だろう。大抵の女の子は、お前を見たら一発でノックアウトされるよ。なあ？」にやにや笑いながら、柴が敦美に同意を求める。

「ま、私以外はね」

「そうなのか？」

「優男はタイプじゃないから」

「ああ、まあ」柴がもごもごとつぶやき、鯖にナイフを入れた。かすかなニンニクの香りがふわっと広がる。そのまま黙って、食事に専念し始めた。体格のことで敦美にジョークを言うのは、自殺行為である。

しかし僕はどうして再婚しないのだろう、とふと真面目に考える。優斗に新しい母親が出来るのは、悪いことではないはずだ。五年生とはいえ、まだまだ母親の愛情が必要なのだから。そうすれば、聖子も普段は孫の面倒をみず、可愛がりたい時だけ可愛がれる。ただ、どうしても踏み切れない……やはり、菜緒に対する思いがあるのだ。どんなに思っても、死んだ人間に気持ちが伝わるわけではないが、菜緒に対しては申し訳ないと悔いる気持ちしかないのだ。

生きている間に、もっと愛してやればよかった。愛に限界はないのだから。

「それにしても、武本の行動は怪しいな」料理を平らげた柴が、紙ナプキンを大量に使って口を拭った。「奴は元々秘密主義者だけど、今回は極端だぞ」

「ばれるとまずい事件を抱えてるのね。テツこそ、何か知らないの？　総務課にいれば、色々と情報が入ってくるでしょう」

「この一週間離れてるし、そもそもそんな情報は聞いていていない」

「そうか……」敦美もフォークとナイフを置いた。男社会で散々揉まれてきたせいか、彼女も食事のペースは早い。「ちょっと突っこんでみたら？　うちの事件と関係あるとしたら、知っておくべきかもしれない」

「ああ。武本は、アタッシュケースを盗まれた被害者が誰なのか、知っているんじゃないかと思うんだ。だから、あんなに気にしてる……」ドアが開く気配がして、大友はすっと言葉を引っこめた。迂闊に大声で喋っていると、誰かに聞かれる恐れが出てくる。

ちらりとそちらを見ると、この場で最も会いたくない人物が立っていた。東日新聞の沢登有香《さわとゆか》。スリムな体を黒いコートに包み、寒そうに背中を丸めている。歩き回るのが商売のはずなのに、いかにも歩きにくそうなヒールの高いブーツを履いていた。何となく不機嫌そうだったのに、大友の顔を見た瞬間、ぱっと表情を輝かせる。

「まずい相手に見つかった」大友はつぶやきながら、うつむいた。

「こんな所で食事をするからよ」敦美が何故か嬉しそうに言った。「署で食べればよかったのに」

「とにかく、早く出よう」

「無視してていいの？」

「新聞記者と話す義務はないよ」

「大友さん、何で無視してるんですか」

有香がつかつかと歩み寄って来た。何とかやり過ごさないといけないと思い、大友はゆっくりと顔を上げた。いつもの癖で、つい愛想のいい表情を浮かべそうになったが、何とか口元を引き締める。大友流演技の第一条、表情を決定づけるのは、目ではなく実は口元である。

「後はお前に任せた。金は立て替えておくからさ」柴が大友の耳元に口を寄せた。

「あの」有香が少し苛立った口調で割りこんだ。「皆さん、町田の特捜ですよね」

「何の仕事かも含めて、何も言えないねえ」柴がぼそりとつぶやいた。有香とは目を合わせようとしない。

「そういうこと。悪いけど、記者の人と話してるのがばれたら、減給だから」敦美が同調する。こちらは、薄い笑みを浮かべる余裕があった。

「まさか」有香が明るい声で笑った。「そんなわけないでしょう」

「ところがその通りでね」柴が敦美に話を合わせた。「給料が高いわけじゃないから、減給は大変な痛手なんだ……この辺で失礼しますよ」

二人が同時に立ち上がった。どういうわけか、二人ともにやにや笑っている。柴がカウンターで金を払い、ちらりとこちらを振り向く。笑顔はさらに広がっていた。僕に全部押しつけるつもりか、と大友は溜息をついた。

有香は、当然のように、空いた席に腰を下ろした。コートは着たままで、脱ぐ気配もない。案外育ちが悪いのではないか、と大友は疑った。

「特捜のことなんですけど」

「悪いけど、進行中の事件のことは何も言えない」

「進行していることは認めるんですよね」

「揚げ足を取るようなことは言わないで欲しいな」

「すみません、新聞記者の癖なんで」有香が小さく舌を出した。

「あなたも取材ですか」

最近、署に張りつく記者の数が減ってきた。殺人事件であっても、記者の関心は長続きはしない。犯人逮捕のような大きな動きがなければ、発生から一日二日で、特捜本部のある署にも顔を出さなくなるのだ。あとは、本庁の捜査一課担当の記者が、幹部に夜回りをかけるぐらいだろう。この事件に関しては、現場で自力で取材するのも難しいのではないかと思った。自分たちが、それなりの人数を投入して、一週間以上も聞き込みをやっているのに、何の発見もないのだ。記者連中を馬鹿にするわけではないが、彼らにはバッジの力がない。相手に強制的に口を開かせることはできないのだから、同じことを聞き出そうとしても、刑事に比べれば時間がかかる。

「町田に来る用事は、他にはありませんから」

「相変わらず、人の仕事に首を突っこんでいるわけですか」

「失礼ですね」有香が頰を膨らませる。「私は遊軍だから、何の仕事をしてもいいんです」

彼女はそう言うしかないだろうが、周りの人間には相当煙たがられているらしい。どこにでも首を突っこみ、好き勝手に取材して手柄を自分の物にしてしまう。

「残念だけど、僕と話していても時間の無駄ですよ」

「食事、つき合ってもらえないんですか」

「今、食べ終わったばかりなので」大友は、空になった皿を指差した。

「優斗君を放っておいて、食事なんかしていていいんですか」

大友はわずかに目を細めた。時々――事件の時だけだが――大友に接近してくる有香は、平然とこちらの領地に土足で入りこんでくる。このクソ度胸のせいで記者をやっていられるのだろうが、こちらとしてはたまったものではない。もっとも、図々しい彼女が、微妙な怒りに気づくとは限らないが。

「優斗はちゃんと食べてるから」

「お父さんが食べさせてあげないとまずいんじゃないですか?」

「あいつも、もう五年生だよ? あまり世話を焼き過ぎると嫌がるんだ」実際にそういう気配を感じることもある。反抗期には少し早いかもしれないが、時間の問題だろう。そう考えると、少しばかり胸が痛んだ。

「難しい年頃ですよねえ」有香が頬杖をつき、真剣な表情で同意した。「大友さん、どうして再婚しないんですか?」

「ええと、その話は今夜二回目なんで、パスします」

「へえ。いろんな人が気にしてるんですね。大友さん、人望がありますね」

「周りにお節介な人間が多いだけですよ」大友は咳払いをした。そろそろ切り上げないと……彼女のしつこさは常軌を逸している。大友はいきなり立ち上がった。「それじゃ、この辺で。ゆっくり食事して下さい。この店は、何を食べても美味いですよ」

左腕を大袈裟に突き出し、腕時計を見た。実際、夜の捜査会議の時間が迫っているのだ。

「アタッシュケースの話とか、しませんか？」

思わず声を上げかけた。どうしてそこを気にする？　確かに、アタッシュケースが奪われた件は発表されなかったが、既に報道陣に漏れているらしい。だが今まで、しつこく取材してきた記者はいないはずだ。彼女は、独自に何か摑んでいるのだろうか。だとしたら、ここで上手く話を聞きだして……いや、それは難しい。一方的に情報を引き出そうとしても、彼女も簡単には話さないだろう。

「アタッシュケースがどうかしましたか？」余計なことは喋るな、と自分に言い聞かせながら訊ねる。

「どうして見つかっていないんですかね」

「さあ」

「中に、よほど重要な物が入っていたんでしょうか」

「どうかな」かすかに冷や汗をかくのを意識した。彼女はどこまで知っている？　二課から何か情報が漏れているのではないだろうか。にわかに不安になったが、その辺の事情を突っこんで聴くわけにはいかない。

「出てこないのは、不思議ですよね」

「不思議だけど、どういうことかは僕にも分からない」

「本当に？」大きな目をさらに大きく見開き、有香が大友を凝視する。「そこ、重大なポイントじゃないんですか」

「何でも知らされているわけじゃないから」

「つまり、極秘事項なんですね」有香の目が輝く。

「そういうわけじゃない」大友は慌てて否定した。まずい。彼女だって、話を聴き出すプロだ。あまり長い間話していると、向こうのペースに乗ってしまう。「急ぎますから。この辺で」

一礼して店を出る。僕は逃げたのだ、という意識が高まってきた。後ろめたいし悔しくもあるが、余計なことを話してしまうよりは、一瞬恥をかく方がましである。逃げるのは、作戦の一つの選択肢に過ぎない。問題は、彼女がそれほど諦めのいいタイプではない、ということだ。しかも、攻撃のやり方をよく心得ている。こちらが予期もしていない時に顔を出し、思いも寄らぬ質問をぶつけていくのだ。

店を出て立ち止まり、一つ深呼吸した。今のことは忘れて……いや、忘れるわけにはいかない。今日だけで、アタッシュケースのことを気にしている人間に二人も会った。武本と有香。有香の情報源は、実は武本辺りかもしれないが、仮に何か吹きこまれたとして、彼女の方でこの情報を重視する相応の理由があったに違いない。彼女だって、新米ではないのだ。その辺の勘は働くだろう。

携帯電話が鳴り出した。慌てて腕時計を見る。捜査会議が始まる時間ではないが、何かあったのか――鷹栖だった。

「俺を捜してるんだって？」

3

午後十時過ぎ、大友は一人で市役所前の歩道に立っていた。寒さが足元から忍び寄り、薄いコート一枚で来てしまったことを後悔する。鷹栖は遅れていた。十時ジャストにここで落ち合うことにしていたのだが……現在、五分の遅れ。いつも時間に正確であることを心がけている大友にすれば、大遅刻だった。

振り返り、背後の建物をちらりと見た。町田市役所は、細胞分裂している。庁舎が手狭になって、市内のあちこちに分庁舎が散らばっているのだ。この本庁舎は、いかにも昭和四十年代の建物という感じである。正面の二階部分には、ベランダのような突起が何か所も突き出し、そこからは緑が溢れていた。何となく、太い眉毛を彷彿させる。庁舎自体は薄い茶色のタイル張りで、完成した当時はモダンな雰囲気だったはずだが、今は相当古めかしくなり、既にクラシカルな雰囲気さえ漂わせていた。庁舎前の広場に張られたタイルは歪み始め、かなり隙間が空いている。ここで女性がヒールを引っかけ、靴が脱げてしまうのを大友は何度か見ていた。

もう何度目になるだろう、周囲を素早く見回した。覆面パトカーが一台、それにオートバイが一台、近くで待機している。パトカーだと、鷹栖のスクーターが狭い道に入ると振り切られてしまう可能性が高いので、わざわざオートバイを用意したのだ。乗っているのは岩波。自身バイク乗りだという彼の言葉を思い出し、念のためにと急遽自宅から持ってこさせたのだが、そのチョイスは間違いだったかもしれない。彼の愛車は、スズキの大型スポーツバイクなのだ。逆輸入のGSX—R。空気を切り裂きそうな鋭いデザインのカウル、青に白というやたらと目立つカラーリング……岩波は、「リミッターを外せば三百キロ出ます」と嬉しそうに言ったものだが、市街地でバイクを追跡するには、その五分の一の性能があれば十分だろう。覆面パトカーには、柴と敦美のコンビ。こちらも心配だった。敦美がハンドルを握っているのだが、彼女はとにかく運転が乱暴だ。事故が起きないといいが、と大友は心底不安になった。

耳を澄ましていると、遠くから単気筒独特のビートが聞こえてくる。来たな、と大友は少しだけ身構えた。これまでのやり取りから、鷹栖が直接的な危害を加えそうなタイプではないと判断していたが、人は本音を隠すものだ。鷹栖も、凶暴な内面を表に出していないだけかもしれない。

ほどなく、左手の方からヘッドライトの光が現れた。大友は目をすがめながらそちらを凝視し、鷹栖に間違いないと確信した。スモークシールドのヘルメット、フードつきのジャケットは、間違いなく彼の物である。

スクーターは大友のすぐ横で止まった。鷹栖はヘルメットを取ったが、シートから降りようとはしない。エンジンもかけたままである。大友は素早く手を伸ばしてキーを抜いた。

「何だよ」

鷹栖が睨みつけてきたが、無視してキーを握り締める。

「話がしたい。エンジンがかかってると煩《うるさ》いからね」

「それって、窃盗じゃないのか」

「屁理屈はいい。ゆっくり話がしたいんだ。途中で逃げ出されたら困るからね」この男には、相変わらず苛々させられる。

「別に逃げないけど」

「今までは、散々逃げ回ってたじゃないか」

「あれは、逃げてたわけじゃない」鷹栖が、気取った仕草で髪をかき上げた。「会う用事がなかっただけだ」

「なるほど」

大友は手を差し出し、掌を開いた。どうも変な握り心地だと思ったら、小さなテディベアのキーホルダーがついている。

「変わった趣味だね」

「俺の趣味じゃないし」闇の中でも、鷹栖の耳が赤くなるのが分かった。

「彼女かな？」

「どうでもいいだろう」鷹栖が、キーを乱暴にひったくった。「それで、どうするんだよ。ここ、座るところもないじゃないか。どこかでお茶でも奢ってくれないのかね」

「ここを指定したのは君だ」

「分かりやすいかと思ってさ」鷹栖が肩をすくめる。キーはジャケットのポケットに落としこんだ。

「別に、どこでも分かるよ。僕は町田市民だから」

「そりゃどうも、失礼しましたね。でも、どこかに入らない？　今日は冷えるしさ」冷えるという割に、鷹栖はグローブもしていない。手は真っ赤になっている。

「この辺には、ファミリーレストランもないんだ。一番近くでお茶が飲めるのは、署だね」

「ふざけんなよ。そこの角にファミレスがあるじゃないか」鷹栖の耳がまた赤くなる。

「それは駄目だ」

「結局、容疑者扱いかよ」

「容疑者なのか？　別に、疑っているから警察に引っ張るわけじゃない。あそこの方が話がしやすいからだ」

「あんたたちにとってはな。俺みたいに善良な市民は、警察には用事がない」

「なるほど」

大友は、スクーターを支えるために歩道に投げ出した鷹栖の足を見た。当たり。この男が、平山にどんな教育を受けたのか分からないが、用心が足りないのは間違いない。犯罪者としてはアマチュア、あるいはそもそも向いていない。

「やっぱり署に来てもらおうか」

「何の理由で」

「公務執行妨害。あるいは窃盗の共犯」

「ああ？」鷹栖がぽかんと口を開いた。「意味、分かんないんだけど」

「その靴に見覚えがあるんだ」黒いスニーカー。デッキでの自殺騒ぎの時、大友がはっきり見たのは男の下半身だけである。細身のジーンズ、そして黒いスニーカー。「君は、平山さんがアタッシュケースを盗んだ日、現場近くで自殺騒ぎを起こした。あの時助けたのが僕だよ」

「知らないね」鷹栖がすっと目を逸らす。「靴なんか、証拠にならないだろう」

「その辺について、ゆっくり話を聴きたいね。署にご同行願おうか」大友は右手をさっと上げた。待機する岩波たちへの合図。

「そういう態度に出るなら、話す必要なんかないね」

鷹栖がキーを差しこんで捻った。インストゥルメンタルパネルが、ぱっと緑色に浮き上がる。大友はハンドルをしっかり押さえた。

「放せよ」鷹栖が大友を睨んだ。

「そういうわけにはいかない」

「このまま発進させたら、あんた、怪我するぜ」

「そうしたら、傷害容疑が加わる。実刑が近づくよ」

「脅したって無駄だぜ」強がりながら、唇からは血の気が引いていた。

「脅しじゃなくて、事実だ。このまま素直に署についてくれれば、そんなにひどいことにはならない。僕は何も、ありとあらゆる犯罪者を刑務所にぶちこむべきだとは思っていないから。事情によっては、逮捕する必要すらないんじゃないかな」

「で？　俺をどうしたいわけ？」

「とにかく話を聴かせてもらおうか。全てはそれからだ」

「冗談じゃない」鷹栖が、キーを握る手に力を入れた。素早く右手を動かしてセルスターターを押したが、エンジンは一度咳きこんだだけで始動しなかった。

「焦ると、エンジンがカブるよ」

「煩いな」

もう一度セルスターターを押そうとした鷹栖の手が止まる。正面から、高周波のエンジン音が迫ってくるのだ。深い闇を、大径のヘッドライトの光が切り裂く。さらに背後からは覆面パトカーのヘッドライト。前後から挟まれる格好になって、鷹栖は眉の上に右手を当てた。

「待ち伏せかよ」

「それぐらいは予期してると思ったけど」

岩波のGSX—Rのエンジン音が落ち着いた。ヘルメットを脱ぐと、すぐにこちらに駆け寄ってくる。

「まさか、これで終わりじゃないでしょうね」本気で不満そうな口調で、大友に訴えた。「てっきり追跡するものかと思ってましたけど」

「冗談じゃない。あんなでかいバイクで追いかけてくるつもりだったのかよ。事故っちまうじゃないか」

「君が逃げなければ、何も問題はない」大友は、文句を言う鷹栖を諭した。岩波に顔を向け、「署にお連れして」と告げた。

「了解です」

岩波が、鷹栖のすぐ後ろに停まった覆面パトカーに走り寄る。運転席の窓に首を突っこむようにして、二人に何事か声をかけた。すぐに敦美が降りてくる。それを見て、鷹栖が頬を引き攣らせた。

「何であんなでかい女がいるんだよ」

「彼女の前でそれを言うな」大友は低い声で素早く忠告した。「余計なことを言うと、殺されるからな」

この前と同じ状況になったな、と大友は思った。取調室の中には、鷹栖と岩波。違うのは、二人の間に会話が成立していることだ。どうやら、バイクの話でそれなりに盛り上がっているらしい。まあ、しばらく気楽に話をさせておこう。

森野がすっと寄って来た。目の下には隈ができ、顔には脂が浮いている。

「どうするつもりだ」

「絞ります。あいつは、間違いなく平山の共犯ですよ」

「自殺騒ぎを起こして手助け、か」森野が歯を食いしばった。

「元々自殺騒ぎを起こすつもりだったかどうかは分かりません。途中で盗んだ荷物を引き継ぐとか、そういう予定だったのかもしれませんね。平山が捕まりそうになったから、騒ぎを起こして自分の方に注意を引きつけたんじゃないでしょうか」

「なかなか狡猾な奴だ……奴がというか、平山が、だな」森野が、ぼさぼさの白い髪をかき上げた。疲れているはずだが、目は輝いている。「こいつが突破口になるかもしれない。徹底的に絞れよ」

「了解です」今度ばかりは、大友も手を緩めるつもりはなかった。鷹栖もまだ、性根が据わっているわけではないだろう。徹底的に絞り上げれば、それほど持たないはずだ。すぐに音を上げるに決まっている。

「場合によっては逮捕だな」

「それができなくても、今度は逃しません」

取調室のドアを開けると、二人が同時に口を閉ざした。少し暖まった気配から、二人の会話が上手く転がっていたのを悟る。これで少し、鷹栖の気持ちが緩んでいればいいのだが。

「共通の趣味の話は終わりでいいかな？」

岩波が黙って立ち上がり、席を譲る。鷹栖はこの前と同じように、だらしなく足を投げ出し、腕組みをしていた。対照的に大友は、背筋をぴしりと伸ばし、椅子に深く腰かける。

「もう一度、話を聴きたい。先々週の土曜日の午後、町田駅前のデッキにいたね」

「ノーコメント」

「自殺騒ぎを起こして、平山さんを逃そうとした」

「ノーコメント」

「君は自分で、平山さんの弟子だと言った。つまり、スリの弟子だ。一緒に作戦行動をしていてもおかしくない」

「理論だけの弟子なんでね」鷹栖が耳を引っ張った。

「それを裁判官が信じると思うか？　平山さんからは、裁判の様子も散々聴かされているると思うけど、どうなんだろう。それとも平山さんは、捕まった話は一切しないで、上手くいった自慢話だけをしていたのかな？　もしもそうなら、君は大したスリにはなれない。成功した話は参考にならないからね」

「そんなの、俺の勝手だろう」鷹栖が目を細めて凄んだ。

「だいたい、スリで金持ちになれると思ってるのか？　平山さんが、成人してからどんな風に生活して、どんな風に死んだか考えてみるといいよ。最後にどれだけ金を残した？」

「金が欲しくてやるわけじゃねえよ」

「スリルか？　それだと、裁判官の心証がもっと悪くなる」大友は両手を組み合わせ、テーブルに置いた。「いいかい？　僕たちはまだ、君の実家を調べていない。調べるつもりになれば、いくらでもできるんだ。そうしたら、いったい何が出てくるかな。盗んだ品物があれば、君の犯罪が立証される可能性が高い」

「だいたい俺は、何もやってないし」

「自殺未遂も？」

鷹栖が唇を一文字に引き結んだ。そろそろ、嘘を突き通すのが難しくなり始めているのだろう。焦らずじっくりいけ、と大友は自分に言い聞かせた。

「君の逮捕状を請求しようかと思うんだ」

「何でだよ」

「公務執行妨害。窃盗の共犯。君は自殺未遂騒動で、僕たちの仕事を妨害したからね。この件はさっきも言ったと思う。当然、覚えてるよね」

「俺は何もしてないから」

「スリは割に合わない犯罪なんだ。スリで大儲けした人を、僕は一人も知らない。それで、平山さんのような最期を迎えたとなったら、悲しくないか？」

「警察は、いつまで経っても犯人に辿りつかないんだな。平山さんも言ってたよ。昔に比べれば、刑事の腕も鈍ったって」

「社会全体が劣化してるんだ。刑事の腕は落ちているかもしれないけど、その分犯罪者も間抜けになっている」

「よく言うよ」鷹栖が笑いながら言った。「あんたたち、あちこちで失敗ばかりしてるじゃないか。インチキな捜査とかさ……劣化してるのは警察の方だよ」

「その理由の一つは、きちんとした証言が得られないからなんだ。君のように、ほのめかすだけではっきりしたことを言わなければ、絶対に犯人には辿り着けない――いいか、君には二つ、選択肢がある。知っていることを全部話して捜査に協力するか、逮捕されて、今晩からしばらく留置場に入るかだ」

「脅すのか？」

「可能性を提示しているだけだ」

「あんたも口が上手いね」鷹栖が苦笑する。「どうして警察はこんなことが分からないのかな……不思議に思ってることがあるんだ」

「何だ？」

「知りたい？」

「いい加減にしてくれないかな」大友はぐっと身を乗り出した。自分がそんなことをしても、迫力がないのは承知の上だった。「そろそろタイムリミットだ。留置場を初体験することになるけど、気持ちの準備はできてるかな？」

「女だよ、女」

「女が犯人なのか？」

「まさか。平山さんのことなら、俺よりよく知っている人がいるっていう意味だ。それが女なんだよ」

大友は一瞬、頭が混乱するのを意識した。

「平山さんの家に、女は住んでいなかったはずだ」

「住んではいないさ。時々出入りしてただけだよ……あのさ、平山さんの家には、派手なスニーカーや若向けの服があったよな？」

「家に入ったことがあるんだな？」

「どうでもいいじゃん。話をややこしくしないでくれないかな。今、俺が喋ってるんだから」鷹栖が首を振った。「平山さんがそういう格好をしているのを見たってだけだよ。服だけじゃなくて、靴もだよ。ナイキのズームとか、アディダスのクライマクールとか、あったはずだけど」

あった。押収品の目録を見ればさらに正確に確認できるが、記憶にも鮮やかである。それこそいかにも若者が履きそうな、派手なデザインのランニングシューズやバスケットボールシューズ。

「どういう意味だ？」

「元々平山さんには、あんな靴や服の趣味はない。押しつけてた奴がいるのさ」

「それが女か」

「ご名答」鷹栖がゆっくりと人差し指を突き出し、大友の顔を指差した。

「当然、君はその女性を知ってるわけだ」

「さあね」

「いつまでも惚《とぼ》けてないで、早く喋った方がいい」

「喋らないと逮捕するのか？」

「それより、平山さんを殺した犯人が誰か、知りたくないのか？」

「知りたい」短く断言して、鷹栖が唇を引き結ぶ。「俺はそのために、警察に協力してるんだぜ」

「とても協力的とは言えないけどな」大友は肩をすくめ、一転して真顔に戻った。「目的は一緒じゃないか。だったら、知ってることを全部教えてもらった方が早い。本当のことを言えば、君を逮捕する手続きの時間も勿体ないんだ」

「よく喋らせましたね」岩波が呆れたように言った。鷹栖の案内で、平山の「女」だという人物の家を訪ねる準備をしている最中である。この女性が、直接今回の犯罪に関係している証拠はないが、アタッシュケースを盗んだ平山が、相談か報告をしていた可能性はある。

「あの手の人間は、ちょっとプライドをくすぐってやればいいんだ。要するに、大人になりたくて背伸びしているだけなんだよ」

「俺は、あんな奴に頭は下げられないなあ」岩波が頭を掻いた。

「芝居だと思えばいいんだ。芝居なら、泣いたり土下座したりも普通にやることだから」感情が入り過ぎて、バランスを崩すこともあるが。

「でもこれは、リアルな世界の話ですよ」

「そこは気の持ちようなんだ……来たな」

大友は、署の駐車場に停めた覆面パトカーのボディから背中を引きはがした。制服警官二人に付き添われ、鷹栖が出て来る。妙に堂々と胸を張っていた。

「何威張ってるんですかね、あいつ」岩波が鼻を鳴らした。

「まあ、持ち上げておこうよ」大友は軽く言った。「今のところは、重要な、善意の第三者なんだから」

「俺はいつか絶対、あいつをパクりますからね」岩波が鼻息荒く言った。「あんなふざけた野郎は、少し痛い目に遭った方がいいんだ」

「それは君に任せる」腕時計に視線を落とした。「行こう。もう遅いから、今夜は所在の確認しかできないかもしれないけど」

「そうですね」釣られて岩波も腕時計を見る。「もう十一時近いんだ……」うんざりした表情で欠伸を噛み殺し、運転席に滑りこんだ。

念のため、鷹栖はもう一台の覆面パトカーに乗りこむことになっている。岩波は、先導するパトカーの後ろにぴたりとつけて車をスタートさせた。後部座席に座っている鷹栖が、振り向いてにやりと笑い、親指を上げて見せる。

「あの野郎」岩波が、歯の隙間から押し出すように言った。「マジで、パクってやるからな」

大友は腹の上で手を組んだまま、失敗を噛み締めた。自分の失敗ではなく、仲間の失敗。森野は、しばらく平山の動向監視をした結果、「女の影はない」と断言していた。彼の言うことは信じたいが、どこまで緻密な監視だったのか、という疑問は残る。見逃していた時間もあるはずだし、そういう時に平山が女と接触していた可能性は否定できない。

鷹栖は、相手の女性の正体について一切言及しなかった。嘘ではないか、という疑いも残るが、それならまた絞り上げればいい。

どんな女性だったのだろう。七十二歳の平山と交際する女性……どこかに多少は隠し財産があるかもしれないが、平山は裕福だったとは言えない。とすると、相手の女性は金目当てで近づいてきたのではない、ということになる。つまり、純粋な恋愛なのか？　料理を作ったり、若々しい靴や服を買ってプレゼントする……もちろん、七十二歳の男性が必ずしも枯れているわけではなく、平山は男として現役だったのかもしれないが、違和感は拭えない。どうしても「あの冴えない男が」と考えてしまう。

二台の車は町田の市街地を走り抜け、北西に向かう。古い団地の脇を抜け、横浜線古淵駅の脇を抜けた。この辺りは広々とした郊外の街で、チェーン店が点在している。巨大なショッピングセンターを両側に見ながら少し走ると、国道十六号線に出た。大野台小入口の交差点を左折して、先を行く覆面パトカーが停まったのは、まだ新しいマンションの前だった。七階建て、茶色いタイル張りで、お洒落というわけではないが、小綺麗である。こんなマンションに住む女性が、平山の狭いアパートに足しげく通っていた？　にわかに、鷹栖の証言が疑わしくなってくる。だいたい、ここから平山の家まではひどく行きにくいのだ。車でもあれば別だが、このマンションには駐車場はない。あのアパートの近くまで行くバスも通っていないし、一度横浜線の町田駅まで出て歩いて行くにも、かなり時間がかかる。

車を降り立つと、すぐ後ろからもう一台の覆面パトカーが近づいてきた。完全に停止する前にドアが開き、森野がむすっとした表情を浮かべて飛び出してくる。

「森野さん、特捜で結果待ちじゃなかったんですか」岩波が囁く。

「我慢できなかったんだろう」気持ちは分かる。

「このマンションか」森野が、こちらに近づきながら声を張り上げた。国道十六号線は、この時間になっても大型のトラックなどが多く、大声でないと会話もできない。

「ええ」

「行ってみよう」

「もう遅いですが」

「遅くても仕方ない。一刻も早く話を聴くんだ」

だが、森野の思惑は外れた。鷹栖が告げた「盛田佐奈《もりたさな》」という名の女性——確かに、エントランスの郵便受けに「盛田」とある。ロビーの外からインタフォンで呼んでみたが、返事はない。寝ているか、風呂に入っているのではないかと思って五分待って繰り返したが、結果は同じだった。

「どうしますか」大友は森野に訊ねた。

「部屋の前まで行こう。直接ノックしてみないと……俺は、インタフォンは信用してないんだ」

まさか。大友は思わず苦笑したが、森野の顔は真剣だった。すぐに、夜間の警備員を強引に説得してしまう。岩波と制服警官は、玄関ホールに残すことにした。鷹栖を監視しつつ、佐奈の帰りを——まだ帰宅していないなら——待たせる作戦である。さっさと指示を飛ばしておいてから、自分はエレベーターに向かって歩いて行く。その背中を追いながら、大友は森野の気合いを感じ取っていた。自分でも、平山に対する監視が不十分だったと意識しているのだろう。これは今までの失敗を一気に挽回するチャンスなのだ。

「女は何歳だ」エレベーターの壁に背中を預け、階数表示を睨みながら森野が言った。

「分かりません」

「鷹栖は何か言ってないのか」

「直接会ったことはないようですね」

「若い女じゃないのか」森野が壁から背中を引き剝がす。「佐奈、なんて名前は、少なくとも三十歳以上じゃないだろう」

「そうでしょうね」

「ま、ご対面できるかどうかは……」エレベーターの扉が開いた。歩き出しながら、「分からんな」とつぶやく。気合いが微妙に削がれているようだった。

エレベーターを降りた途端、メールの着信音がした。こんな時に……取り敢えず無視して、森野を追う。

佐奈の部屋は、五〇一号室だった。五階の東南角の部屋。マンション全体の作りから見て、おそらく1LDK程度の間取りだろう。女性の一人暮らし。職業は何だろうか。

森野がドアの前に立つ。両手をズボンのポケットに突っこんで、ドアを上から下へ眺め下ろす。インタフォンを無視して、いきなりドアに拳を叩きつけた。乾いた硬い音が廊下に響く。大友の耳には、少し大き過ぎるように思えた。三度叩いて手を止め、ドアに耳を近づけてじっと待つ。拳を振り上げたところで、大友は「森野さん」と忠告を飛ばした。森野が手を頭の高さに挙げたまま、大友の顔を見る。

「近所に聞かれるとまずいですよ」

「そうだな」

森野が顔を歪ませてドアから離れた。大友は彼の横に立ち、ドアの横にある窓を覗いた。真っ暗。佐奈が帰宅している気配はない。大友はインタフォンのボタンを鳴らした。澄んだ音が室内で響いたが、反応はない。

「いませんね」言って、反射的に腕時計を見る。十一時。深夜というわけではないが、この時間に帰って来ていないのは、どういうことだろう。もちろん最近、都会人の暮らしはどんどん夜型になっているのだが。

「下で張りだな」

「ええ……」まずい。優斗は寝ているだろうが、一晩中そのままというわけにはいかない。かといって、「息子が……」という理由で帰るのは気が引けた。第一、この事件の一つの山場を前にしているのだ。

ズボンのポケットから携帯を取り出す。メールは……聖子からだった。こんな時間に？　しかし聖子は、メール魔だったのを思い出す。といっても、この一年ほどのことである。連絡を取り合うのに便利だからと、若いお茶の生徒たちに勧められて携帯からスマートフォンに乗り換えたのだが、以来、大友よりもよほど器用にメールを使いこなしている。

タイトルは「預かりました」。一瞬ぎょっとしたが、内容を読むと、優斗が家にいるということだった。夕飯を食べさせ、テレビを見ているうちに遅くなったので、今夜は泊める、と。ほっとして、これなら徹夜の張り込みもできると気を引き締めた。

「大友、お前はいいぞ。子どもが待ってるだろう」先を行く森野が振り返って言った。

「いや、大丈夫です」

「無理するな」

この男はこんなに優しかっただろうか、と疑問に思った。あの一件から一週間以上が経つうちに、いろいろ考えることもあったのかもしれないが。

「安全なところで寝てますから」

「どこかで預かってもらってるのか」

「ええ」

「なら、張り込むか?」

「ここまできたんですから、相手の顔は拝みたいですね」うなずき、エレベーターのボタンを押す。自分たちが降りた後で使った人はいなかったようで、すぐに扉が開く。

「鷹栖はどうしますか」

「今日のところは帰す。ただし、監視つきだ」

「そこまで人を割けますかね」多少、遠慮する気持ちが働く。自分も森野も、この帳場では助っ人である。今追いかけている情報の重要性には自信があるが、直接犯人に結びつくものでないだけに、特捜本部はいい顔をしないかもしれない。

「土下座してでもお願いするよ」森野がさらりと言った。「俺にとっちゃ、これが最後の大仕事になるかもしれないからな。まさか、殺しの特捜に入るとは思わなかったが」

少しだけ感傷的な彼の態度が気になった。こんな男ではなかったはずだが……やはり特殊な事件の中に放りこまれて、いろいろ考えることもあるのだろう。

しかしロビーに戻ると、森野はいつもの自分を取り戻していた。傲慢な口調できぱきと命令を下し、自分と大友が現場で張り込む、と告げる。それから岩波をロビーの隅へ呼び、他人には聞こえないように指示を与えた。おそらく、鷹栖の監視を——それも一晩中——命じたのだろう。

「もうちょっと待ってくれ」

言い残して外へ飛び出すと、携帯をかけ始めた。特捜本部に連絡を取っているのだろう。鷹栖はその様子を、不満気な表情で見守っていた。ほどなく大友に視線を向けると、「これからどうすんだよ」と乱暴に訊ねた。

「君が言っている女性は、部屋にいない」

「別に、嘘は言ってないぜ」

確かに。実際、警備員もその女性が住んでいることは認めているのだ。ただし、本当に平山と関係があるかどうかは、本人に確かめてみない限り、分からない。

「今日は帰っていい」

「逮捕するんじゃなかったのかよ」鷹栖が鼻を鳴らし、両手を前に突き出してみせた。

「試しに留置場に入ってみたいか？　今は空いてるはずだ」

「冗談じゃない」軽く肩をすぼめ、急いで両手を引っこめる。

「連絡を取れるようにしておいてくれ。電話を鳴らしたら、無視しないで出ること」

「警察官は命令が好きだね」

「君は自由の身になったわけじゃない。今でも重要参考人なんだから」ふと、苦い想い出が蘇る。かつて、殺人事件の容疑者が、任意で取り調べを受けている間に自殺してしまった一件の捜査に加わったことがある。あの時は、解決した後も嫌な気分しか残らなかった。

森野が戻って来て、少しほっとした表情でうなずいた。すぐに顔を引き締め、その場の全員に外に出るよう指示する。自分は残って、警備員と話をしていた。

岩波が、鷹栖を覆面パトカーに乗せて走り去る。大友は、自分が乗ってきた覆面パトカーのドアを開け、マンションから出て来た森野を助手席に乗せた。少しバックして、出入口を監視できる場所に陣取る。エンジンを切ると、静けさが車内を満たした。森野は腹の上に手を置き、目を細めてマンションを睨んでいる。大友はハンドルに両手を預けたまま、集中し過ぎないようにした。ここにいれば見逃すことはないし、夜は長いのだ。いつ終わるか分からない張り込みでは、気を張り過ぎないことが大事だ。だいたい、森野が近くにいるだけで、かすかに緊張感を覚えている。これ以上気を張ったら、あっという間に気持ちがへばってしまうだろう。

「しかし、平山がね……」森野が突然つぶやいた。

「残念でしたね」少し場違いな言葉かもしれないと思いながら、大友は言った。

「残念だよ。最後も自分の手で捕まえたかったんだが……」

「因縁の相手ですからね」

「最初に逮捕した時、俺はまだ三十だったんだ。平山は四十二歳……四十三歳か。あれから三十年近く経つんだよな」小さく溜息を漏らす。「俺も年を取るわけだ」

「それだけ長いつき合いっていうのは、どんな感じなんですか？」

「基本的に一課のお前さんには、分かりにくいかもしれないな」森野が煙草を取り出してくわえたが、ダッシュボードに張ってある「禁煙」のシールに気づいて箱に戻した。

「泥棒は死刑になるわけじゃない。いつか必ず娑婆に戻って来るんだ……そうすると、また顔を合わせることになる。もちろん、たまたま金に困って何か盗んだような奴は別だよ。そういう人間は反省して、二度と罪は犯さない。ただ、平山みたいな常習者はな……何度でも会うことになるんだよ」

「向こうも困るでしょうね」

「まったくだ」森野が苦笑する。「またお前か、ってなもんでな。お互いに顔もやり口も分かってる。こっちも怒るより呆れちまうんだ。平山との関係も、そんな感じだったよ。憎みたいのに憎めないみたいな……刑事がそれじゃ駄目なんだろうけどな」

「気持ちは分かります」出来の悪い子ども――平山の方が年上なのに子どもというのも変だが――を相手にしているような気分ではないだろうか。今度こそ更生すると思ってまた裏切られ、怒るのを通り越して呆れてしまう。それでもまた許す——そんなことが何度も繰り返された後で、相手にどんな気持ちを抱くようになるのだろうか。

「三課も、因果な商売なんだぞ。ああいう常習者とつき合ってると、精神的なダメージも大きくなる。即効的じゃなくて、じわじわ効いてくる感じだけどな」

「そうでしょうね——あれじゃないですか？」

大友は車のドアに手をかけた。駅に続く交差点から、こちらに向かって来る一人の女性。警備員から聞いていた容貌——百七十センチ近い長身というだけで、女性の場合は十分アイキャッチになる——とぴたりと合致する。しかし、百七十センチか……平山は、そこまで身長はなかったはずだ。二人が並んで歩いている様子を想像しようとしたが、上手くいかない。黒いコートに、足に直接ペンキを塗ったように細いジーンズ、黒いニットキャップからはみ出した漆黒の髪は、肩ぐらいまである。うつむき加減なので、顔はよく見えなかった。

「よし、行くぞ」

森野が先に車を飛び出した。佐奈がちょうどマンションに入ろうとしたところで、後ろから声をかける。

「盛田佐奈さん」

佐奈が、無表情なまま振り向いた。

4

佐奈は事情聴取には同意したが、署へ行くのも、自分の部屋へ大友たちを入れるのも拒否した。ホールでなら話をするという。大友は森野と顔を見合わせ、この条件を受け入れることに無言で合意した。現段階では、佐奈はあくまで容疑者ではないのだ。

佐奈が、ホールの片隅にある楕円形のソファの端に腰かける。森野は大友にこの場を任せることにしたようで、佐奈から少し離れて壁を背に立った。大友は、佐奈から一メートルほど距離を置いた位置に陣取る。楕円形とはいっても曲線が緩いので、ほぼ真横に座る格好になった。話しにくいが、正面で立ったまま、というわけにはいかない。仕方なく、体を少し斜めにして、彼女に向き合うような姿勢を取った。

「平山さんのことについて伺います。平山治朗さん。ご存じですよね」

佐奈は無表情だった。事情聴取したいと言った時には怒りの表情を浮かべたのだが、今は全ての感情を消し去ってしまったように見える。顎の長さが目立つ面長の顔立ちで、シャープな印象があった。一重瞼で切れ長の目、薄い唇も、そういうイメージを加速させる。しかし、顔や服装を見ただけでは、何をしている女性なのか、見当もつかない。

返事がないので、大友は言葉を捻った。

「亡くなった平山さんと面識があったと聞いています」

「言えません」

「認められないということですか？」

「言えません」まったく声のトーンを変えずに、佐奈が繰り返した。

「お嬢さん、そういう言い方はよくないねえ」森野が割って入った。「否認するのかな？　だったら、やっぱり署でゆっくり話を聴かなくちゃいけない」

「脅しですか？」冷静な口調で佐奈が聞いた。

「いやいや、単なる事務手続き」

森野が軽く言ったが、耳が赤くなっているのに大友は素早く気づいた。生意気な小娘、とでも思って憤っているのだろう。大友は彼の怒りが爆発しないうちに、「とにかく、これは重要な問題なんです」と素早く切りこんだ。

「私には関係ありません」

「平山さんと関係ないということですか」

「それは言えません」

早くも話が堂々巡りし始めている。それが彼女なりの作戦なのだろうと思ったが、大友は怒りと焦りを抑え、声を低くして続けた。

「平山さんは殺されたんです。彼は、周辺とあまりかかわりを持たない人だった。知り合いがいれば、少しでも話を聞いておきたいんです」

「話すことはありません」素っ気無く言って、佐奈が立ち上がる。「もう、いいですか？　仕事で疲れているんで」

　大友は座ったまま、佐奈を見上げた。相手の背が高いので、首が痛くなってくる。

「お仕事は何なんですか」ふっと力を抜いて訊ねてみた。

「市内でカフェをやっています」

「相模原市内で？」

「町田です」

　彼女のデータが何もないのが痛い。落ち着いた感じがするので三十歳と言われても驚かないが、実際は二十代前半ぐらいではないだろうか。ほとんど化粧していないし、夜も遅いのにまだ肌に輝きがある。

「こんな時間まで仕事なんですね」

「夜は十時までやっていますから。後片づけをすると、いつもこれぐらいの時間になるんです」

「お店で平山さんと会ったんですか？　彼が常連だったとか？」

「言えません」

「お嬢さん、いい加減にしてくれないかな」

　森野が自分の腿を平手で叩いた。ぴしりと乾いた音がロビーに響いたが、佐奈は動揺するでもなく、ぼんやりと森野を見ていた。それに気づいた森野が、苛ついた口調で言葉を叩きつける。

「あんた、何を考えてるのか知らんが、そういう態度は世間では通用しないぞ」

「世間のことは知りません」佐奈の声に揺らぎはなかった。「何も言うことはありません」

「あのな、平山は基本的にスリなんだよ。犯罪者だ」森野の声にさらに苛立ちが混じった。「あんたもそうなのか？」

「森野さん」

大友は立ち上がりながら忠告を飛ばした。森野が首を振りながら、壁に背中を預ける。眉根に皺が寄り、組み合わせた腕がぐっと盛り上がった。大友はすっと立ち位置を変えて、佐奈の正面に回りこんだ。こうやって改めて向き合うと、自分とほとんど身長が変わらないのだ、と分かる。佐奈は目を合わせようとせず、斜め下に視線を向けていた。

「盛田さん、平山さんは殺されたんです。あなたは彼を知っていますよね？　知らないなら『知らない』と言えばいいだけの話です。どうして、そういう曖昧な態度を取るんですか？　私には理解できない」

「理解してもらう必要はありません」

「平山さんからアタッシュケースを預かって――」

「知りません」大友の質問に被せるように、佐奈が言った。

沈黙。森野が両手をだらりと垂らし、両手を拳に握る。佐奈がちらりと森野を見たが、まったく動じる様子もなく、すっと歩き出す。

「おい、ちょっと！」森野が怒鳴ったが、無視してエレベーターのボタンを押す。森野は彼女の肩に手をかけたが、大友は慌てて森野の腕を摑んで引き剝がした。

「森野さん」

「分かってるよ」森野が身を引き、大友を睨みつけた。「だけど、お前――」

エレベーターの扉が開き、佐奈が何事もなかったかのように中へ入った。こちらを向くと、「閉」ボタンを押すでもなく、箱の中で仁王立ちになって腕を組む。怒りの視線を二人に投げてきたが、口は引き結んだままだ。扉が閉まって姿が消える様子に、大友はかつて自分が出演した芝居を思い出していた。主人公――一年ほど前に殺された劇団の主宰者だ――が腕を組んで舞台中央に立ったまま、幕が下りていく。縦と横の違いこそあれ、まさに芝居のエンディングだ。

扉が完全に閉まり、エレベーターが動き出すと、森野が盛大に溜息をついた。

「あれは、絶対に何か知ってるな」

「ええ」

「間違いなく、平山と関係がある」

「私もそう思いました」

「しかし何だ、お前さんの評判も嘘だったかね」

「どういう意味ですか？」大友は眉をひそめた。

「お前さんが調べると、特に女は自然に喋り出すそうじゃないか」

「そんなこともないですよ」苦笑しながら、エレベーターの階数表示を見る。五階で停まった。

「そうか？　俺はそういう風に聞いてたけどな」

「誤解です」

「お前さん、そういう特殊能力を買われて、指導官に使われてるって話じゃないか」

大友は力なく首を振った。そうかもしれないが、少なくとも今、自分の力はまったく通用しなかった。そもそもまともな会話さえ成立しなかったではないか。女性の容疑者を調べたこともあるが、今までこれほどはっきりと拒絶されたことはない。

「こいつは、徹夜で張りだな」森野が欠伸を嚙み殺す。「本当に店をやってるかどうか、確かめないと。朝方、家を出て来るところを摑まえよう」

「そうですね」

佐奈は何時頃動き出すのだろう。一晩どころではなく、明日の昼前までずっと張り込みだったら……しかし、それも当然だと思う。自分たちは今、金脈を前にしているのだから。勘は、「何かある」と告げている。勘には根拠はないが、馬鹿にしたものではない。積み重ねた観察が、突然ある結論に結びつくのが「勘」なのだから。短い時間だったが、大友のセンサーは、佐奈が持つ怪しい雰囲気をはっきりと感じ取っていた。

徹夜の方がましだったかもしれない、と大友は思った。夜中に一時張り込みを交代して、自宅で短い仮眠。優斗がいないせいか、温もりに乏しい部屋はひどく冷たく、ベッドに潜りこんでも眠りはなかなか訪れなかった。結局ほとんど寝ないまま五時にベッドを抜け出し、また現場へ。眠気と疲れが全身を襲い、朝の冷たい空気も、体をしゃきっとさせてくれなかった。

森野は、交代の時刻に五分遅れて現れた。昨日とまったく同じ服装で――署で仮眠を取っただけだろう――昨日よりも疲れ、今にも倒れそうに見える。コートは、どうしたらこうなるのか不思議なほどよれよれで、髪には激しい寝癖がついている。

一晩張っていた刑事たちから引き継ぎを受けて――結論は一言「動きなし」――覆面パトカーに乗りこむ。様々な人間が使う覆面パトカーに特有の臭いが、食事も取っていない朝一番の鼻に突き刺さる。かすかな吐き気を堪えながら、大友は運転席に陣取った。助手席に座った森野に、途中で買ってきた缶コーヒーを差し出す。

「俺、甘い物は苦手なんだけどな」

「微糖です」

「ま、いただくよ」缶を受け取った森野がプルタブを引き上げ、ぐっと一口飲んで体を震わせた。相当熱いコーヒーなのだが。「おい、カフェっていうのは何時ぐらいから始まるんだ」

「どうですかね。ランチも出すような店なら、十一時とか十一時半とかでしょうか」

「となると、家を出るのは十時ぐらいか？」

「もう少し早いでしょう。しこみや買い出しもあるんじゃないですか」

「そうかね」

森野が脂ぎった顔をごしごしと擦った。早くも張り込みに嫌気がさしている様子である。大友も、心の中の炎が消えかけているのを感じた。昨夜は「これが重大な手がかりになる」と確信していたのだが、時間が経つに連れ、それが薄れてくる。こうやって張り込んでいる時間が全て無駄になり、ただ体力を消耗しているだけではないか。

森野が手帳を取り出し、ぱらぱらとページをめくった。

「盛田佐奈、二十三歳、か」

佐奈に前科はなく、警察が把握しているデータは免許証のそれだけだった。二十三歳——大友が想像していたよりずっと若い。彼女は「カフェをやっています」と言っていた。普通に取れば、「経営している」と聞こえる。もちろん、二十三歳の女性がカフェを経営していてもおかしくはないが、資金はどうしたのだろう。現住所はここだが、本籍地は千葉県である。実家から援助をもらっているのか……それも何かおかしい。実家を離れて一人暮らしをしていれば、何かと金がかかるものだ。若い女性がカフェを経営するなら、なるべく生活費がかからないように、実家に住みながらということを考えるのではないだろうか。それとも、どうしてもこの街でなくてはいけない理由があった？

「何か怪しくないか？」

「ええ」

「開店資金はどこから出たのかね」森野が、大友が想像していた通りのことを口にする。

「誰か、スポンサーでもいたのかもしれません」

「平山、か」森野が吐き捨てる。昨夜はひどく感傷的なことを言っていたのに、一晩経ったらすっかり忘れてしまったようだった。「カフェをオープンするのに、どれぐらい金がかかる？　百万や二百万じゃ済まないだろう。店を借りて、什器を揃えて……」森野が指を折っていく。「そういう金、銀行は簡単に貸してくれるもんかね」

「今のご時世には、難しいんじゃないでしょうか」森野の疑問が、次第に心に染みてくる。スポンサー……平山がスポンサーだった？　その可能性はあまりにも低い。犯行を重ねていたとはいえ、平山がそんなに金を持っていたとはどうしても思えないのだ。

「平山は、ずっと貧乏だったんですよね」

「俺が知ってる限りでは、な」

「人に金を貸したり、ということは……」

「ちょっと考えられない」

「そうですよね」大友は自分の分の缶コーヒーを一口飲んだ。微糖なのに、歯が溶けそうなほど甘い。

「まあ、この線はどうかな」諦めたように言って、森野がコーヒーを飲み干す。「ちょっと煙草を吸ってくる」

無言でうなずき、森野を見送った。ドアが開くと、冷気が車内に入りこんできて身震いする。ようやく朝の光が街に満ちてきたが、その光自体が冷たい感じがする。

会話も弾まないまま、三時間が過ぎた。優斗はもう学校に行っている時間で、大友は何となく、自分一人が取り残されたように感じた。息子と過ごす時間は、次第に少なくなっている。その分を自分のために使えばいいのだが、まだこのペースに慣れない。福原は、こんな風に自分を事件に引っ張りこむことを「リハビリだ」と言っている。いつか捜査一課に戻す、という前提の話なのだが、ずっと子どもとの時間を大事にしてきたので、生活ペースの配分ができなくなってしまっている。

九時過ぎ、佐奈がマンションから出て来た。

「早いな」半分目を閉じていたように見えた森野が素早く反応した。「開店準備か」

「でしょうね」

「行くぞ」

森野がドアを押し開けた。大友も無線で署に報告しておいてから——車を後で回収してもらうことになっている——後に続く。久しぶりに外気に触れ、体がいきなり目覚めるのを意識した。

佐奈は特に周囲を警戒する様子もなく歩き出し、大野台小入口の交差点を右へ曲がった。このまま真っ直ぐ駅へ向かうのだろう。大友は森野に耳打ちして、道路の反対側へ渡った。森野は佐奈の後ろ、大友は斜め後ろのポジションで尾行する格好になる。

駅へ向かう道路は、片側一車線の割には広く感じられる。空が高く、空気は冷たい。

街路樹とショッピングセンターがワンセットになって、いかにも郊外の街らしい雰囲気を醸し出している。駅までは数百メートル。佐奈は後ろを振り向くこともなく、ひたすら真っ直ぐ歩いていた。今日はモスグリーンのコートに黒いパンツ。帽子は被っていない。履いているのはヒールの低いパンプスだが、背筋をぴしりと伸ばしているので、やはり背の高さは際立つ。

駅が近づくと、街の様子は少しごちゃごちゃし始める。通勤ラッシュは一段落したが、まだ人は多く、大友は佐奈を見逃さないように集中力を高めた。

横浜線で一駅、佐奈は町田で降りた。そのまま、事件が起きたデッキを渡り、小田急の駅構内を通って、大友の家がある北口へ向かって歩いて行く。歩くペースはまったく落ちなかった。小田急の北口の一角には、呑み屋が少しだけ固まっている場所があるが、そこを抜けるとすぐに住宅街になる。この辺に、カフェがあっただろうか……基本的には、小さなマンションやアパートが林立する一角なのだ。

佐奈の店は、メーンストリートを外れた狭い路地にあった。マンションの一階部分で、外に張り出したテラスがある。この店は見逃していたな……大友は、毛細血管のように走るこの街の路地を全て把握しているつもりだったが、意外と見逃している場所が多いと反省した。

佐奈が、周囲をまったく気にしない様子で、店の鍵を開ける。大友は前を通り過ぎる際に、ちらりと店の中を覗いた。テラス席はあるが、それほど大きな店ではないようだ。

とはいえ、駅に近い場所なので、それなりの家賃は取られるだろう。そもそも、開店時にどれだけ費用がかかったか……意識は、また金の方に向いてしまうのだ。

「いい店じゃないか」森野が追いついて来て、ぼそりとつぶやいた。「人も使ってるだろうな。一人で切り盛りするのは無理だろう」

「でしょうね」

大友は店を二十メートルほど行き過ぎて立ち止まり、振り返った。「パーク・カフェ」の看板が小さく自己主張している。この名前はどこからきたのだろう。近くに公園などないはずなのに……見ていると、佐奈が外に出てきて、テラス席を掃除し始める。大友は慌てて店に背中を向けた。

携帯が震えだす。優斗に何かあったのか、と一瞬心配になったが、電話をかけてきたのは、まったく予想もしていない相手だった。平山がかつて勤めていたガソリンスタンドの店主、内田。何事かと思いながら、大友は電話を耳に押し当てた。

「朝からすみません」内田が丁寧な口調で言った。「朝から」というほど早い時刻ではないのだが。

「何かありましたか?」

「ちょっと思い出したことがありまして……この前、話し忘れていたんです」

「どんな話でも歓迎ですよ」こういう風に情報提供してくれる存在はありがたい。最近、警察への協力は少なくなる一方なのだ。

「平山さんが勤めていた頃の社員とバイトなんですけど、一人抜けていたんです」

「抜けていた？」

「すみません。一週間ぐらいで辞めてしまったアルバイトの子なので、完全に忘れていたんです。何か役に立つかどうかは分かりませんけど」探りを入れるような口調だった。

「教えて下さい」確かに、役に立つかは分からない。内田が教えてくれたかつての社員やバイトに関しては、全て潰し終えたのだが、平山に関する情報はほとんど出てこなかったのだ。しかし、疲れ切った朝には、人の好意がありがたい。

「女性……高校生のバイトだったんですけど」

「ああ、ガソリンスタンドでは、女性も働いていますよね」

「盛田佐奈という女の子だったんです」

大友は、携帯電話を取り落としそうになった。

5

管理官の友永は、大友の情報に食いついた――ように見えた。興奮することがなさそうなタイプなので、本当に「当たり」と思っているのかは分からなかったが、普段とは目の輝きが違う。

「その女は要注意だな」

「ええ。今も関係が続いているかどうかは分かりませんが、一時的にせよ、接点があったのは間違いありません」大友は「休め」の姿勢を取ったまま言った。

「本格的に調べてみよう。平山との関係が気になるな」

「ただし、今は鷹栖の情報以外に何もありません」昨夜の態度は明らかに怪しかったが。露骨に証言を拒否したことが、平山との関係を示唆している。

「とにかく、この線を進めよう。今は、何でもいいから手がかりが欲しいんだ」

その台詞に、大友は友永の焦りを感じ取った。現場指揮官は感情の揺れを見せるべきではないが、彼の焦りは理解できる。事件発生から一週間以上が経っているのに、これほど手がかりが少ない事件も珍しい。

「では、私たちはもう少し店の周辺を当たってみます」

「頼む」友永がさっと頭を下げた。「常連客もいるだろう。そういう連中に話を聴けば、平山が出入りしていたかどうかも分かるはずだ」

大友は軽く一礼して、特捜本部を出た。少しだが手がかりが得られたので、気持ちは上向きになっている。このまま、森野とカフェを張りこむつもりだった。

一階に出ると、雰囲気が慌しいのに気づく。所轄の刑事課の連中が何人か、飛び出して行ったのだ。特捜に入っていない待機要員だろう。急いでいるが、特別に慌てている様子ではない。何だろう……ふと気になり、今まさに出動しようとしている外勤課の若い制服警官に訊ねてみた。

「何か事件？」

「ああ、死体が見つかったみたいです」

「まさか、殺しじゃないだろうね」一瞬で顔から血の気が引く。

「いや、自殺みたいですよ」

制服警官がのんびりした口調で言った。この様子なら、「みたい」ではなく間違いなく自殺だろう。自殺か殺しか分からなければ、もっと緊迫した雰囲気になる。何しろこの署では特捜本部を一つ抱えているわけで、これ以上忙しくなったら、署全体がパンクする。

制服警官に礼を言い、大友は署を出た。

「何かと忙しいことだな」森野が皮肉を飛ばした。「しかし、こんな時間に自殺の遺体が見つかるっていうのも変な話じゃないか」

「そうですね」

「ま、のんびり暇潰しをしてるよりはましだろう。忙しくしてないと、公務員はすぐに文句を言われるからな……俺はもうすぐ、そういうことからは解放されるがね」

「それは寂しくないですか？」

一瞬、森野が立ち止まる。ゆっくりと首を振って、低い声で「そうだな」と認めた。

カフェを張りこむのは、思ったよりも大変だった。向かいにはマンションが三軒建ち並んでおり、近くをうろうろしていると目立ってしまう。それに、細い裏道に面しているので、車も停めておけなかった。仕方なく大友と森野は、カフェから少し離れた大通りに陣取り、店から出て来た客に様子を訊ねることにした。

客は圧倒的に若い女性が多かった。ベビーカーを押した主婦、近所の会社に勤めているらしいOL。気温が上がらないのに、わざわざ膝に毛布をかけてテラス席を利用する客も多い。どうやらランチが評判のようで、長居する客も少なくなかった。しかし、誰を摑まえて聴いても、平山を知っている人間はいなかった。写真を見せても反応はなし。午後一時過ぎ、ランチが一段落して人の出入りが少なくなったところで、大友は切り出した。

「ちょっと調べたいことがあるんですが」

「ガソリンスタンドだな?」森野があっさりと大友の意図を見抜いた。

「五年前……盛田佐奈が勤めていた時、平山と接触があったかどうか、です」

「分かった。こっちは応援を貰うから、行ってきてくれ。車、使っていいぞ」

「すみません」一礼して走り去り、車に乗りこんだ。シートに座った瞬間、疲れが背筋を這い上がってくるのを感じたが――立っている時には分からないものだ――自分に気合いを入れ直してエンジンをかける。

ガソリンスタンドに辿りつくまで、何度も居眠りしそうになったが、何とか無事に到着した。濃くて熱いコーヒーが欲しいな、と真剣に願う。もしかしたら、「パーク・カフェ」に堂々と入って、コーヒーを注文すべきだったかもしれない。客としてなら、佐奈も昨夜のような態度には出られないだろう。

　できるだけ早く顔を出すと予告しておいたせいか、内田は待っていてくれた。大友の顔を見るなり表情を厳しくし、事務所に誘うとお茶を淹れてくれる。非常に濃い茶で、喉の奥がいがらっぽくなるようだった。

「お疲れのようでしたから、濃いやつを」

「助かります」大友はほっと笑みを漏らした。

「色々大変ですね」

「仕事ですから」税金の無駄遣い、と言われたくない。森野が吐いた皮肉を自然と思い出した。「公務員はすぐに文句を言われる」。まさにその通り。だが、文句を言われても仕方ないような仕事しかしていない公務員も、少なくないのだ。警察には、そういう人間はいないと信じたかったが、実際には腐っている部分もある。それが他の役所に比べて小さいから、目立たないだけなのだ。

「それで、盛田佐奈さんのことなんですが……どうしてこの前見せていただいた記録には載っていなかったんですか？」

「あまりにも短かったんで、記録に残しておく必要もなかったんですよ」申し訳なさそうに内田が言った。「ここにいたのは、五日だけですからね……社員と話していて、思い出したんです。月曜から金曜まで働いて、土曜の朝には『辞めたい』って電話がかかってきたはずです」

「バイトだったんですよね？」

「高校生ですからね。学校が終わって四時ぐらいから、八時までだったかな？　大した金にはならなかったけど……そもそもすぐ辞めたわけですし。五日分のバイト代を渡して、それっきりです」

「どうして辞めたんですか？　何かトラブルでも？」

狭い事務室の中で、内田がすっと身を引いた。自分があまりにも激しく食いついてしまったのだと悟る。一つ息をつき、静かな声で質問を継いだ。

「五日間で辞めるというのは、ちょっと極端ですよね。仕事がきつかったとか？」

「そういうわけじゃないでしょう。無理はさせませんし、そもそもこういうバイトに応募してくるということは、ある程度肉体的にきついのは分かっているはずですよ」

「それはそうですよね……辞める理由、何か話していませんでしたか？」

「よく覚えてないんですが、仕事のことじゃなかったなあ。そんなことは一言も言っていなかった」

「だとすると、人間関係ですか？」大友はじわじわと本丸に近づいた。

「人間関係っていっても、五日じゃ、友だちもできないでしょう」内田が苦笑する。

「同年代の高校生のバイトは何人もいたけど、親しくなるほどの時間はなかったはずです」

大友は、一旦話を核心部分から引き戻した。

「当時のデータは残っていますか？　住所とか、通っていた学校とか」

「ええ、ここに」

内田が、プリントアウトした紙を差し出した。大友に電話してから、わざわざ準備してくれたのだろう。一礼して受け取り、内容を改める。住所は町田市内。見た限り、一戸建ての家のようだった。緊急連絡先には、女性の名前がある。名字は同じ……母親か姉、だろう。学校は、町田市内にある都立高校だった。このガソリンスタンドまでは、歩いて十五分といったところだろうか。学校と自宅を結んだ直線の、ほぼ中間地点。学校帰りのバイトとしては、効率的だったはずだ。

「緊急連絡先になっている人は……」

「母親だったと思います」

「親公認のバイトだったんですね。どうしてここで働くことになったか、言ってませんでしたか？」

「確か、貯金のためだと……」

「貯金？」

「将来カフェをやりたいからって。十八歳にしては、ずいぶんしっかりしてると思いましたよ」

「彼女、もう自分の店を持ってますよ」

「本当に？」内田が目を見開いた。「だって今……二十三歳でしょう？　ずいぶん頑張ったんですね」

もしかしたら、もっと給料のいいバイトを見つけて変わったのかもしれない。それこそ風俗とか……しかし大友は、彼女が働いていた時期が気になっていた。

「五年前といえば、平山さんも勤めていた時期ですよね」

「ええ」

「二人の間に接点は？」

「それは、あったでしょう。話ぐらいはすると思いますよ、同じ場所で働いているんだから」

「それ以上のことは？」

「いやあ」内田が腕組みして首を捻った。「さすがにちょっと……覚えてません。平山さんにすれば、孫みたいな年頃の女の子だったわけだし。話が合うとは思えないですね。だいたい平山さんは、誰とも積極的に話をしようとしなかったから」

「そうですか……」大友は紙を畳んで、背広の内ポケットに入れた。これでさらに当たるところができたと思うと、少しだけ気が楽になる。何のとっかかりもなく、ただ動き回ったり張り込んでいたりするほど、疲れることはないのだ。「ありがとうございます。助かりました」

「何かお役にたつといいんですが」

「大変参考になります」丁寧に礼を言った。本当に役立つかどうかは分からないが、そうあって欲しいという願望が、大友にいつもより深く頭を下げさせる。

「あの店がオープンしたのは一年前だ」電話に出た森野が告げる。まだ店の近くで張り込んでいるようだ。

「よく分かりましたね」

「岩波が、店で茶を飲んできた」

「そんなことして、大丈夫なんですか？」思わず声を潜めてしまう。

「奴は顔を知られてないからな。中で盛田佐奈と軽く話して、店内の写真も撮ってきた」

「写真？」

「ブログに載せるとか何とか言って。奴も、なかなか口が上手いじゃないか」森野が、喉の奥で低く笑った。

大友は、もしも本当に岩波がブログを開設していたら、と妙な想像をしてしまった。タイトルは「町田で働く刑事のブログ」とか。犯人逮捕の様子を事細かに報告したり……ばれたら、間違いなく馘だ。

「店員は、盛田佐奈のほかに一人。そっちはアルバイトのようだ」森野が真面目な口調に戻った。「料理は全部、盛田佐奈がやってる。バイトは昼と夜で入れ替わるようだな。

メニューは……まあ、俺にはよく分からん料理ばかりだ」

「そうですか……盛田佐奈は、ガソリンスタンドで働いていた頃から、カフェを開きたいと言っていたそうです」

「だったら、あっぱれじゃないか」昨夜は散々佐奈に腹を立てていたくせに、森野の感心は本物のようだった。「初志貫徹ってやつだな」

「ガソリンスタンドで働いていたのは、五年前です。五年で、店を開けるほど金を稼げるでしょうか」

「どうだろう」森野が慎重な口調に戻った。「自己資金がある程度ないと、きついだろうな。全額借金というわけにはいかないだろうし」

「これから実家を当たってみます。町田市内なんですよ。母親らしき人物の名前が割れています」

「頼む。こっちはもう少し粘ってみるから……ただ、あまりしつこく監視を続ける必要はないかもしれないな」

「ええ。その店は、彼女にとって、大切な場所なんだと思います。そこを捨てて逃げるとは思えない」

「俺も今それを言おうとしてたんだ。先回りするな」

森野がぴしゃりと言ったが、笑っているようにしか聞こえなかった。この件が事件にどれだけ関係があるかは分からないが、森野は今、「溝にはまっている」のだろう。

次々と人間関係が解きほぐされ、謎が明らかになってくる過程を、そんな風に表現する刑事もいる。レコード針が盤を引っ掻きながら、曲が進んでいくイメージ。流れ出す音楽が何であれ、スムーズに聴こえるのは間違いない。

　途中で針飛びしないことを、大友は祈った。


　佐奈の実家はすぐに見つかったが、建物を見た瞬間、大友は軽い疑念に捕われた。新築なのだ。新築というか、まだ完成してもいない。あちこちにビニールシートが被せられ、はめこまれたドアにも、まだビニールがかかっている。窓はまったくなく、半透明のビニールで塞がれていた。門扉はあるものの、当然、表札はかかっていない。

　大友は近所の聞き込みを始めた。詳しい事情は分からないものの、おぼろげながら状況が浮かび上がってくる。どうやら佐奈の母親は数年前に亡くなったようで、その時に佐奈は家を出たらしい。住んでいた家は、賃貸住宅だったようだ。その後、しばらく誰も入居せず、半年前に急に建て替えが始まったという。本来の大家がやっているのか、誰かが買い取ったのかまでは分からなかった。

　だが、不動産屋が分かったので――工事現場に看板がかかっていた――そこを訪ねることにした。小田急町田駅の南口、繁華街が始まる一角にある小さな不動産屋で、愛想のいい主人が応対してくれた。年の頃、六十歳ぐらい。丸い眼鏡が、低い鼻に辛うじてひっかかっている。

「ええと、そうですね。あそこは、二年前に所有者が変わりました」

「その前の大家さんは？」

「権利を持っていたお父さんが亡くなって、相続税を払うのが面倒になって息子さんが売り払ったんですね。その時もうちが仲介しています」

「その前は、貸家だったんですね」

「ええ」

「住んでいた人で、盛田さんという——」

「ああ、はいはい」眼鏡の奥で、不動産屋の目が暗くなった。「奥さんが亡くなったんですよ」

「家族構成は分かりますか？」

「母親と、娘一人」

「父親は？」

「分かりません」不動産屋が首を捻った。「入居する時も、そこまで詳しい事情は聴きませんから。ちゃんと家賃を払ってくれそうな人なら、問題ないでしょう？　盛田さんは保険の外交をやっていて、安定した収入がありましたからね」矢継ぎ早の台詞は、何故か言い訳めいて聞こえた。

「二年前に亡くなったと聴いています」

「それぐらいだったかなあ……ああ、そうですね」不動産屋が、書類の上を彷徨わせていた指を止めた。「そう、大家さんが亡くなるちょっと前でした。それで、娘さんは契約を解除して家を出て行ったんですよ」

「家賃が高いから？」

「そうですね。確か……」不動産屋が、拳を額に押し当てた。「娘さんはフリーターだったはずですよ。詳しいことは聞きませんでしたけど、自分の稼ぎじゃ、家賃を払うと金が残らないからって」

それが二年前。その一年後には「パーク・カフェ」がオープンしている。大友の頭の中には、またしても平山の顔が浮かんでいた。スポンサー？

「その後は、何か接触はありますか？　新しい家を紹介したりとか」

「ないですね」不動産屋が即座に言い切った。「解約でここへ来た時に会ったのが最後です」

「この女性ですよね」大友は、携帯電話をかざした。岩波が、店に入った時に隠し撮りしてきたもので、先ほど転送されてきたばかりだった。

「そうそう、すらりと背が高くてね。なかなか美人さんだった」

「どこへ引っ越したかは、ご存じないですよね」答えは予想できていたが、念のための質問だった。

「残念ですが」不動産屋が首を振った。

礼を言って店を出ると、大友は雑踏に紛れて歩きながら、頭の中で時間軸を整理した。

五年前（佐奈、高校三年生）：ガソリンスタンドでアルバイト。一週間で自分から辞める。同時期、平山も在籍（接触は？）。

二年前（佐奈、二十一歳？）：母親が亡くなる。家の契約を解除して引っ越し（相模原の現在の家？）。

一年前？（佐奈、二十二歳？）：「パーク・カフェ」をオープン。


クエスチョンマークが多過ぎる。詰めなければならないことはたくさんあったが、最大の問題は佐奈と平山の関係だ。今のところ唯一の接点は、あのガソリンスタンドである。大友は、一度話を聴いたガソリンスタンドの従業員に、もう一度話を聴こうと決めた。一緒に働いていた人なら、二人の様子について何か覚えているかもしれない。

森野に電話を入れて、これから聞き込みに回る、と告げた。

「俺たちも参加する。いつまでもここで張っていても意味はないからな。盛田佐奈は、絶対にここを見捨てないよ」

「そうですね」同調しながらも、大友は一抹の不安を消せなかった。今日は普通に店を開けているが、実は高飛びの準備をしているかもしれない。店が閉まる時刻になったら、もう一度張り込んで尾行する必要がある。

「じゃあ、お前さんが割り振ってくれ。一度は全員に話を聴いているんだし」

「分かりました」大友は車に乗りこみ、手帳を広げた。自分は二人担当するとして……残る人間の名前を森野に告げた。住所と電話番号は省く。一緒にいる岩波が、全て控えてあるはずだ。

「よし、夕方までに事情聴取を終えよう。捜査会議の前に、一度集合して打ち合わせだ。結果は捜査会議で報告する」

「了解です」手帳を背広の内ポケットに落としこんで、車のエンジンをかけた。この手がかりがどこへつながり、どう動き出すかは分からないが、とにかく今は前を向いて走ることが大事だ。


「ああ、話してたの、見たことありますよ」

あっさり認められ、大友は一瞬気が抜けた。次の瞬間には気を取り直し、「どんな話をしてましたか?」と訊ねた。大学のキャンパス内なので、人が多くざわついている。少しだけ声を張り上げなければならなかった。

「そうですねえ……」藤岡拓《ふじおかたく》が、長い前髪をかき上げた。子どもっぽく見えるが、二十三歳。ガソリンスタンドでアルバイトをしていたのは大学に入ったばかりの頃で、今は二回目の四年生である。就職に失敗して浪人する道を選んだというのだが、さほど悲壮な様子はなかった。最初に会った時に、「今はこういうのも当たり前ですから」とさらりと言ったものである。卒業してしまうのではなく、在籍したまま就職活動を続ければ

「新卒」扱いになるのだという。何かずれている感じがしたが、彼が苦労しているであろうことは分かっていたから、大友はその件については何も言わなかった。

「あの子、佐奈ちゃんでしたっけ？」

「ああ」

「結構可愛いっていうか、美人なタイプですよね」

「まあ、そうかな」

「だから、バイト仲間は結構騒いでたんですけど、あまりつるんで遊んだりするのが好きじゃなかったみたいで」

「それはちょっと無理じゃないかな。周りは男ばかりだし」

「でも、年が近いから……カラオケにでも誘おうかって相談してるうちに、辞めちゃったんですけどね。誘う暇なんかなかったですよ」

「話をしたことは？」

「そんなにちゃんとは」藤岡がまた髪をかき上げた。「仕事のことでは話しましたけどね。やり方を教えたりとか」

確かに五日間では、それほど親しくなるのは難しいだろう。当時の状況を想像しながら、大友は核心を突く質問を口にした。

「それで、平山さんと佐奈さんの関係は？」

「関係っていうか……話しているのを見たことがあるだけですよ」

「一つ、いいかな」大友は人差し指を顔の前で立てた。「五年前っていうと、結構昔ですよ。それをどうして覚えてるんですか？」

「何か、結構深刻に……っていうか、真剣に話してたから。前から知り合いだったみたいに」

「実際に知り合いだったのかな？」

「それは分からないけど」藤岡が頭を振った。長い髪がまたふわりと揺れる。「俺が、仕事始まりで着替えようと思って事務室に行ったら、その前で何か話しこんでたんですよ。低い声で……でも、何だか彼女の方は怒ってたみたいで」

「喧嘩？」

「そういう感じでもないけど……」藤岡が顎を撫でる。「前にも話しましたけど、平山さんって、俺たちとそんなに話をしなかったから。壁を作っているみたいで。だからそもそも、あの人がバイトと話しているのが不自然な感じがしたんですよ」

「ということは、やっぱり前からの知り合いだった？」言ってしまってから、自分でも不自然だと思った。平山が出所してきたのは、佐奈と話していた時から遡って五年前である。その頃佐奈は十三歳。どう考えても、接点があるとは思えない。「二人の関係は、どんな風に見えました？」

「いや、それは分からないけど。俺が近づいて行ったら、すぐに話をやめちゃったし。彼女がガソリンスタンドを辞めたのは、その一日か二日後だったと思います」

「その件、後で平山さんに聞かなかったですか」

「聞こうかとも思ったけど、平山さん、普段から俺らを避けてましたから、聞けるような雰囲気じゃなかったし」

どこか、話が捩じれている。藤岡の話を聴いた限り、二人の間に何かトラブルがあったように思える。だとしたら、それから五年経っても二人に接点があったのは何故だ？

藤岡に礼を言い、車に戻った。エンジンをかけず、しばらく座ったまま様々な可能性を想像する。いくつものシナリオが浮かんでは消えたが、納得できるものは一つもなかった。

ふと思いついて、森野に電話をかける。聞き込みしているかと思ったが、移動中だったようだ。時折通話が途切れそうになる中、何とか話を続ける。

「そもそもの話なんですけど、どうして平山をあのガソリンスタンドに紹介したんですか？」

「最初に平山の方で、町田に住みたいって言ってきたんだ。それでたまたま、俺は内田さんを知っていたから、あの店を紹介した」

「平山は、町田に何か特別な用事があったんですか？　昔住んでいたとか？」

「いや、俺は知らない。あったとしても、何十年も前――それこそ俺が会う前じゃないかな。少なくとも、奴は町田に住んでたことはないし、ここで犯行に及んだこともない」

「そうですか……当時の様子が少し分かったんですけど、どうしましょう」

「少し早いが、署に集合しようか。俺の方でも話が聴けたから、情報を突き合わせよう」

「じゃあ、署で。こっちは二十分で着きます」

「ああ」

電話を切って車を出す。平山を巡る人間関係は、大友が想像していたよりも複雑だったのかもしれない。それがじわじわと解きほぐされていくのは、刑事にとって快感ではある。もっとも全て解明できても、殺人犯に辿り着ける保証はないのだが。


署に戻ると、朝方のざわつきは既に消えていた。朝話をした外勤課の若い警官と目があったので、挨拶代わりに訊ねてみる。

「自殺騒ぎは終わったのかな？」

「ええ、やっぱり自殺だったみたいです。何か、有名な会社の部長……部次長さんだったそうですよ」

「仕事上の悩みかな？」胸がちくりとするのを感じながら、大友は訊ねた。仕事柄、自殺について知ることも多い。サラリーマンも公務員も……そういうニュースを聞くと、心がささくれ立つ。同じ勤め人として、他人事ではないと思うのだ。もちろん自分は、忙しいだけで、自殺するほど追い詰められているとは思わないが。ただ、人は自分で信じているよりも強くない。些細なことで自死を考えるのは、珍しい話ではないのだ。

「どうなんでしょうねえ……あ、写真ありますよ」

「何で君が持ってるんだ？」

「一応、自分も現場に行きましたから」

手帳を取り出し、プリントアウトした写真を見せる。死者の顔写真……気持ちのいいものではないのだが、大友は手に取った。見た瞬間、心に小さな針が引っかかったように感じる。この男……どこかで見たような感じがする。どこで、だったか。がっしりと張った実直そうな顎。綺麗に七三に分けた髪は、死の恐怖のせいか少し乱れていた。目を閉じている……。

突然、全ての記憶が蘇った。

「この人、名前は？」

「はい？」大友の口調が突然変わったせいか、警官が警戒して身を引く。

「名前だ。勤務先も分かっているんだろう？」

「ええ、まあ」助けを求めるように周囲を見回す。大友は、彼と個人的な知り合いではない。たまたま声をかけたらこんな話になっただけで、これ以上の情報を話していいか、迷っているのだろう。状況を不審に思ったのか、外勤課長が奥の席から飛んできた。

大友は事情を話し――自分の中でもまだ考えがまとまっていなかったが――二人から情報を引き出した。それは単なる名前と勤務先に過ぎなかったが、どうしてもそれ以上の意味を持っていると思えてならない。

大友は、一段抜かしで階段を駆け上がり、特捜本部に駆けこんだ。他の刑事と打ち合わせをしていた友永が、ぎょっとした表情を浮かべて顔を上げる。大友は十数メートルの距離をダッシュして詰め、友永が着くテーブルの直前で急停止した。こういうのは自分らしくないな、と思いながら息を整える。

「どうした」友永が不審そうに訊ねる。

「平山にアタッシュケースを盗まれた男が、自殺しました」

6

都心部に出るのは久しぶりだった。考えてみれば、一週間以上も、地元の町田に張りつきだったことになる。ハンドルを握るのは岩波。都心部の渋滞に、大友の焦りは募る一方だった。自殺した男——奥沢元春《おくざわもとはる》が勤めていた「イトハラ・ジャパン」の本社は三田にあるが、桜田通りの渋滞が激しく、いつ着けるか分からない。

「サイレンを鳴らせ」後部座席に一人で座った森野が低い声で命じた。

「緊急じゃないですよ」実際は緊急なんだがと思いながら、大友は助手席から振り返って言った。

「構わん。とにかく早く話を聴きたい」

岩波が無言で、パトランプのスイッチを入れた。甲高い音が車内にまで入ってくる。前方を走る車が、すぐに路肩に寄ってよけてくれた。岩波は、空いた狭い隙間に突っこむように覆面パトを前進させる。大友はシートに深く身を埋めて顎を引いたまま、じりじりと時間が過ぎるのを苛立たしく感じていた。午後四時半。事前に通告してあるから、会社の方では担当者が待っていてくれるはずだが、今は一分一秒でも惜しい。

約束の時間に五分遅れて、イトハラ・ジャパンの本社に着いた。まだ真新しい高層ビルが、周囲を睥睨《へいげい》するように建っている。少し気圧《けお》されたような気分になりながらも、大友は受付に向かった。

イトハラ・ジャパンは大手の精密機器メーカーである。消費者の手に渡る商品を直接作っているわけではないが、大友でも名前を知っている大会社だった。確か、創業者の糸原《いとはら》一族が、今も経営の実権を握っているはずだ。

いかにも大きな会社らしく、受付もシステマティックな仕組みだった。横に長い受付カウンターの前は、テープで三列に仕切られている。訪問客は、空いたスペースに並んで順番待ちをするようだ。何となく、ベルトコンベアを思い出す。公務なのだから、待っている人を追い越して話を通してもよかったのだが、そうはしづらい雰囲気が漂っている。仕方なく、三人が並んでいる後ろについた。森野が、「割りこめ」とごり押しするかと思ったが、彼も何となく遠慮した様子で大友の後ろに並んでいる。

やっと自分の番が来て名前を告げると、受付の女性が明らかに迷惑そうな表情を浮かべた。一瞬むっとしたが、警察をにこやかに迎える人などいない。訪問者用のIDカードを渡されたが、すぐには中へ入れなかった。訪問する相手がロビーまで降りてきて、必要な場所へ案内するシステムのようである。セキュリティ上、こういうやり方は自然だ。

三人は、ロビーの中央付近で立ったまま、待ち続けた。座り心地の良さそうなソファもあるのだが、座る気になれない。三階まで吹き抜けのこのロビーには、夕方の陽射しが一杯に入りこみ、本当はエアコンもいらないぐらいに暖まっている。それ故、座ったらあっという間に意識をなくしてしまいそうだった。昨夜は、三人ともろくに寝ていない。森野は誰かを睨みつけるように目を細めていたが、それが眠気を追い散らすためだと大友には分かっていた。

たっぷり五分ほども待たされた後、大友はエレベーターホールの方からやって来る三人組に気づいた。自分たちに応対する相手だと、雰囲気で分かる。

「大友さんですか？」一番年長で一番背の高い男が先陣を切った。

「警視庁の大友です」

バッジを示す。相手がうなずき、背広の内ポケットに手を突っこんだ――名刺を取り出そうとしたのだろう――が、引き抜いた時には空手だった。名刺交換している場合ではないと気づいたのだろう。

「総務部次長の須賀《すが》です。こちらは広報の浅井《あさい》と、総務部の係長の島谷《しまたに》です」

森野と岩波もバッジを示し、名乗った。三対三か……少しやりにくいな、と大友は内心舌打ちした。攻める立場からすると、一人でも人数が多い方がやりやすい。会社側は明らかに用心して防御を固めている感じで、数で圧倒したかった。しかし、三人も出てくるとは……少し用心し過ぎではないだろうか。

大友たちは、エレベーターホールを抜けた奥にある応接スペースに通された。半透明のガラス張りになったドアが、左右それぞれに十以上並んでいる。入ったのは左側中程にある部屋で、十畳ほどの広さの大半を大きなテーブルが占め、少なくとも八人が同時に座って打ち合わせができるようになっていた。ドアの横には、電話が乗った小さな台。テーブルの四か所には、ＬＡＮケーブルがつなげるポートが設置されている。片隅には、紙コップとポットが乗った台が用意されていた。

向かい合って座ったが、会社側の三人の中で一番若い島谷がすぐに立ち上がり、ポットからコーヒーを注ぎ始める。香ばしい香りが部屋一杯に広がり、大友は胃がきゅっと締めつけられる思いを味わった。飲み物が行き渡ると、須賀が口火を切る。

「この件は、今日の昼頃に、もう警察の方にお話ししたんですが……遺体も確認しました」口調には戸惑いが感じられた。

「それは分かっています」大友は応じた。「その時とは別のことをお伺いしたいと思いまして」

「別のこと？」

うなずき、大友はいきなり本丸に切りこむことにした。須賀は、面倒な前置きを嫌う人間に思える。

「奥沢さんは、十日ほど前――先々週の土曜日に、町田駅前でひったくりの被害に遭っています」

「そうなんですか？」須賀が目を見開いた。白目が少しだけ充血している。

「私たち三人は、その現場にいました」

「ああ、そういう――ひったくりの捜査なんですね」須賀の口調に、少しだけ揶揄するような調子が混じる。本人が死んでしまっているのに、どうして今更、とでも考えているのだろう。

「そうです」

「しかし、奥沢はご存じの通り、残念なことに……」

「奥沢さんは、現場からいなくなりました」

「はい？」須賀が目を細める。「どういう……ことですか」

「今申し上げた通りなんですが、奥沢さんは、持っていたアタッシュケースを奪われた後、現場からいなくなってしまったんです」

「いなくなって、どうして奥沢が被害者だと分かったんですか」

この男は要注意だ、と大友は気を引き締めた。突然聴かされた話なのに、疑問点を的確に把握している。頭の回転が早い。

ら」

「今日、遺体の顔を見て分かったんです。我々は、現場で奥沢さんの顔を見ていますか

「なるほど」

「盗まれたアタッシュケースは、会社関係のものではないんですか？」

須賀が島谷の顔をちらりと見た。島谷が、困ったように首を振る。浅井は、ICレコーダーを回している上に、必死でメモを取っており、このやり取りに入ってくるつもりはないようだった。実質的に、三対二。

「違うと思いますが……どうかな」須賀の答えは曖昧だった。

「分からないんですか？」大友は身を乗り出して突っこんだ。「ひったくりにあった件、会社の方ではご存じないんですか？」

「ええ。聞いていません」

「では、アタッシュケースは奥沢さん個人の物だったんですか？」

「そうとしか思えないんですが……会社関係の書類でも入っていたら、すぐに報告するはずです」須賀が困ったように口を尖らせる。演技ではないように見えた。

「そのアタッシュケースを盗んだ人間は、殺されました」

須賀がすっと唇を引き結ぶ。一本の線になった口は、「これ以上何も喋らない」と無言で宣言しているようだった。ただ、秘密を守ろうとしているようには見えない。本当に何も知らないようだった。奇妙な状況に、ただ困惑している。

「意味が……分からないんですが」須賀がようやく口を開いた。

「奥沢さんは、経理部の次長さんでしたね。土曜日に仕事をするようなことがあるんですか」直接質問には答えず、大友は訊ねた。

「決算期には休日出勤もあると思いますが、今はそういう時期ではありません」

「先々週の土曜日は、出社しましたか？」

「先ほど調べましたが、ここには来ていませんね。会社に入れば、記録が残りますから」

「盗難被害に遭った時は、普通に仕事に行くような格好だったんですが」

「それは、私どもに聞かれても……」

須賀が両手を握り合わせる。顔は平然としていても、動揺が態度に表れるタイプの人間はいる。須賀は気づいた。テーブルにおいたそれが、細かく震えているのに大友は気づいた。島谷と浅井は、申し合わせたように、ほぼ同じ角度で下を向いていた。こちらを見ないよう、必死に我慢しているようだ。

「とにかく、仕事で町田駅前にいたのではない、ということですね」

「私たちが把握している限りでは」

「経理部の責任者の方を呼んでいただけませんか」大友は椅子の背に体重を預けた。ここで跳ね返されるわけにはいかない。長期戦を覚悟した。

「いや、しかし……対外的なことは、総務と広報で対応することにしていますので」須賀の揉み上げが少しだけ光って見える。汗をかき始めたのだ。

「経理部のことは、経理部の人にしか分からないでしょう。外で仕事をすることもあるかもしれませんし、もしもそうだったら、総務では把握できませんよね」大友はさらに突っこんだ。

「しかし、経理部は……」

「申し訳ないけど、すぐにここに呼んでもらえませんかね」森野がダミ声で応援に入った。「こっちは先が長くないんだ。さっさと話が聴けないと、死んじまうかもしれないよ」

　須賀がまじまじと森野の顔を見た。冗談だと思ったようで、一瞬微笑みかけたが、森野の険しい表情に迎撃されて、また唇を一本の線にする。

「すみません」大友はすっと頭を下げた。「森野は間もなく定年でして……未解決の事件を抱えたまま辞めたら、悔いが残るんですよ」

「そういうこと」森野も同調した。「頼みますよ、ねえ。あんたたちも、会社を守っているつもりかもしれないけど、何も知らなかったと言っていること事態が、後で問題になるかもしれないんですよ。善意だろうが無知だろうが、共犯は成立するんだから」

「共犯……」須賀の言葉がすっと消えた。大きな喉仏を上下させてから、島谷の方を向いた。油が切れた機械のように、ぎこちない首の動きだった。「ちょっと経理部長を呼んでくれ」

脅しは効いて、経理部長からも話が聴けたが、結果的には一歩も進まなかった。やはり、土曜日に奥沢が出社した様子はなく、そもそも急ぎの仕事もない時期だったという。経理の仕事を家に持ち帰るのも、原則的に禁止している、という話だった。

　大友は、事情聴取を森野と岩波に任せ、ずっと経理部長と須賀の表情を観察していた。経理部長の顔に浮かんでいたのは、一貫して戸惑い。部下が自殺し、警察の追及を受けているのが信じられない、といった感じである。一方須賀は、ほぼ無表情を貫いていたが、首から下の動きが明らかに動揺を表していた。腕を組んだり解いたり、ボールペンを弄《いじ》ってみたり。須賀の方が何か秘密を知っているのではないか、と大友は疑い始めた。となったら、こういう場所ではなく、こちらのホームグラウンドに引きずりこんで話を聴くべきかもしれない。それこそ、取調室で。

　質問と答えが堂々巡りになってきた。森野がわざとそうしているのは大友には分かっていた——同じ質問を微妙に変えて続けることで、相手の答えに一貫性があるかどうか確かめるのだ。しかし、経理部長の答えにぶれはない。森野が小さく首を振り、大友に視線を投げた。

「これは、他の刑事にも聴かれたかもしれませんが、奥沢さんが自殺するような動機、何か思い当たりませんか」大友は質問を投げた。

「まったく分かりません」経理部長が首を振る。

大友は自分の手帳を開いて、奥沢のパーソナルデータを確認した。五十二歳。体調を崩していてもおかしくないし、この年齢で部次長ということは、将来を心配し始めていたのかもしれない。定年まで十年を切り、自分の会社人生の残りを考えて悲観的になるのは、いかにもありそうな話だ。

「病気とか」

「今年の健康診断でも、何も問題はなかったはずですよ」

「仕事の方はどうなんですか？　行き詰まるようなことは」

「正直、会社としては大変な状況です」

経理部長がいきなり打ち明けたので、大友は少し引いた。「大変だ」というあけすけな告白は、どこまで信用できるのだろうか。

「ここ数年、いろいろ問題がありましたからね。リーマンショックに始まって、欧州経済危機、東日本大震災、タイの大洪水……洪水では、うちの現地工場も大きな被害を受けているんです。昨年度は、最終的に赤字決算でした。何十年ぶりかのことです」

「それは経理の責任ですか？」

大友の質問に、経理部長が苦笑して首を振った。

「うちは、直接責任を問われるようなことはありません。経理の仕事は全て、後始末ですからね。もちろん、業績が悪化しているんだから、経費削減はしなければならない。その旗振り役としては、大変だったんですけどね。ただそれは、やらなければならない仕事ですから。奥沢も分かっていることだったんです。第一、彼一人が責任を背負いこむようなことではない」

「そうですか……」この場では、これ以上情報は出てこない。そう判断して、大友は手帳を閉じた。「取り敢えず、分かりました。またお話を伺うことがあると思いますから、必ず連絡が取れるようにしておいて下さい」

「これ以上お話しすることはないと思いますが……」

そう言うと、重荷を下ろしたように、須賀の両肩が下がる。相当緊張していたのだな、と大友は改めて意識した。刑事と話すことで緊張したのか、何らかの嘘をつき通すために必死になっていたのか……だが今は、これ以上追及する材料がない。空手のまま、「何か知っているか」と相手に詰め寄るほど愚かなことはないのだ。

巨大なビルから出ると、妙に肩が凝っていた。自分もそれなりに緊張していたのだ、と意識する。三人は覆面パトカーに乗りこみ、しばらく状況を検討した。

「何かあったような感じはするが、確信がない」森野が悔しそうに言った。

「ええ……特に総務部次長が、何か隠しているように見えるんですが」

「そうだな。何か理由をつけて、一度引っ張ってみるか」

「今のところ、その理由がないんですけどね」

「もう少し詳しく、奥沢のことを調べないとな……」森野が顎を撫でた。「となると、遺族だ。何か事情を知っているかもしれない」

「そうですね」この役目は自分に回ってくるな、と大友は覚悟した。悲しむ遺族に話を聴く仕事を任されることは多い。気が滅入る仕事だが、自分が相手を怒らせずに話を聴き出す能力に長けていることは、自分でも意識していた。

「この件、特捜にもしっかりやってもらわないと駄目だ。所轄に任せておけないぞ」助手席に座る森野が、運転席の岩波をちらりと見た。「おっと、お前さんがだらしないと言ってるわけじゃないが」

「いえ」ぶっきら棒な口調で岩波が答える。本当に不機嫌なのか、ただ疲れているだけなのかは分からなかった。

森野が携帯電話を取り出し、特捜本部に連絡を入れ始める。奥沢の家族への再度の事情聴取を、早口で進言した。予想したように、大友に担当させるよう、強い口調で推す。まあ、こうなるよな……どうやって声をかけようかと考えながら、大友は目を瞑り、後部座席のシートに背中を預けた。頭をがくんと後ろに倒すと、急に眠気が襲ってくる。ヘビーな毎日だ。予想外のトラブルで始まったこの事件は、今日、新たな局面に入った。

「よし、戻るぞ」森野がやけっぱちのように元気な声で言った。「大友、奥沢の家族の事情聴取を頼む」

「分かりました」目を閉じたまま、大友は答えた。

「相棒には、一課のお嬢さんについてもらったらいい」

「高畑ですか？」大友は首を捻った。敦美を「お嬢さん」というのは、かなり無理がある。

「こういう時は、女性がいた方がいろいろ便利だろう」

「そうですね」敦美は威圧感があるのだが、その気になれば柔らかい表情で相手をリラックスさせることもできる。なるべく体を丸めて小さくなっていてくれ――そんなことを頼んだら、真っ赤な跡が残るほど激しく背中を叩かれるだろう。

7

「嫌な役目ね」敦美が漏らした。

「仕方ない」

「テツは、こういうことが得意かもしれないけど……私は、ね」敦美が肩をすくめる。嫌がっている割に、歩くスピードは速かった。面倒なことは早く済ませてしまおう、と思っているのかもしれない。「自宅で首つりはきついわよね」

「家族はショックだと思うよ」

「ああ……奥さんにはまだ、事情聴取できそうにないわね」奥沢の妻は、遺体に付き添って署に来たのだが、事情聴取を始めた途端に気を失ってしまったという。しばらく、無理はできない。娘が自宅で待機しているというので、二人はまず、そちらから話を聴くことにした。

大友は、これまで分かっている事実を頭の中で反芻した。奥沢はこの日、「会社には遅く出社する」と言い残して、出かける家族を見送った。妻はボランティアグループの会合で、高校生の娘は登校。昼前に戻って来た妻が、寝室のドアに引っかけた紐で首を吊っている奥沢の姿を見つけたのだ。寝室の外側のドアノブに紐を縛りつけ、ドアの上を通して、自分は寝室内で足を投げ出し、首を吊る——簡単には紐が解けないやり方だ。相当覚悟しての自殺だったのだろう。こういう形での自殺を、大友も何回か見たことがあった。

「遺書は？」敦美が訊ねる。

「出てないそうだ。もしかしたら、どこかに隠してるかもしれないけど。まだ、家捜ししてないからね」

「自殺だったら、家捜しまではしないし」

「家族が見つけるのを待つだけだね」

言葉は行き交うのに、会話が弾んでいる感じがしない。自殺者の遺族と、殺人事件の遺族のどちらの方が悲惨か——天秤にはかけられないが、大友は自殺者の家族の嘆きをよく知っている。突然事件に巻きこまれた場合、家族は犯人を憎むことで、悲しみを少しだけ薄れさせることができる。しかし自殺の場合、「自分たちが」助けてやれなかったという意識に支配されてしまうのだ。特に配偶者の場合、ショックは大きいだろう。これからまともに事情聴取できるか、不安だった。

「まずいな……」奥沢の家の前まで来たところで、大友は足を停めた。

「ああ」敦美も顔をしかめる。「しつこいわね。根性は買うけど」

奥沢の家は、小田急町田駅の東側、町田街道に近い住宅街の中にある一戸建てだったが、その前で東日の記者、有香がうろうろしている。声をかけていいかどうか迷っている様子だったが、このままでは、大友たちが家を訪ねる邪魔になるのは間違いない。あるいはこちらが家に入るのに、便乗しようとするかもしれない――彼女は、それぐらいはしそうなタイプだ。排除しなければならないが、手荒な真似はしたくない。相手が女だろうが男だろうが、腕力ではなく口を使いたかった。もっとも、彼女を言いくるめるのには大変な労力を要する――実力行使に出る以上に手がかかる。

「それで、どうするつもり？」敦美が腰に両手を当てた。「一度痛い目に遭わせておく？」

「よしてくれ」大友は首を振った。「問題になるよ」

「痛い目に遭わないと、学習しないと思うけど」

「痛い目に遭っても、学習しないタイプもいる」

「ああ」敦美が悲しそうな声で言った。「そういう人はいつか、痛い目どころじゃなくて、致命傷を負うでしょうね」

踏みこむ決意を固めたのか、有香がインタフォンを鳴らす。二人は、二十メートルほど距離を置いたまま、様子を見守った。有香はドアのすぐ前で直立不動の姿勢を取っていたが、音もなくドアが開いたので、慌てて後ろに飛びのいた。大友のいる位置からは誰が応対したのか見えなかったが、ドアは十センチほどしか開いていない。よほど用心しているようだ。

有香が身を屈めるようにして話しだす。表情は真剣だったが、決して相手にはいい印象を与えなかったのだろう、いきなりドアが閉まってしまった。離れていても、音が聞こえてきたほどの勢いである。それでも有香は諦めず、もう一度インタフォンを鳴らした。

「本当にしつこいわね」呆れたように言って、敦美が肩をすくめる。

「しつこさだけなら超一流記者だ」大友はつい皮肉を吐いてしまった。

再びドアが開く。同時に、水飛沫《しぶき》が飛び散るのが見えた。有香が慌てて後ろに飛びのいたが、上半身がびしょ濡れになっているのが分かった。水に落ちた犬のように首を振ると、髪から水滴が飛び散る。

「あらあら」敦美が嬉しそうに言った。「あれは相当、相手を怒らせるようなことを言ったわね」

「笑ってる場合じゃない。女性が水をかけられたら、ダメージが大きいぞ」大友は慌てて歩き出した。いくら何でも、これは放っておけない。

有香はしばらく、その場に呆然と立ち尽くしていたが、やがて憤然とした表情を浮かべ、大友の方へ大股で歩き出した。怒りのあまり気づかない様子だったので、大友はズボンのポケットからハンカチを取り出し、彼女の正面に回りこんだ。少しうつむき加減で急ぐ有香が、大友とぶつかりそうになる。何も言わずに慌てて立ち止まり、右側へ避けようとした。大友はすぐに、左側に一歩寄る。有香が、はっきり聞こえる大きさで舌打ちをした。今度は左へ、大友は右へ。普段なら笑い話になるところだが、さすがに今の有香には笑う余裕はないようだった。

「ちょっと——」

大友は無言でハンカチを差し出した。顔を上げた有香が、暗い表情を浮かべる。鬱陶しそうに前髪をしごくと、水が垂れてアスファルトを濡らす。

「見てたんですか？」

「ああ」

「ひどいですね」

「僕が？　それとも水をかけた人が？」

「たぶん高校生ですよ。娘さんですかね」

「水をかけられても仕方ないようなことを、言ったんじゃないですか」

「冗談じゃないです」憤然とした口調で言って、有香がハンカチをひったくる。顔を拭くと、口紅が乱れてはみ出した。「先輩たちが、よく取材中に水をかけられたなんて話をしてましたけど、そんなのは伝説だと思ってました。今時、こんな……」

「あなたが今濡れているのは、伝説でも何でもないですよ。単なる現実です……早く着替えるか、服を乾かした方がいい。風邪を引きますよ」ベージュ色のコートは、肩から胸にかけて黒くなっていた。普段はしつこく鬱陶しいだけの記者だが、大友は少しだけ同情した。

「乾かしてる暇なんかありません」

「ええと……」頭に浮かんだ考えを、大友は吟味した。聖子の家がすぐ近くなのだ。あそこで乾燥機を使わせてもらえば……まさか。聖子にどう説明していいか分からない。頼めば拒否はしないだろうが、説得している時間がもったいない。それに、後で何を言われるか分かったものではない。

「何ですか」有香が睨みつけた。

「いや、何でもないです。それより、どうしてここへ？」

「どうしてって……」有香が呆れたように口を開けた。「そんなこと、聞くまでもないでしょう」

そもそも有香は、この情報をどこで手に入れた？　奥沢の遺体が発見されたのは昼前。大友が写真を見て、アタッシュケースを盗まれた被害者だと気づいたのが、午後も半ばになってからである。今は……六時半。特捜本部にいる全員がこの事実を知っているわけではないし、有香の耳に入るには早過ぎる。だいたい、一部上場企業の社員が自殺しても、誰かに迷惑をかけた——電車への飛びこみとか飛び降りとか——のでない限り、警察は広報しないものだ。もしかしたら有香は、本庁の方にいいネタ元を持っているのかもしれない――そう考えると、頭に血が上った。情報をリークした人間は、こういうデリケートな現場に彼女がずかずかと入りこんできて、捜査をやりにくくするとは考えていないのだろうか。

「あまりうろちょろしない方がいいですよ」大友は警告した。

「それは、私がいい線を突いているからですか？」

「濡れるぐらいならともかく、怪我でもしたら大変でしょう」

「大きなお世話です。同情してるなら、アタッシュケースのことを教えてくれてもいいじゃないですか」

「別に同情はしてませんけどね」

なおも食い下がってくる有香の執念には、呆れるのを通り越して感心したが、そもそも知らないことは答えようがない。大友は口をつぐんだまま、首を振った。有香が、射殺そうかという勢いで睨みつけてきたが、「隠している」という意識がないので、大友としては何とも思わない。

有香がそっぽを向いて歩き出した。振り返ると、敦美とすれ違う時、思い切り睨んだのが分かる。敦美に対してこういう態度を取れるとは……いろいろと接近してきて煩いだけの記者だと思っていたが、やはり侮れない。そういえば、ハンカチを返してもらわなかったな、と心配になった。あのハンカチ一枚を口実に、また接近してきたら……。

「相当かりかりしてるわね」敦美が面白そうに言った。

「ずぶ濡れだから」大友はうなずいた。「僕たちも、水を引っかけられないように気をつけよう」

ある程度の覚悟を固めて、大友は玄関の前に立った。コンクリート部分が黒く濡れている。一瞬躊躇《ためら》っているうちに、敦美が平然とした表情でインタフォンのボタンを押してしまった。自分は、ドアのヒンジ方向にいるので、何かあっても被害は免れる。大友は覚悟を決め、しかし念のために一歩下がった。

ドアはすぐに、大きく開いた。

「しつこい！……」

怒鳴り声が一気に萎む。まだ学校の制服を着た、娘。町田市内では見たことのない制服だったが、遠くの高校へ通っているのだろうか。娘は大友を見て、状況が分からなくなったようだ。

「警視庁刑事総務課の大友です」ゆっくりと言って、丁寧に頭を下げる。

「あの……」あっという間に、顔に困惑が広がる。

「お取りこみ中、申し訳ありません……」

「母はいません」娘が、大友の言葉の語尾に被せて言った。「警察に行ってます。あの……父を引き取りに」言い終わった途端に唇を噛む。すぐに、目の端から涙が溢れ始めた。

「今回の件、大変残念です。お悔やみを申し上げます」大友は組んだ両手を腹のところに置いたまま、頭を下げた。上から水が降ってくるかもしれないと覚悟しながら、しばらくそのままの姿勢を保つ。五つ数えて頭を上げると、娘の泣き顔に遭遇してしまった。ハンカチは……残念ながら、二枚持つ習慣はない。まったく唐突に、学生時代に演じた芝居の台詞を思い出した。「いい男はハンカチを二枚持つ。一枚は自分のために、もう一枚は女性の涙を拭うために」。あの台詞を言う時、照れと戦うのは大変だった。芝居だろうが、臭いにもほどがある。

「申し訳ない。こういう時に悪いんですが、少しお話を聴かせてもらえませんか」

「テツ」敦美が鋭い声で忠告を飛ばし、大友のコートの袖を引っ張った。

彼女の懸念はよく分かる。動揺している状況で娘に話を聴いても、まともな情報が得られるとは思えないし、後々問題になる可能性もある。だが、こういう状況だからこそ、大友は話を聴きたかった。概して、話を取り繕えなくなるのだ。敦美にうなずきかけ、娘と向き合った。

「家より……外でお茶でも飲みませんか？　何だったら食事をしてもいい」少し早いが、夕飯を食べてもおかしくない時刻ではある。

「食欲なんかないです」娘がしゃくりあげながら言った。

「どうしても話を聴きたいんです。あなたが話しやすい場所でいいんですよ」

娘がちらりと後ろを振り向いた。家に誰かいるのかもしれない。親戚が、心配して来ているとか。

「あの、家の中は……」

「どこでもいいんです。何だったら、玄関でも。ただし、ドアは閉めましょうね。近所の人たちに話を聞かれるから」

娘が目を伏せた。しばらく肩を震わせていたが、やがて意を決したように顔を上げる。まだ目は潤んでいたが、涙は流れていない。ドアをさらに大きく開いて、無言で大友たちを玄関に招き入れた。目に迷いが見える。まだ家に入れていいかどうか悩んでいるのだろうと思ったが、娘は大友が想像もしていなかったことを言い出した。

「どうして父が自殺なんかするんですか？」


「そう、聖真《せいしん》学院なの」敦美が笑みを浮かべてうなずいた。

「はい」娘――清奈《きよな》が震える声で返事をした。目元が腫れぼったくなり、盛んに鼻を啜っているが、取り敢えず泣いてはいない。泣いていなければ、可愛い少女だ――いや、泣いていても。目は大きく、逆三角形の顔立ちはすっきりしている。肩までの長さの髪には、艶やかな輝きがあった。

聖真か……中高一貫のキリスト教系の名門で、確か世田谷区内にあるはずだ。清奈はかなり優秀なのだろう。この状況に、困惑していてもパニックになっていないのは、精神的にもある程度大人である証拠だ。

大友は、この場の主導権をひとまず敦美に渡すことにした。清奈は、敦美のがっしりした体形に怯えるより、柔らかい笑みに安心しているようだし。

「今日は大変だったわね」

「まだ信じられない……パパの顔、見てないんです」また泣き声になってきたが、辛うじて堪える。

「そう……お母さんは大丈夫そう？」

「分かりません。伯父さんが一緒だと思うんですけど」

母親が署で倒れたことは、まだ知らないわけだ。大友は少しだけ気が楽になった。知っていたら、とても話ができるような状況ではなくなるだろう。

「だったら大丈夫よ。あなたも気を確かに持ってね。いくら泣いてもいいけど、お母さんも大変なんだから」

「はい……」消えそうな声だった。「でも何だか現実味がなくて」

「分かるわ。こういう時は、誰でもそうだから」

清奈が無言でうなずく。案外落ち着いているものだ——状況を把握できていないだけかもしれないが——と、大友は感心した。この様子を見る限り、有香はよほど失礼な質問をしたとかし考えられない。

「さっきの人……」

「ああ」敦美が薄い笑みを浮かべた。「気にしないでいいわよ。どうせ、失礼なこと言ったんでしょう？　あなたには、新聞記者に話す義務はないから」

「警察には話さなくちゃいけないんですか？」

「話して欲しいの。私たちも、真相を知りたいのよ」

清奈がうなずいたが、目は空ろだった。やはり、ショックは隠しきれない様子である。本当のショックは、父親の遺体と対面した後にやってくるのだろうが……大友は胸にかすかな痛みを感じながら、二人のやり取りを見守った。

「お父さんは残念なことになったんだけど、最近、何か変わった様子はなかった？」

「あまり話をしてなかったんです。いつも遅かったし、私も勉強が……受験ですから」

「それは大変ね」

敦美が本当に心配しているような顔つきになった。彼女は女優としてもやっていけるかもしれないな、と思う。相手をリラックスさせ、多くの情報を引き出すために、刑事は多くの顔を持つべきだ。相手に気づかれなければ、演技でもいい。

「仕事、大変だったのかしら」

「そうだと思います。私、夜にずっと勉強してるんですけど、最近帰りは、毎晩十二時ぐらいでしたから。前はそんなこと、なかったのに」

大友はかすかな違和感を覚えた。そう、イトハラ・ジャパンで話を聴いた時、須賀は「今はそういう時期ではありません」と言っていた。忙しくはなかったはずだ。だったら毎晩呑み歩いていた？　それも考えにくい。イトハラ・ジャパンは大きな会社だが、奥沢がそれほど高給取りだったとは思えないのだ。この家もまだ建てたばかりのように見えるし、娘の大学受験もある。毎日へべれけになるほど呑み歩けるような金はなかっただろう。裏金でも貰っていれば話は別だが、外部と接触のある職種ではなかったわけで、それも考えにくい。

「何か、仕事のことで言ってなかった？」

「そういうこと、普段から家では話しませんでしたから。だいたい、経理の仕事の話を聞いても、分かりません」

「そうね」敦美が苦笑した。「家ではどんな様子だった？　土日ぐらいは話もしたでしょう？」

「いえ……元々あまり話さない人なので」

「先々週の土曜日、お父さんがひったくりに遭ったの、知ってる？」

「いえ」清奈が暗い表情で首を振った。「そのこと、さっきの記者の人も聞いてましたけど、本当なんですか」

「本当なんだ」大友は話に割って入った。「僕はその現場にいた」

「そうなんですか？」清奈が目を見開く。

「ああ。お父さんのアタッシュケースをひったくった犯人を捕まえようとしていたんだ」

「アタッシュケース、ですか？」清奈が首を傾げる。「あの、どういうケースですか」

「これぐらいの大きさ」大友は両手でアタッシュケースのサイズを示した。「アルミ製で、銀色だった」

「本当にそうなんですか？」

「僕が見た限りでは」

「父はそんな物、持ってませんでした。少なくとも、私は知りません」

大友は敦美と顔を見合わせた。どういうことだ？　自分の物ではないバッグを持ち歩いていて、引ったくりに遭ったというのか。だとしたら、自殺の動機が浮かび上がってくる。他人から預かった大事なアタッシュケースを奪われたら、重大な責任を感じていたとしてもおかしくない。ただ、須賀も経理部長も、あの日、奥沢は仕事をしていなかったと言っていたが……会社も知らない仕事というと、アルバイトだったのだろうか。サラリーマンでも、会社に内緒で副業をする人間は少なくない。秘密のアルバイトで失敗したら、ダメージは相当大きいはずだ。もちろん、自ら命を断とうと考えるほどだから、アタッシュケースの中身も、大きな価値のある物だったに違いない。

だが、それなら何故あの現場から姿を消した？　どうしても取り戻したいものだったら、まず警察に駆けこむはずではないか。盗まれても警察に届けられない物……犯罪の臭いがする。

「土曜日、お父さんがどんな様子だったか覚えてる？」敦美が訊ねた。

「先々週ですよね……」清奈が一瞬目を閉じる。細く目を開けると、力なく首を振った。

「分かりません。私、一日中ずっと予備校にいたので」

「夜も？」

「八時ぐらいに帰って来ましたけど……」

「その時、お父さんは？」

「ご飯を食べてました。あ、でも」きゅっと唇を結ぶ。

「何？」さらに突っこむ敦美の口調は、まだ柔らかかった。

「夜、また出かけたかもしれません。私は部屋にいたんですけど、玄関のドアが開く音が聞こえたから。確かめませんでしたけど」

「何時頃？」

「十一時過ぎ？」清奈が首を傾げる。「英語をやってた時間なので」

「家でも、ちゃんと時間割、決めてるんだ？」敦美が微笑んだ。

「ええ」

釣られたように、清奈もぎこちない笑みを浮かべる。敦美の笑顔にはかなりの威力があるのだと、大友は改めて感心した。

「帰って来たのは？」

「それは分かりません。私、一時ぐらいに寝たんですけど、それまでは……」

「だったら、遅かったのね」

「たぶん」

ふいにスイッチが切れたように、清奈が黙りこんだ。何かに気づいたように、敦美も口を閉ざす。エネルギー切れだ、と大友にも分かった。敦美に視線を送り、これ以上は無理だ、と伝える。気配に気づいたのか、敦美は清奈の顔を見たまま小さくうなずいた。

「誰か、一緒にいてくれる人はいるかな?」大友は訊ねた。

「いえ、別に……」清奈がうつむいたまま、低い声で答える。

「一つ、提案があるんだ」

清奈が顔を上げ、大友の顔をちらりと見た。目を逸らしてしまうが、すぐにまた、まっすぐこちらを向く。大友は、柔和な笑みを浮かべた。凍りついた心を溶かしたい。取り敢えず、今この瞬間だけでも。

「一緒に署に来ませんか? そっちでお母さんと落ち合った方がいいんじゃないかな。僕が手配するから」

「でも、お母さんには、家で待ってるって……」

「今は、一人でいるべきじゃない。署でお父さんに会うかどうかはともかく、向こうでお母さんと落ち合った方がいいと思う。一緒にいた方がいい」

清奈の顔から一気に血の気が引く。死体となって横たわった父親とは、対面したくないのだろう。その気持ちは分かる。コンセントを引き抜かれたような唐突な死には、誰も直面したくないはずだ。いつかは向き合わなくてはならないにしても、少しでも先送りしたいと願うのが普通の感覚だろう。待つ間に、何とか気持ちをアジャストする。

それが普通だ。そうしなければならない。

だが、一人では駄目だ。一人きりで死と向き合うのは、どんな人間でも無理である。

清奈を連れて署に戻り、回復した母親と引き合わせる。母親に会った途端、清奈はそれまでのしっかりしたやり取りが嘘のように泣き始め、大友は心臓を鷲づかみにされたように胸が痛むのを感じた。こういう悲しい対面の場には、何回立ち会っても慣れない。

「私がフォローしておくから」敦美が耳元で囁く。

「ああ」かすれた声で答える。「部屋を用意してあげた方がいい。母親には、ゆっくり事情聴取しないと」

「部屋は、どこかの会議室を借りられる？」

「たぶん。警務課にお願いしよう」

「じゃあ、あとは私の方で」

「君は強いね」廊下の向こう、十メートルほど先で抱き合っている母娘を見ながら、大友は小さく溜息をついた。

「感覚が磨り減ってきてるのかも」敦美が寂しそうに笑う。

「ああ」

「何だか、呑みたくなってきたわ」

「一段落ついたら、つき合うよ」かすかな戦慄を覚えながら大友は言った。過去の経験からすると、彼女と一緒に呑むとろくなことがない——主に激しい二日酔いという結末が待っている。

「じゃ、後で」

小さくうなずき、敦美が二人に近づいて行った。清奈の肩にそっと手を置き、何事か囁く。二人は泣きながらも、敦美の言うことに耳を傾けている様子だった。彼女なら何とかしてくれるか……自分はこれから打ち合わせだな、と思いながら踵を返す。その途端に、一人の初老の男と鉢合わせた。

「すみません」

「いや」男が慌てて、両手に抱えた三本のペットボトルを持ち直した。清奈にふっと視線を投げる。

「失礼ですが、奥沢さんの……」

「兄です。深井《ふかい》健二《けんじ》です」

「この度は残念なことでした」大友は時間をかけて丁寧に頭を下げた。「お悔やみ申し上げます」

「いや、こちらこそご面倒をおかけして申し訳ない」

深井も頭を下げた。この事態にも平静でいてくれるのがありがたい。この男相手なら、まともに話ができそうだ。

「水ですか?」ペットボトルを見ながら訊ねる。

「ええ。ちょっと水分補給しておかないと」

「そうですね……申し訳ないですが、ちょっとお話を聴かせていただけませんか」この男にはまだ誰も事情聴取していないだろうと考え、切り出した。

「構いませんが、二人をそのままにしてはおけないですよ」深井が渋い表情を浮かべる。

「お時間は取らせません。それにお二人には、ちゃんとした人間がつき添っていますから」

「ああ……」深井が、三人の方を見ながらうなずく。「あの女性、刑事さんですか？ずいぶん頼りがいがありそうな方だ」

「実際、頼りがいがあります。ですので、ご家族のことは任せて、私にも少しだけお時間をいただければ」

「分かりました。水だけ、いいですか？」

「もちろんです」

一礼して、深井が足早に三人に近づいた。清奈と母親にペットボトルを手渡すと、一言二言話した後、大友の方に戻って来る。どこを使うか……取調室では、彼を緊張させてしまうかもしれない。もっとも、警察署の中では、一般の人が緊張しない場所などないのだが。仕方なく、一階の交通課の取調室を借りることにした。上階へ行けば行くほど、深井の緊張感が増すような気がする。

取調室は、交通課の奥にある。大友はドアを開けたままにしておいた。深井が溜息を漏らしながら腰を下ろす。粗末なパイプ椅子なので、ぎしぎしと嫌な音がした。

「煙草、構いませんよ」深井のシャツの胸ポケットが四角く膨らんでいるのを見て、大友は言った。

「いいんですか？　最近は、どこも禁煙でしょう」

「そこは、臨機応変で問題ありません。灰皿はないんですけど」

「ああ、それは大丈夫」うなずき、深井が胸ポケットから煙草とライター、携帯灰皿を取り出した。火を点けると、深く一服して目を閉じる。「不味いな」とぼそりとつぶやいた。

「失礼ですが、苗字が違うんですね」

「あ？　ああ」目を開け、深井が薄い笑みを浮かべた。「私、婿養子なんですよ」

「そうなんですか」

「うちは五人兄弟で、私は三番目でしてね。私だけ、苗字が変わりました」

「そうですか」

「弟は……元春は末っ子でしてね」

「失礼ですが、深井さんは今、どこかにお勤めですか？」

「もう定年になってます。イトハラ・ジャパンにいたんですが」

「同じ会社だったんですね」好都合だ、と大友は思った。何か内部事情を知っているかもしれない。

「ええ。今は、関連会社で週に三日だけ働いています。なかなか楽はさせてもらえませんね」

「色々大変ですね」微笑んで同調したが、それはむしろ幸せなことではないかと思った。若者の就業チャンスが減る一方で、企業は高齢者層の再雇用や定年延長に積極的に取りくんでいる。労働人口ピラミッドは、いびつになるばかりだ。

「今日はお休みだったんですか」

「会社にいたんですけど、話を聞いて慌てて飛んで来たんですよ。近くにいる親族は私だけでね」

それできちんとスーツを着てネクタイを締めているのか。年は取っていても、まだスーツ姿が板についているのは、週三日だけでも現役で働いているからだろう。

「今回の件は本当に、お悔やみ申し上げます」大友は改めて頭を下げた。

「いや、ご迷惑をおかけして」

あまり時間がないのは分かっていたが、大友はゆるゆると攻めることにした。いくら兄弟でも、この年になるとあまり連絡を取り合っていないはずだ。同じ会社にいたとしても。性急に答えを求めても、相手も困るだろう。切り出すポイントは……やはり、イトハラ・ジャパンだ。

「弟さんとは何歳違いになるんですか？」

「ちょうど十歳」

「失礼ですが、奥沢さんが会社に入る時、深井さんが何か……」敢えて言葉を濁す。深井は勘が鋭そうな男なので、こちらの意図を読み取ってくれるのではないかと思った。

「ああ、コネ?」深井が苦笑した。「そういうのはないです。うちの会社は、昔からコネが通用しないので有名ですから」

「そうなんですか? 創業者一族がまだ経営にかかわっているような会社は、人間関係を大事にしそうですけどね」

「関係ないですよ。コネ入社を認めてしまったら、会社の中が知り合いだらけになる。それじゃ、優秀な人材は集まらないでしょう」

「ごもっともです」丁寧に言って大友はうなずいた。

「会社に入ってきた時には、もちろん歓迎しましたけどね。私はまだ係長の時で……開発部門にいて、元春は総務系だから、仕事で一緒になることはなかったんですけど、たまに酒を呑んだり、飯を食ったりということはありました」

「最近の様子について、聴かせて下さい。私生活でも仕事のことでも、何か悩んでいた様子はありませんでしたか?」

「悩みのない人間なんかいないでしょう」真顔で言って、深井が煙草を揉み消した。最初の一服以外、灰が長くなるに任せていた。「ただねえ……自殺するほどの悩みなんて、そんなにないでしょう」

そんなことはない。人は、いとも簡単に自ら死を選ぶ。日本では毎年、三万人もの人が自殺しているのだ。一番多いのは無職の人だが、普通の会社員も、年間一万人近くが自分で命を断っているはずだ。確か、年齢的に五十代の自殺者も多い。奥沢はちょうどその年齢層に当てはまる。動機では、病苦が一番多いはずだが。

「奥沢さんの場合はどうなんですか」

「それが、思い当たらないから困ってるんです。あまりにも唐突なんですよ」深井がペットボトルのキャップを捻り開けた。水を一口飲んでから、溜息をついて続ける。「仕事は、もちろんそれなりに大変だったと思います。部次長になれば、責任も増えますし、基本的にクソ真面目な奴ですからね」

「経理部でも、そんなに圧力がかかるものですか？」

「ないわけがない。どんなに楽そうに見える仕事でも、きついものですよ。特に、褒められるようなことがないと、日頃の小さな鬱屈がどんどん溜まってくる」

彼の言い分は、大友の頭にすっと入ってきた。目立つか目立たないか、という感じかもしれない。イトハラ・ジャパンのような会社で最も重要なのは、開発を担当する技術者だろう。他社に少しでも先んじて新しい技術を開発できるかどうかが、会社として常に最重要課題になる。そして技術者は、何か新しいアイディアを具体化できれば、目に見える形で「手柄」として評価されるはずだ。その次に重要なのが、営業か。しかし総務系は、普通に仕事をすることしか求められない。それこそリストラや経費削減ではアイディアを求められるかもしれないが、それはむしろ「マイナスの手柄」とでもいうべきものかもしれない。会社にとってはプラスでも、誰かが苦しむことになるのだから。

「相当鬱屈していたんですか？」

「まあ、会えば仕事の愚痴にはなりますよね」深井がうなずく。「でもそれは、一般的なことじゃないですか？　仕事で悩みがないなんて言うサラリーマンは、世の中に一人もいないでしょう」

「分かります……つまり、自殺するほどの悩みはなかったと？」

「私はそう思っています」

「家の方はどうですか」

「特に、ねえ……今最大の問題といえば、清奈ちゃんの大学受験だけど、あの子は優秀だから。ちょっと聞いた話だと、まず問題ないようです。模試の結果を見ても、本番で風邪さえ引かなければ大丈夫な感じですよ」

「家のローンとかは？」

「それも、重圧になるほどじゃなかったはずですよ。二年前にローンの繰り上げ返済をして、だいぶ楽になったって言ってましたから。定年前にはローンも終わるはずです」

だいたい、ここは町田だ。落ち着いた住みやすいベッドタウンではあるが、都心部のように地価が高いわけではない。あの家もかなり立派なものだが、毎月の返済額は、家計を逼迫《ひっぱく》させるほどのものではなかったのではないか。

「他に金がかかるようなことはなかったんですか？」

「あいつには趣味らしい趣味はなかったから。酒はあまり呑まない、煙草も吸わない」

「女性とか？」

深井が乾いた笑い声を上げた。目は笑っていない。

「それもないでしょう。あいつにはそんな度胸はないですよ」

「女性関係は、意外と周りは気づかないものですが」

「何か知っているんですか？　こっちが知りたいぐらいなんですけど」家族を侮辱されたと思ったのだろう、深井が急に表情を険しくする。

「何も分かっていません」大友は首を振った。「だから、こうしてお話を伺っているわけですし」

「そうですか……」深井が腕組みをし、深々と溜息をついた。

兄とはいえ、実際に何も知らなかったのでは、と大友は思った。同じ会社にいても、部署が違えば互いの事情はよく分からないだろうし……だが、この男とのパイプはつないでおかねばならない。比較的冷静だし、扱い方さえ間違えなければ、まともに話ができそうだ。

「弟さんは、何かアルバイトをしていませんでしたか？」

「は？」深井が目を細める。

「会社の仕事以外で、何かで小遣い稼ぎをしているということはなかったですかね」

「株とか？」

「いや、そういうことではなく、もっと本格的な……」普通に株取り引きをしていても、欠損を出す以外にトラブルになるとは考えられない。もちろん、インサイダー取り引きでもしていたなら、話は別だが。経理部に所属していたのだから、イトハラ・ジャパン本体だけではなく、関連会社の経理状況も耳に入ってきていただろう。関連会社にも上場企業が多いわけだし……インサイダー取り引きはもちろん犯罪だが、それよりも会社にばれる方がまずかったのではないだろうか。あっという間に立場がなくなり、社会的信用も失ってしまう。だから、迂闊に手を出す人間は少ないのだ。金が欲しければ、他のことで儲けようとするものだろう。

「それは、ない」深井がぴしりと言った。それまでにない厳しい口調だった。「うちの会社は、兼業を完全に禁止しています」

「禁止していても、やってしまうのが人情かと思いますが」

「いや、あり得ませんね」腕組みしたまま、深井がゆっくりと体を前へ倒した。「基本、うちの会社は、そういうのがばれたら、即刻馘なんです」

「それはかなり厳しくないですか？」大友は顔をしかめた。

「古い体質なのかもしれないけど、会社には忠誠を誓って欲しい、ということなんですよ。うちの会社には、技術的な秘密も多い。そういうのを外に持ち出されたら、ダメージが大きいのはお分かりですよね？」

「ええ」産業スパイを心配しているのだ、と分かった。

「その分、給与水準はそれなりに高いし、福利厚生も充実しています。会社の方でちゃんと面倒を見るから、外でアルバイトする必要なんかない、ということなんですよ」

「なるほど」

「だから、弟がバイトしていたとは考えられません」

今の理屈は、何ら具体的な証明にはならない。深井が会社を完全に信用し、愛していると分かっただけだった。確かに、ほとんどの社員はイトハラ・ジャパンの完全な庇護下にあり、現状に満足しているかもしれないが……全員がそうだという保証はないのだ。

しかし、無理に突っこまなかった。やはり今後の関係は大事にしたい。この男は、この事件において貴重なパイプ役になってくれるかもしれない。

それは、深井に裏がないという前提での話なのだが。

8

深井を清奈たちと合流させた。これから家に戻って、葬儀の準備を整えるという。奥沢の自殺は検視で確定しており、解剖されないのが救いだった。遺体がしばらく家に帰ってこないとなったら、家族の苦しみは長引くだけだろう。

三人を見送って、庁舎に戻ろうと思った瞬間、携帯が鳴り出す。聖子だった。

「忙しいみたいね」

「ええ、すみません」昨夜から今日にかけては、本当にばたばただった。昨夜は辛うじて家に帰ったものの、ほとんど寝ていない。今日も町田と都心を往復し、ずっと事情聴取を続けていたから、体も神経も参っている。

「優斗、うちに来てるから」

「ご迷惑をおかけして」

「自分からうちに来たのよ。ちゃんと明日の準備もして」どこか非難めいた口調だった。

「あの子も、ちゃんと自分のことは自分でやれるようになってきたのね」

「はあ」この話がどこへ転がるか分からず、大友は生返事をした。

「ま、あなたは心配しなくていいわ」

「そうもいきませんよ。ちょっと優斗に代わってもらえるとありがたいんですが……」

耳元で、送話口を塞ぐがさがさという音がした。聖子が優斗を呼ぶ声がかすかに聞こえてくる。

「宿題をやってるから、出られないって」

「本当ですか？」こんなことは今まで一度もなかった。

「あなたに嘘ついてどうするの」聖子が冷たい口調で言った。

「すみません」大友はわずかに混乱し、胸の奥に目覚めた微妙な感情に気づいた。あまり経験したことのない感覚……寂しさだ、とすぐに分かった。息子に相手にされていない。

「優斗ももう、五年生よ。一々父親の相手はしていられないわよ」

「そうですよね」相槌を打ってしまうと、ますます悲しくなる。

「まあ、心配しないで仕事をしていて。優斗の面倒はちゃんと見るから」

「そうですか」

「そういうこと」

聖子はいきなり電話を切ってしまった。何だか取り残されたような気分になり、大友は重い足取りで階段を上り、特捜本部に向かった。

「大友部長」

呼び止められ、足を停めた。こういう呼び方——巡査部長に対する呼びかけとしては普通なのだが——をされることは少ない。まず面識のない人間だろう、と判断した。振り向くと、見知らぬ顔の男が二人、廊下に立っている。特捜本部のあるフロアまで入りこんでいるから、一課か所轄の人間かもしれないが……一課ではないだろう。あそこの人間なら、大抵顔は知っている。

一人は四十代半ば、一人は三十歳そこそこだろうか。年長の男が先に立って、大友に近づいて来る。ほぼ長方形のえらの張った顔で、目つきが悪い。一瞬で大友の全てを見抜こうかというように、鋭い視線を向けてくる。

「失礼ですが？」大友は平静を装った。明らかな敵意を感じるが、ここで遣り合っても何にもならない。

「捜査二課、亀井《かめい》」

企業犯罪捜査係の係長だ、と思い出した。もう一人、若い方はその部下ということか。

「はい」

「ちょっと時間を貰えるかな」

「無理です。今、特捜で仕事をしているので」

「それでは困る」

「どういうことですか」

若い方の刑事が、大友の横に並んだ。腕を取ろうとするのを、体を捻って逃れる。

「連行ですか?」若い刑事を睨みつけながら大友は言った。

「そうじゃない」亀井の表情は変わらなかった。「話を聴きたいだけだ」

「だったら、ここでもいいじゃないですか」人がいない場所は駄目だ。相手のペースにはまったら、抜け出すのは難しい。ここなら、他の刑事たちの出入りがあるから、何かトラブルがあっても助けを求められる。

「静かなところがありがたいんだがね」

「バッジを見せてもらえますか」

大友の要求に、亀井が頰を引き攣らせる。侮辱されたと思っているのは明らかだ。こういうタイプの扱いは難しい。

「すみません。お名前は存じていますが、顔と名前が一致しないので」

亀井が、背広の内ポケットからさっとバッジを取り出して示した。一瞬のことで、バッジはすぐに背広の中に消える。手品でも披露しているようだった。

「これでいいかな」

「結構です」逃げる言い訳はもう見つからない。覚悟を決めて、大友はうなずいた。

「下に車を用意してある」

「長い時間は困ります。夜の捜査会議があるので……今日は重要な議題があるんです」

「もちろん、そちらの邪魔はしない」亀井がうなずいたが、本気でそう思っているようには見えなかった。あくまで自分たちのペースで進めるつもりのようだった。

大友が後部座席に乗りこむと、若い刑事がすぐに車を発進させた。まるで連行だな……と思いながら、大友は意識を尖らせる。隣に座った亀井の言葉を待ち構えた。

「イトハラ・ジャパンのことだ」

「はい？」思わず間抜けな甲高い声を上げてしまった。突然何を言い出すのだ？　もちろん二課は仕事柄、会社関係の情報には神経を遣っているはずだが、偶然の一致とは思えない。

「今、特捜で調べているな？」

どこまで話していいものだろうか。大友は乾いた唇に舌を這わせ、考えた。おそらく、こちらの動きは二課に筒抜けになっているのだろう。下っ端の自分たちが何も言わなくても、上層部では平気で秘密を暴露する会話が交わされていたりするものだし。

「捜査上のことは、何も言えません。調べているかどうかも含めてです」相手の意図が読めないので、取り敢えず抵抗してみた。

「ああ、無駄な話をしている暇はないんだ。この件は、もう分かってる。俺が知りたいのは、あんたが何を摑んだか、なんだよ」

「何も摑んでいませんよ」大友は混乱していた。何故突然、自分が重要人物になってしまったのか、分からない。

「今日の午後遅く、イトハラ・ジャパンに行っているな？」

「ご存じかと思いますけど、自殺した社員が、こちらの特捜本部の事件に関係しているんです」

「分かってる」亀井がうなずく。車が道路の段差を乗り越え、彼の体が一瞬揺れた。

「で、その内容は？」

「すみません……何が知りたいんですか？　自殺した奥沢さんに何か問題でも？」

答えはなかった。ちらりと横を見ると、亀井は腕組みをして唇を引き結んでいる。これは駄目だ……亀井は、刑事としては大した人間ではないだろう。人から情報を引き出すには様々なテクニックがあるが、彼が今行っているのは、最も非効率的な方法だ。僕を特捜本部から引き離したことは、間違っていない。助けを求められる人間が近くにいないのだから、孤独感の中で焦りが強まるだろうと計算したのは正解だ。しかし、この聴き方はない。中途半端な圧力は、相手に考える隙を与えてしまう。

亀井は依然として無言だった。大友はふっと体の力を抜き、笑みを零した。

「もうちょっと率直に話してくれてもいいんじゃないですか？　同じ刑事部の仲間でしょう」

刑事部、を強調してみた。警視庁ではなく刑事部。四万人を抱える大きな組織の中でも、刑事事件を扱う選抜部隊の人間であるという、エリート意識に働きかけたつもりである。だが亀井は、相変わらず口を閉ざしたままだった。

「少し前、武本が接触してきましたけど、その続きですか？　あいつが私から情報を引き出せなかったから、亀井さんが代わりに来た？」

「そういうわけじゃない。あいつにはあいつの仕事がある」やっと亀井が口を開いた。

「同じ仕事じゃないんですか」

「それは言えない」

「勘弁して下さい」大友は両手を広げた。「捜査に必要だったら、もちろん協力しますよ。何もわざわざこんなことをしなくても……電話一本かけてくれれば、必要なことは話します。私は刑事総務課の人間ですから、一課の利益だけを代弁しているわけでもない。一課にも二課にも三課にも、等しく気を遣っているつもりですが」

「電話では話せないこともある」

大袈裟な……確かに、突然電話されても、答えられないことはいくらでもある。だが、共通の知人——それこそ武本を使ってもいいのだ。どうして二課という部署は、こんなに秘密主義を貫くのだろう。誰にも邪魔されず、情報漏れを防ぎながら事件を仕上げるのは大事なことだが、何も仲間まで疑わなくても。二課のこういうやり口は何度となく目の当たりにしてきたが、いつまで経っても慣れない。

「いい加減にして下さい。イトハラ・ジャパンの何が知りたいんですか？」

「向こうの態度はどうだった？」突然、話題を元に戻した。

「びっくりしてましたよ。当然だと思います。社員が一人、突然自殺したんだから」

「それだけ？」

「他に何か出てくる予定でもあったんですか？　それを私たちが見逃しているとでも？」

「そういうわけじゃない」

大友は首を振った。話にならない。秘密主義にもほどがある。

「きちんと理由を話していただければ、こちらもできるだけ協力します。そうでないなら、ここで下ろしてもらえますか」ドアに手をかけた。走行中だが、思い切って力を入れると、かすかに開く。風を受け、そのまま保っているのは大変だった。

「やめろ！」亀井が短く叫ぶ。

「このスピードなら、飛び降りても怪我はしませんよ」対向車が激しくクラクションを鳴らし、大友はひやりとした。

「いい加減にしてくれ」

大友は思い切り手を引いた。ドアが閉まると、車内が不気味な静寂に覆われる。

「それはこっちの台詞です」大友は低い声で言った。「どうして素直に喋れないんですか？」

「捜査中のことだからだ」吐き出すように亀井が言った。

「つまり、イトハラ・ジャパンを内偵しているんですね？」本気かよ、と大友は一瞬頭から血の気が引くのを感じた。一部上場、関連企業を含めた従業員五万人、年間の売上高四千億円を越える会社を、捜査二課が内偵しているとしたら……大事《おおごと》だ。

「そういうわけじゃない」亀井が口を濁した。

「だったらどうして、私たちの動きを気にしているんですか？　おかしいですよ。私たちは、経理部次長の自殺を調べているだけです。仮に二課が何か捜査していたとしても、邪魔になるとは……」

一気に喋って、大友は口を閉ざした。一度考え、消し去った可能性が頭の中に蘇る。奥沢は、会社の金にタッチできる立場だ。例えば業務上横領、インサイダー取り引きなど……魔が差して、そういう犯罪に手を染めるかもしれない。それなら二課のターゲットだ。

「奥沢は、容疑者だったんですか？」

「アタッシュケースはどうした」亀井はあくまで、自分の土俵に大友を引きこみたいようだった。

「何のことですか」惚けたが、言葉が引っかかる。ここでもアタッシュケースか。

「自殺した男は、アタッシュケースを盗まれた。そうだな？」

「それは、私が言うまでもないでしょう。分かっていることですよね」

「アタッシュケースはまだ見つかっていないのか？」

「亀井さんが知っている情報は、正しいですよ」

「あんたも、粘るね」亀井が突然、くだけた口調になった。

「それなりには」訳の分からないことを言われたら、こちらもそれなりに抵抗しなければならない。

「やりにくい相手だな」

「本気で情報交換したいなら、上と上で話し合ったらどうですか。課長同士なら、もう少し腹を割った話し合いができるでしょう」

「なかなかそうもいかない……自分たちで解決しなければいけない問題も多いんだ」

大友の頭の中で、瞬時に想像が走った。二課にとって、奥沢は内偵していた事件の容疑者だった。あのアタッシュケースの中には、何か重要な証拠が入っていたのだろう。それこそ、事件の肝になるような書類とか。それが未だに見つからず、奥沢が自殺してしまったとなったら、捜査そのものが頓挫しかねない。

「それは、そちらの都合です。私は今、一課の手伝いをしているのだということをお忘れなく。何か知りたいなら、正式のルートを通して下さい」

重い沈黙。状況が大友に味方した。信号が赤に変わり、車は停まらざるを得なかったのだ。ドアを開き、一気に外へ出る。車道を埋め尽くすヘッドライトの光が眩しい。ちらりと車を一瞥してから、背後に回りこんで歩道に上がった。

亀井は追って来なかった。

執念が足りないんじゃないか……皮肉に考えたが、気分は晴れない。だいたいここは、どこなんだ？　交差点の標識を見上げると、自分の家のすぐ近くだと気づいた。かなり走っていたようで、署の近くをぐるぐる回っていただけのようである。まあ、ここからなら歩いていけるか……足早に歩き始めながら、腕時計に視線を落とす。午後八時。捜査会議は始まっている時間だ。誰かに電話を入れて、遅れると報告しようかと思ったが、会議の席上で携帯が鳴ると、怒り出す人間もいる。仕方ない。遅刻を叱責されるのを覚悟して、できるだけ早く署に戻ろう。

歩いて十分。かなり早足だったので、少しだけ汗の気配を感じた。夕飯も食べ損ねているし……冗談じゃない。今日は貧乏くじを引く日かもしれない。捜査は少しずつ前進しているが、涙を多く見過ぎてもいる。それで平気なほど、大友の神経が磨り減っているわけでもなかった。捜査会議で気合いを入れ直して、明日に備えなくては。ある程度動きがあったから、今日の会議は活気づいているはずだ。

が、トラップはまだ残っていた。

署の前まで来ると、有香に出くわした。玄関脇の駐車場に停めたハイヤーに寄りかかり、スマートフォンを弄っている。いつの間に着替えたのか、コートがベージュから黒に変わっていた。何とか見つからないように……裏口から入ろうと思ったが、方向転換する前に、有香が顔を上げた。先ほどの不機嫌さはとうに消え去り、愛想のいい笑みを浮かべている。車から背中を引き剝がすと、大友の下に駆け寄って来た。

ふと、ずるい考えが浮かぶ。本当はやってはいけないことだが、今は状況が状況だ、と自分に言い聞かせた。利用できる物は何でも利用しなければ。

「コート、どうしたんですか」

大友の方から声をかける。二人の間では非常に珍しいことで、有香が耳を少し赤くしながら、嬉しそうに大友を見上げた。

「買ってきたんですよ、小田急百貨店で」

「さすが、記者さんは給料がいいんですね。コートが濡れればすぐに買い換えられる」

「出費、大きいですよ。経費で請求するつもりです」

「それは認められないんじゃないかな……それより、ちょっといいですか？」

「どうぞ」まったく警戒する様子を見せず、有香が言った。

大友は素早く周囲を見回した。新聞記者と喋っているところを誰かに見られるとまずい。階段を登った先の入口では、私服の警官が一人、警杖を持って立っているが、注意力は散ってしまっているようだ。よし、少し離れれば——大友は有香の腕を摑んで、歩道を歩き出した。

「ちょっと、大友さん——」

「いいから」

そのまま、入口からは死角になる場所へ引っ張って行く。立ち止まってから、庁舎の窓を見上げた。ここからは離れた二階の部屋に灯りがついているが、あれは生活安全課の部屋のはずだ。特捜本部が使っている会議室は三階で、大友がいる側には面していない。誰かがふと下を見下ろして、二人に気づくことはなさそうだった。

「何ですか、いったい」

腕を放したが、有香は距離を置こうとしなかった。何か勘違いしたのか……大友は半歩だけ下がって、本題を切り出した。

「アタッシュケースのことについて、率直に話し合いたいんだけど」

第三部　最後の秘密

1

午後十時半、大友は千葉県にいた。今夜も遅くなる……帰宅する頃には日付が変わってしまうのは間違いなく、既に全身に嫌な疲れが貼りついているのを感じた。車のハンドルを握り締め、何とかリラックスしようと努める。別に、本格的な取り調べをしようというわけじゃないんだから。

ここにいるのは、正式な捜査ではない。二課が理由を明かさず接触してきたのなら、こちらも同じような手を使うべきだ、と考えている。だからここへ来ることは、誰にも言っていない。柴にだけは「しばらく消える」と告げてきた。自分がいないことに気づいて誰かが騒ぎ出しても、彼なら適当に誤魔化してくれるだろう。

覆面パトカーが使えないので、久しぶりに自分の車に乗ってきていた。自分の、というよりも、菜緒の愛車だったアルファロメオの１４７。スポーツウーマンの菜緒がいかにも好みそうな、きびきび走る赤いホットハッチである。車内が少し狭いのが難点だが、ハンドルを握る分には楽しい車だった。今日も、東名から首都高、松戸に至るまでのドライブが、少しだけ気分を晴らしてくれた。この車に、まだ菜緒の気配が残っているからかもしれない。亡くなって何年も経つのに……既に日本での販売は終わっているが、まだまだ元気だ。イタリア車というと故障がつき物のように思えるが、この車は構造がシンプルなせいか、今まで一度も修理を経験していない。走行距離も少ないし、しばらくは乗れそうだ。

まだ、菜緒との想い出に浸っていられる。

大友は、助手席に置いたコンビニエンスストアの袋を引き寄せた。インスタント食品やコンビニエンスストア、ファストフードを毛嫌いする聖子が見たら、間違いなく顔をしかめるだろう。まあ、優斗に食べさせるわけじゃないし……握り飯を取り出し、齧《かじ》りつく。優斗と一緒なら、こういう食事でも侘しくならないのだが。

先ほど顔を合わせた武本の妻、葉子《ようこ》の戸惑いを思い出す。何度か会ったことはあるが、こんな遅い時間に突然訪ねてくれば、おかしいと思うのが当然だ。大友は「近くで仕事があったので、ついでに」と言い訳したのだが、これは自分でも失敗だったと思う。最近は、警察官とはいえプライバシーは大事にする。互いの家に遊びに行ったり、正月に上司の家に年始に行ったりということは、ほとんどないのだ。心配した妻が、武本に電話していないといいが……それは確かめようがない。

武本の家がある北松戸付近には、警視庁の職員が多く住んでいる。常磐線から千代田線を乗り継ぎ、警視庁の最寄り駅の一つである地下鉄霞ケ関駅に通いやすい割に、地価が安いからだ。武本も確か三年前に、ここに一戸建てを購入している。まだ真新しい家なのだが、どこか雑然としていた。玄関脇に自転車が停めてあるのだが、壁によりかかるように、二台が重なっている。きちんと停めるのに、それほど手間がかかるわけでもないのに……その近くに鉢植えが二つ、置いてあったが、どちらも枯れていて土しか見えない。武本はよく、「女房がずぼらで」と愚痴を零すのだが、本当に困っているのかもしれない。

侘しい夕食をそそくさと食べ終え、腕時計を見る。十時四十五分。やはり二課の捜査は佳境に入っているのだろうか。あの連中も、ぎりぎりの状況になれば、泊まりこんでしまうことは珍しくない。

駅から少し離れたこの辺は、典型的な住宅街で、街灯の灯りも乏しい。歩く人の姿はほとんどなく、車もたまに通り過ぎるだけで、大友は寒さと寂しさを同時に感じていた。優斗と話したいな、とふと思ったが、この時間ではもう寝ているだろう。それにしてもあいつ、最近僕に頼らなくなったな……ちょっと前までは、帰らないと言えば寂しがって困らせたのに。これが成長するということなのだろう。自分が子離れするより先に、優斗が親離れしている。いつかは来る日なのだが、やはり不安だった。これから親子関係は、新しい段階に入っていくはずだが、自分がそれに適応できる自信がない。

溜息をつき、顔を上げた。その瞬間、武本を見つける。背中を丸め、ちょうど車の脇を通り過ぎたところだった。大友が勢いよくドアを開けると、びくりとして振り向く。

「何だ、テツか」武本が溜息をついた。まだ鼻声で、風邪は治り切っていないようだ。

「脅かすなよ」

「どうしてそんなにびっくりするのかな？」

「夜中にいきなり大きな音がすれば、驚くに決まってるだろうが」怒ったように、武本が吐き捨てる。「何だよ、俺に何か用か？」

「ああ。待ってたんだ。ちょっといいかな」

「いいも何も、嫌だって言っても許してくれないんだろう？　しつこいイケメンは嫌われるぜ」言って、武本がにやりと笑った。自分の言葉が意味不明だと気づいたのだろう。

「呑みに行くか？」

「車なんだ」

「ああ、そうか……しかし、相変わらず派手な車だな」

赤い１４７。確かにこいつの赤は、普通の赤よりも明るく派手な感じがする。イタリアンレッド、ということか……菜緒にはよく似合っていたのだが。

「車の中で話さないか？　外だと冷える」

「そうだな」

武本が、両腕で自分の体を抱いた。すぐに助手席に回りこみ、ドアを閉める。後から運転席に座った大友は、エンジンをかけてエアコンの温度設定を上げた。

「で、何の用だ？」

武本が、エアコンの吹き出し口の前で両手を擦り合わせる。大友は、かすかにアルコールの臭いを感じていた。呑んできたということは、仕事ではなかったのか……亀井はあれほど、切羽詰っていた様子なのに。

「例のアタッシュケースの件なんだけど」

「何だって？」

こいつは演技が下手だ、と思った。惚けているつもりかもしれないが、目がまったく笑っていない。

「そうだっけ」

「アタッシュケースのことだよ。先に聞いてきたのは、お前じゃないか」

「わざわざ電話してきて、こっちの仕事を邪魔して」

「何の話か、分からないな」

「なあ、いい加減にしようよ」大友はうんざりした表情を浮かべた。こうやって腹の探りあいを続けるほど、暇ではない。

「俺は別に……」

「今日、亀井さんが町田まで来たんだ。お前と同じように、僕の仕事を邪魔していった。二課は、何を狙っているんだ？　イトハラ・ジャパンに何の問題がある？」ある。内偵捜査をしていることは、有香の口から聞いていた。一方こちらからは、投げてやれる情報が少なく、彼女は露骨に不満そうな表情を浮かべていた。

「仮に何かあるにしても、言えないな。捜査上の秘密だ」武本が肩をすくめる。

「こっちにも秘密はある。亀井さんは、それを強引に聞き出そうとしていった。どうしてかな……今日、僕はイトハラ・ジャパンに聞き込みに行った。この前アタッシュケースを奪われた被害者が自殺して、それがイトハラ・ジャパンの人間だって分かったからだ。いったいどういうつながりだ？　どうして二課は、アタッシュケースの中身をそんなに気にする？」

「それは、捜査の秘密だ」

「いい加減にやめないか？」大友は肩をすくめた。「変な意地を張ってると、解決できる事件もできなくなる。可能な限り、協力し合うべきじゃないかな」

「簡単に言うなよ」武本は、頬杖を突いて外を見ていた。

「これは、刑事総務課の人間としてのお願いなんだけど」

「こっちの事件とそっちの事件は全然違う」

「こういうこと、あまり言いたくないんだけど」大友は、申し訳なさそうな声を――そういう風に聞こえる声を出した。「お前、秘密があるだろう」

「それはもちろん、捜査のことは――」

「そうじゃない」大友は首を振った。「この前、合コンで盛り上がってたそうじゃないか。汐留で……その日、家に帰ったのか？」

「な──」武本が、殴られたような勢いでこちらを向き、口をぽかんと開けた。

「まずいよな。奥さんには、その日は仕事だって言ってたんだろう？」

「お前、そんなこと、どこから聞いた？　スパイでも飼ってるのか？」

「総務にいると、色々な話が勝手に入ってくるんだ。別に、情報収集しようとしているわけじゃない」

「まさか、誰にも話してないよな？」武本が目を細める。

「もちろん。こんなこと話しても、何の得にもならないから。それに、人のプライバシーをあれこれ詮索するのは、僕の主義に合わない」

「勘弁してくれよ」

「もちろん、誰にも言わない。結婚してても、色々あるよな」大友には想像できなかった──今でもできないが。「男には、一つぐらい秘密があってもいいんじゃないか」

「なあ、まあ、いろいろあるんだよ。家に居辛い雰囲気だし……」武本が弁解を始める。

「火遊びはほどほどにな」

「分かってる……分かってるって」武本が溜息をついた。

「でも、僕は知ってるわけだ。知ってるけど黙ってると約束するよ」

「お前、何を……」

「お前も勘が鈍いね。こんな話をして、僕が只で引き下がると思ってるのか？」

森野に簡単に報告を入れてから、大友は帰路についた。今夜も家で一人か、と考えながら、三郷南で外環道に乗る。次の三郷ジャンクションで、行き先を決めなければ……六号線は、時間帯に関係なく、箱崎ジャンクション辺りでいつも渋滞する。川口線経由で池袋を通り、五号線から環状線に合流するか。しかし、五号線の上りも渋滞のポイントだ。いっそのこと、外環道をひた走り、一度環八に出て東名に乗る手もある。だがそれだと、大変な遠回りになる上に、環八で渋滞に摑まる可能性が高い。

結局、距離的に一番近いルート、六号線を選んだ。案の定、箱崎ジャンクションの手前、両国辺りから渋滞が始まる。溜息をつき、面倒なクラッチ操作に専念した。菜緒はマニュアル車の運転を楽しんでいたが、大友にはそれが理解できない。特に首都高で渋滞にはまったりすると、左足の屈伸運動をしているような気分にしかならないのだ。

カーステレオを弄って、ＣＤを呼び出す。ほとんど音楽に興味がない大友は、菜緒が亡くなってからずっと、同じＣＤをチェンジャーに入れたままだった。入れっ放しではＣＤにも悪い影響が出るのではないかと思うが、今でもクリアな音質で聞こえてくる。流れてきたのは、エルトン・ジョンの「キャンドル・イン・ザ・ウインド」。オリジナルではなく、一九九七年に嫌というほど流れたバージョンだ。ダイアナ妃が事故死した年のヒットで、彼女に捧げられた曲である。ちょうど自分たちが大学生から社会人になる頃。その頃耳に入った曲は、一生心に残るものだろう。菜緒が残したＣＤのコレクションも、ほとんどがその年代の物だった。

この一曲は特に菜緒のお気に入りで、散々聴かされた。心に染みる優しげなメロディは、実際は別れの歌である。「さよなら、イギリスのバラ」。

「オリジナルは、マリリン・モンローに捧げられていたの」菜緒が説明してくれたものだ。「それをダイアナ妃に向けて、歌詞を少し書き直したのが、このバージョン」

菜緒は自身の快活なイメージと違い、軽快な曲よりもこういうバラードを好んで聴いていた。音楽ぐらいは、気持ちを落ち着ける物がよかったのかもしれない。

今、こんな音楽に逃げたくなる理由は分かっている。渋滞が辛いからではなく、事件の大きさに怯えているからだ。一人の刑事が扱える事件の規模には限りがある。だからこそチームで動くのだが、それでも限界はあるのだ。むしろこれは、地検の特捜部が扱うに相応しい事件ではないだろうか。もちろん二課は、地検とは綿密に打ち合わせているだろうが。

おそらく奥沢の一件は、綻びのような物だ。誰も想像できなかった、一点の染み。二課の捜査はそこから破綻しかけているに違いない。壁にぶち当たり、そこを乗り越える方法を得られないまま焦っているのだろう。奥沢の死で、ダムに開いた小さな穴は一気に広がり、ダム自体が崩壊し始めているのではないか。大友はその件を、有香から聴いた。二課がアタッシュケースの行方を執拗に追っていること、それどころか、あの犯行前から奥沢を尾行していたらしいこと——彼女は大友が想像しているよりもずっと優秀で、いろいろなところに食いこんでいる。少なくとも自分たちより先に、この一件の枠組みを知ったのは間違いない。さらに武本の証言が、情報を強く裏づけた。事件の枠組みが、おぼろげながら大友の頭に浮かび上がっている。

　だが、何をすればいいかは分かっていても、どうやればいいかは分からない。取り敢えず、手持ちの材料が何もないのだから……。

　ジョーカーを使うタイミングかもしれない。まだ何かを隠しているのは間違いなさそうだから。ただ、あのジョーカーは、扱い方を間違えると、二度と使えなくなる。一番簡単なのは、逮捕して強引に吐かせることだが、それが通用する相手とも思えない。頑なになり、口を閉ざしたまま勾留期間を乗り切ってしまう可能性もある。へらへらしてはいるが、芯には強い物が潜んでいそうだ。それを上手く、こちらの方に向けさせれば。

　夜は長い。今夜中にでも、できることがあるはずだ。


　鷹栖は二十四時間の監視下に置かれている。報告によると、今夜は相模原の自宅にいて、外出する気配はないとのことだった。

「……ということで、明日の朝一番で鷹栖を引っ張ることにした」目を赤くした友永が言った。深夜の会議室。大友の帰りを待って再集合したのは、特捜本部の一部のメンバーだけだった。

「パクるんですか」岩波が勢いこんで訊ねる。この男は——バイクという共通の趣味があるにしても——鷹栖を嫌っている。少し痛い目に遭わせたいと、本気で渇望しているのは明らかだった。

「現段階では、その予定はない。容疑が固まらないからな。何とかアタッシュケースのありかを喋らせる」

「本当に知ってますかねえ」柴が白けた口調で言った。「適当に、でかいことを言う奴はいますよ」

「でかいことって?」敦美が不機嫌そうに言った。

「自分だけが秘密を知ってるって匂わせるのさ。大物扱いされたいんだろう」

「もう二十歳でしょう。そんな馬鹿なこと、考える?」

「最近の二十歳は、ガキだぜ」柴が鼻を鳴らした。

「まあ、それはいいから」友永がうんざりしたように言った。「朝六時に自宅へ。森野さんと大友と、柴、頼む」

「自分も行きますけど」岩波が不満そうに言った。

「お前はいい。あの男とは相性が悪いだろうが」それまで黙っていた森野が、からかうように言った。「明日はゆっくり寝てろ」

「いや、行かせて下さい」岩波が唇を尖らせる。「あの男、自分で捕まえたいんですよ。気に食わないんで」

「管理官、どうしますかね?」森野が半分笑いながら指示を仰ぐ。

「ま、いいだろう。一人捕まえに行くのに、四人は大袈裟だがな」友永が苦笑しながら言った。

「それより管理官、二課の方はどうなんですか?」大友が訊ねると、途端に重い空気が部屋を支配する。

「ガードが固い」友永の顔が引き攣った。

「そうですか……」大友が摑んだ以上の情報は、やはり分からないようだ。二課はあくまで、一課を排除したまま、自分たちだけで捜査を進める腹積もりらしい。二課にすれば、数年に一度の大事件なのは間違いなく、誰かと手柄を分け合うなど、考えられないだろう。

「取り敢えず、こちらはこちらの捜査をする。二課のことは、引き続き……」

友永が咳払いする。こういうやりにくさは、彼にしても初めてだろう。「警察一家」というのは、現場から遠い幹部が唱えるお題目に過ぎない。いや、家族だからこそ、一度信頼を失ったら、徹底して不信感を抱くのかもしれないが。

「解散」友永の一言で輪は解けた。

大友は疲労感も忘れ、何となくまだ話し足りないような気がしていたが、それでも明日の朝のことを考え、帰宅することにした。誰もいない、寒い家へ。柴や岩波、森野はそのまま署の道場へ泊りこみだ。

敦美だけが、大友と一緒に外へ出る。まったく自然な動きで、そのまま自宅へ帰る感じだった——彼女の家は、杉並にあるのだが。

「今から帰れるのか？」タクシーでも使うつもりだろうか。町田から彼女の家がある杉並に向かえば、タクシー代が五桁になってしまうはずだ。

「ああー、ええと、心配しないで」敦美が曖昧な笑みを浮かべる。いつもはっきりと——はっきり過ぎるほど喋る彼女にしては、あり得ないあやふやさだった。

「いや、別に心配はしてないけど」

「近くで泊まるから」

「ホテルにでも？」

「あの、あまり突っこまないで欲しいんだけど」珍しく歯切れが悪い。敦美が顔を背けて歩き出す。

「別に突っこんでないけど」大友は彼女の脇に並んで歩き出した。どうしてこんなに神経質になっているのだろう。

「何で付いて来るの？」敦美がちらりと大友を見て顔をしかめる。

「何でって、僕の家もこっちの方なんだけど」大友は苦笑しながら言った。今夜の敦美は少し様子がおかしい。

「ああ」敦美が首を振り、歩調を速めた。「そうか……私は、泊まるところがあるから。本当に気にしないで。って言うか、詮索しないで」

「別にしてないよ」大友は両手をさっと広げた。

「それならいいけど……余計なこと、言わないでよ」

「言うも何も、知らないことは言えない」彼女にしては歯切れの悪い口調に、大友は困惑していた。

「そうかな。テツは、結構内部情報を集めているでしょう」

先ほど武本を脅したことを思い出し、大友は思わず苦笑した。集めているわけではなく、知らぬ間に耳に入ってしまう……敦美も何か、人に知られたくない事情を持っているのだ、と分かる。

「何か知っても、人に喋るようなことはないよ」時には同期を脅す材料にするのだが……後味は悪い。

「泊まるところ、あるから」敦美がしつこく繰り返した。

「分かってるよ」彼女にだって友だちはいるだろう。いつでも泊めてくれる人間が、たまたま町田にいてもおかしくない。

「女性じゃないのよ」

「ああ」一瞬、事情を把握しかねたが、すぐに合点がいった。「分かった。余計なことは言わないから」

「別に余計なことでもないけど、何か、ね」敦美が口を濁す。

「いつから？」

「半年ぐらい前かな」

「よく、そんな暇があったね」

「ずっと待機だったから。そういう時、一課が暇なのはよく知ってるでしょう」

「分かる」

「だから……別に、相手が誰か、言うつもりはないからね」

「何も聞いてないよ」

「もう……」敦美が立ち止まり、大友の顔をまじまじと見た。「言わないけど、危ない人じゃないから」

大友は無言でうなずいた。危ない人……刑事は常に秘密を抱えているようなものだ。敦美の恋人は、利害関係が衝突しない人間、ということなのだろう。それに、結婚してもいないはずだ。つき合っていても、誰にも文句を言われないだろう。

「一応、おめでとうって言っておいた方がいいかな」

「まだ早いわよ」敦美が苦笑する。

「まあ、その節は是非ともお祝いさせていただきます」大友は馬鹿丁寧に言って頭を下げた。

「何で、テツには何でも話しちゃうのかな」敦美が頭を撫でた。「そういうの、得よね。取り調べの時、全然苦労しないでしょう」

「そうでもないけど」

「天性なんでしょうね……それより、二課の動き、どうやって割り出したの？」

「ちょっと言えない事情もある」ネタ元は新聞記者。それを裏づけてくれたのが同期。

「別にいいけどね。テツのことだから、変なことはしてないでしょうし」

一瞬うつむき、嘘を隠した。同期を脅したことは、後々自分の中で小さな傷になって残るかもしれない。別れる時のぎこちなさは、間違いなく苦いものだった。

「まあ……このことはたぶん、誰にも話さない」

「分かった。ついでに私のこともご内密に」敦美が唇の前で人差し指を立てた。「特に柴には黙っててね。あいつに知られたら、面倒なことになりそう」

「ああ、あいつはね……」

「お喋りだから。というわけで、よろしく……私、こっちだから」

敦美が、左の親指を左へ倒した。大友の家は、このまま真っ直ぐ。

「了解」

敦美がすっと頭を下げ、暗がりに消える。大友は一瞬立ち止まって、後ろ姿を見送った。敦美の相手はどんな男なのだろう……いや、そういう下種《げす》の勘ぐりはやめよう。同期で何でも話せる仲だが、彼女にもプライベートはあるのだし。

余計なことを聞いてしまったのかもしれない。彼女の言う通りで、何故か自分と話していると、話す必要のないことまで打ち明けてしまう人間が多いのは間違いない。だが時には、聞かない方がよかった、とも思う。

誰にも明かせない他人の秘密を抱えこむことは、自分も秘密を持つことに他ならないのだから。

2

五時起きだった大友は、柴と岩波に合流した時には完全に目が覚めたと思っていたが、車に乗って暖房が効き始めると、再び眠気に襲われた。わずかな時間でも眠ると反射が鈍くなるから、今は完全に起きていなければならない。窓を開けて顔を外へ突き出すと、空気の冷たさで冬の始まりを知った。

「寒いぞ」助手席に座る森野が文句をつけた。

「眠気覚ましです」

「まあ、確かに眠いよりは寒い方がましか」森野も窓を開ける。途端に、寒風が車内を吹き抜けた。

「すみません、本当に寒いんですけどねえ」ハンドルを握る柴が遠慮がちに言う。

「お前が居眠り運転しないようにしてるんじゃねえか」

森野が乱暴に言った。この男は、後輩に対して時々厳し過ぎる。柴が何かぶつぶつと文句を言ったが、大友は聞き流した。

相模原の家まで、車で十分。到着した時にはまだ夜は明けきっておらず、大友は寒さに耐え切れずに両手を擦り合わせた。鷹栖のスクーターは、玄関脇に停めてある。徹夜で監視していた二人から引き継ぎを受け――昨夜は十時に帰宅してからは一歩も外に出なかったらしい――張り込みに入った。柴と森野は車の中。大友と岩波は外。

「すぐに引っ張らないんですか」岩波が足踏みしながら言った。

「出て来た時でいいだろう。家に踏みこんでまで引っ張る理由はない」

「何時間かかるんですかね」岩波が欠伸を嚙み殺した。

「待ちは、刑事の大事な仕事だよ」

「そんなことは分かってますよ。でも面倒だな……もう、ノックしてみませんか？」

「やめておこう」

岩波が、疲れたように首を振った。事件発生から十一日。まったく休みがないし、夜遅く朝早い生活が続いているから、若いといっても疲れは溜まる一方だろう。大友だって、エネルギーが底をつきかけている。この事件はどこにいくのだろうか……事件解決のタイミングは、三日、一週間、十日とよく言われる。それを過ぎると、目撃証言も得にくくなり、情報は減る一方なのだ。

大友は、知らぬ間に体を左右に揺らしていた。右足、左足と順番に体重をかけ、常に体を動かすようにする。寒さと眠気を追い出す、一番簡単な対策だ。

張り込みを始めて一時間半、街が目覚め始めた。出勤する人、ジョギングする人、犬の散歩をする人……急に人出が多くなり、住宅街にもざわついた雰囲気が溢れ始める。あと三十分もすると、付近の家からサラリーマンが大量に吐き出されてくるだろう。新宿まで三十分以上かかる相模大野は、朝が早い。

岩波が腕時計を見た。手首の幅一杯の直径がある、ごついクロノグラフ。先ほどから、五分に一度はこうやって時刻を確かめ、溜息をついている。

「焦るなよ」

「焦ってませんけど、こういうのがいつまで続くんですかね」

「さあ……ちょっと下がって」大友は軽く岩波の肩を押した。

「何ですか？」

「いいから」

鷹栖の家のドアが開いた。出てきたのは鷹栖本人ではなく、中年の男性。コートが必要な陽気なのに、地味なグレイのスーツ姿だった。真っ赤なネクタイが、胸元で浮いている。鷹栖の父親だろう。背中を丸めて、競歩並みのスピードで駅の方に向かって歩いて行く。

「父親は普通のサラリーマンみたいですね」岩波が感想を漏らした。

「ああ」

「息子があれじゃ、大変じゃないかな」

「だろうな」

働きもせず、学校へ行くわけでもなく、好き勝手にやっている息子。しかも「スリの弟子」を自認している。警察がその気になれば、共犯として逮捕されてしまうわけで、そうなったら、こんな風に勤め先へ急ぐ日常も終わってしまうかもしれない。

何となく、鷹栖は逮捕すべきではない、と思っている。あの若者は……悪の側にいる人間ではないような気がするのだ。もちろん平山は、完全に「あちら側」の人間である。成人してからの大部分の日々を、刑務所で送ってきたのだから、絶対に否定はできない。しかし鷹栖は、何か違うのだ。敢えて言えば、あの男の行動原理は、「面白いか面白くないか」なのではないだろうか。それは必ずしも、責められることではない。あとは「面白くても間違っている」こともあると学べばいいのだ。

「来ましたよ」

岩波の声で我に返る。再びドアが開き、鷹栖が家を出てきた。小脇にはヘルメットを抱えている。革のライダースジャケット姿。まだ朝の寒さが残っており、スクーターに跨ってエンジンをかけた後も、すぐにはスタートしようとしなかった。見た目と違い、暖気運転はしっかりするタイプのようだ。

大友は急いでスクーターに駆け寄り、鷹栖の肩を叩いた。振り向いた鷹栖がびっくりした顔で、口をぽかんと開ける。

「何だ、あんたかよ」

「そう」

「何か用？」

「平山さんを殺した犯人を捕まえたくないのか？　最初は、そのつもりで僕たちに近づいてきたんだろう?」

「何かあったのか?」鷹栖が目を細める。

「たぶん、ね。解決するには、もう少し君の力が必要なんだ。協力して欲しい」

「もう、話すことなんかないけど」真っ直ぐ大友の目を見たまま、鷹栖が言った。

「そうかな。まだ隠していることがあるだろう」

「何もないね。すっからかん。ゼロ」鷹栖が両手を頭の上に挙げ、ひらひらさせた。

この男は、僕にとっての数少ない例外だ、と大友は思った。僕の顔を見ただけで、何でも話してしまう人間ではない。こういう場合は、次のレベルの手段に出るしかない。

手こずっていると思ったのか、柴と森野が車から出て来た。

「まだ愚図ってるのか?」森野が鷹栖を睨みつける。

「誰が愚図ってるんだよ」鷹栖が唇を尖らせる。

「お前だよ、お前。ガキが、いつまでも生意気言ってるんじゃない」柴がぴしりと言った。「さっさと行くぞ。それとも、平山を殺した犯人が捕まると、まずいのか?」

鷹栖が急に黙りこんだ。柴が一歩詰め寄り、スクーターのハンドルに手をかける。キーを抜き取り、自分のズボンのポケットに落としこんだ。しつこく詰め寄る。

「どうなんだ? 犯人が捕まると困る理由でもあるとか……もしかしたら、平山を殺したのはお前か?」

「まさか」

「だったら何も問題ないだろうがよ。さっさと行くぞ」

柴が鷹栖の腕を摑み、強引にスクーターから降ろす。鷹栖はわずかに抵抗する姿勢を見せたが、あくまで姿勢だけである。ここで本格的に反抗すれば、本当に逮捕されるかもしれないと分かっているのだ。振り回した腕が、間違って柴の顔にでも当たれば、それこそ公務執行妨害にも暴行にもなり得る。

後部座席に大友と岩波に挟まれて座った鷹栖は、まったく動揺する様子を見せなかった。大友の顔に口を寄せると、「これがいい警官と悪い警官っていうやり方？」と訊ねる。

「そういうマニュアルはない」

「警官は全員、マニュアル通りに動いてるのかと思ってたよ」

「こういうシナリオがあると思ってるのか？　僕たちがその通りに動いていると？　だとしたら、物凄く馬鹿みたいじゃないか？」

「警察官は、基本的に頭がいい人種じゃないと思うけど」

「そう思うのは勝手だけど、警察官の前では口にしない方がいいな。本当のことを指摘されると激怒する人間もいるから」

鷹栖が声を上げて笑った。次第に笑い声が大きくなり、肩を揺すり始める。

「煩いぞ」ハンドルを握る柴が振り向いて、鷹栖を睨みながら忠告した。

「すみませんね」鷹栖が軽い調子で言って頭を下げる。「本当のことは言わないのが大人のやり方ってやつっすか?」

「こいつ、少し痛い目に遭わせた方がいいのか?」柴が拳を作って、頭の横で振る。

「いや」大友は首を振った。「どうせこれからたっぷり、辛い目に遭うと思うから」


ある意味、鷹栖の精神力には感嘆せざるを得なかった。突っ張ってこちらの攻撃を正面から受け止めるかと思えば、すっと引いていなしてしまう。まるでこの状況を楽しんでいるようだ。極めて珍しいタイプ……犯罪者への憧れを隠そうともしない若者。こういうのは、警察への憧憬——かまって欲しいと願う気持ちの裏返しであることも多いのだが、鷹栖は違うようだ。ただ、面白い事象を感知する嗅覚に頼って動いている。

取調室に入って既に一時間。大友は手を替え品を替え鷹栖を攻め続けたが、彼が作った高い壁は、一向に崩れる気配がない。いつものように腕組みをし、足を前へ投げ出して、椅子からずり落ちそうになっている。ふと、大友は、それが彼の心理的なブロックなのだろうと悟った。同じ姿勢を取り続けることで、気持ちも変わらずにキープする。足でも蹴飛ばしてみるかと思ったが、そんなことをしたら後で問題になりかねない。大友は、ペースを変えるために立ち上がった。

「それで? 平山さんを殺したのは誰なんだ」

「アタッシュケースが出てくれれば、全部解決するって」

鷹栖が指摘する通りだ。このやり取りが、何度繰り返されただろう。しかし、同じ話題が出てくる度に、大友は鷹栖がアタッシュケースのありかを知っている、と確信を強めた。話がそこにくると、いつも一瞬だが目を逸らすのだ。

「君が言ってた娘《こ》だけどな」大友は立ったまま話題を変えた。

「それが何か？」

「ずいぶん警戒してる」

「へえ」

「あの娘と平山さんの関係は何なんだ？」

「さあねえ」人差し指で鼻の横を擦る。

「一緒に暮らしていたわけじゃない」

「当たり前じゃないか」鷹栖が吹き出した。「何歳違うと思うんだよ。いくら年上が好きな女でも、あれはないぜ」

「何歳違いか、知ってるのか」

　鷹栖がぴたりと口を閉じる。一瞬だが、口を滑らせたのは間違いない。鷹栖はおそらく、佐奈をよく知っている。平山を加えた三人の関係は……大友には想像もつかなかった。

「彼女と会ったことがあるんだな？」

「見たことはあるよ」

「話したことは？」

「見たことはある」繰り返す声は、少しだけ重くなっていた。

「平山さんから、彼女に関する話を聞いたことは？」

「ないね」

今の会話自体が、大きな矛盾を孕んでいる。話したこともない、情報を聞いたこともない人間について、あんな風に話せるわけがないのだ。

「彼女は、どうして僕たちの動きを警戒しているんだ？　平山さんの仕事を手伝っていたのか」

「平山さんはソロだよ」

「それは違うな。君が手伝っていた」

「それを認めたら、俺を逮捕するんだろう？　怖いね」にやりと笑って、鷹栖が首を振った。

「アタッシュケースはどこにある？」

「さあね」

「いい加減、話してくれないと、先へ進めないいんだけど」

「じゃあ、知らないってことにしておくよ」

「適当に話を合わせるのはやめてくれないかな」大友はふと、握り合わせた両手に痛みを感じた。あまりにも力が入り過ぎていたのだ、と気づく。こんなことは滅多にない。取り調べをする方は、基本的に喜怒哀楽を感じてはいけないのだ。いつも平然、変わらぬペースでいないと、調べられる側が動揺する。

「話せば文句を言う、話さなくても文句を言う。俺はどうしたらいいんですかねえ」組んでいた腕を解き、鷹栖がゆっくりと広げる。

「正直に話してくれるのが一番だ」

「俺は最初から正直なんだけどね」

「僕にはそうは思えない。だいたい君は——」

いきなり取調室のドアが開いた。振り向くと、柴と敦美が血相を変えて飛びこんでくる。

「ガサが入った！」柴が叫ぶ。

「何だって？」

「二課が、イトハラにガサをかけたんだ！」

大友は反射的に、鷹栖の顔を見た。

血の気が引いている。唇が震え始めた。明らかに動揺する様は、今まで一度も見たことのないものだった。

この男がどうして、イトハラ・ジャパンの話を聞いてこんなに取り乱す？

糸口はここだ、と大友は確信した。

自分たちが直接捜査する事件ではない。それが分かっていても、落ち着かない気分になるのは大友にも理解できた。特捜本部では朝の捜査会議が終わったばかりで、ほとんどの刑事がまだその場に残っていたのだが、どこか落ち着かない雰囲気が漂っている。刑事たちは、そこかしこで固まっては、ひそひそと噂話をしている。

自分のせいだ、と意識する。昨夜武本に会った時、気づいているべきだった。あの男は基本的に酒が好きで、早い時間から呑み始めても、終電まで粘るのが普通である。しかし昨夜帰って来たのは、十一時前という中途半端な時間だった。おそらく、強制捜査に取りかかる前日、最後の気合い入れをしていたのだろう。予定が立てやすい内偵捜査では、よくある話だ。同時に、亀井が何故自分に接触してきたのかも、理解できた。強制捜査前日、まったく関係ない話であっても、自分たち以外の刑事が容疑者——容疑企業と言うべきか——に会いに行けば、向こうを警戒させてしまう。

あるいは、自分がイトハラ・ジャパンに接触したために、二課が強制捜査を早めた可能性もある。向こうが警戒して防御壁を作るつもりなら、完成する前に急襲しろ、ということだ。もしもそうなら、この捜査は失敗する可能性が高い。内偵捜査は、水も漏れ出ないほど十分な下準備をして取りかかるのが常識である。そうでないと、相手に逃げる隙を与えてしまうのだ。強制捜査は、完璧なシナリオを裏づける材料探し。それができないと、裁判で被告側に反論する余地を与えてしまう。

「すみません」大友は第一声でまず友永に詫びを入れた。

「いや、お前のせいじゃない」そう言う友永の顔からは、一切の感情が消えていた。怒りを隠すために、わざと無表情になる――友永はそういうタイプのようだ。

「そもそも容疑は何なんですか」

「背任と業務上横領らしい」

　それを聞いた瞬間、大友はまさに顔から血の気が引くのを意識した。会社の金が絡む犯罪――奥沢はまさに、そのハブに当たる存在ではないか。本人が会社の金に手をつけたか、あるいは不正を知る存在。二課にとっては本丸そのものか、極めて重要な証人であることは容易に想像できる。

「具体的にはどういうことなんですか」大友は友永に食い下がった。

「容疑が分かっただけなんだ」バツが悪そうに、友永が頭を掻く。「情報は収集してるが、まだ詳しいことは分からない。そのうち、きちんとした話が回ってくるだろう」

「それじゃ遅いですよ」大友は思わず声を張り上げた。「うちの事件との関係を、早くはっきりさせないと」

　二課は知っている。自分たちだけが何も知らぬまま、この殺しの捜査を続けていったら、いずれは馬鹿を見ることになるのではないか。まったく見当外れの状況にはまりこむほど、馬鹿げたことはない。

「分かってる」友永が舌打ちした。「とにかく調べておくから、お前は鷹栖の方を頼む」

「ええ」盗まれたアタッシュケース。殺された犯人。大規模な企業犯罪。全てを結びつけるのは、アタッシュケースの「中身」だ。

特捜本部のざわつきが急に消えた。嫌な気配を感じて振り返ると、後ろのドアの方から誰かが入って来るところだった。

亀井。

その付近に集まっていた刑事たちが、すっと身を引く。亀井は、花道を歩く役者のように胸を張り、大股でこちらに向かって来た。大友は体の向きを変え、彼と正面から向き合う姿勢を取った。

亀井が大友の二メートル手前で立ち止まり、ズボンのポケットに両手を入れて背筋を伸ばした。冷静な表情だったが、どこか余裕が窺える。明らかに自分たちが主導権を握っていると信じている様子だったし、こちらには反論できる材料がない。

「鷹栖という男の身柄を押さえてるな？　引き渡してもらおうか」

「ちょっと待って下さい」無駄だろうとは思ったが、大友は反論せずにはいられなかった。「あの男は、うちの事件の重要参考人です。今、調べ中なんですよ」

「うちの方は、極めて緊急の用件で、あの男を調べないといけない」

「アタッシュケースの件ですか」

「分かってるなら、さっさと引き渡してもらおう。本庁に連れて行く」

自分一人では反論できない。大友はちらりと後ろを振り向いて友永に助けを求めた。友永も立ち上がって亀井を睨みつけていたが、上手い手は思いつかないようだった。だが、辛うじて正論で反論する。

「そういう話なら、上を通してもらわないと困る」

「動いている事件で、そんな面倒なことはしていられませんね」

「それは困る」

「困るのはこっちなんですよ」亀井が大友の脇をすり抜け、友永と対峙する。「この捜査には、二課の面子がかかっている。協力していただけませんかね」

「ちゃんと説明してもらえば、協力するにやぶさかではない」友永が官僚的な弁で切り返した。

「そんな時間はない」苛立った口調で、亀井が言葉を叩きつけた。「鷹栖のところに案内してもらえますかね」

「それはできない」

友永が表情を強張らせた。明らかに、一戦構える覚悟を固めている。大友は割って入ろうとした。こんなところで喧嘩が始まってしまっては、どちらにもいいことがない。

「あの、よろしいですか？」

気の弱そうな声。友永が「それどころじゃない！」と叫んだが、次の瞬間には顔を蒼褪めさせ、口を閉ざした。振り向いた亀井も黙りこむ。

出入り口の方を見ると、困ったような表情を浮かべて後山が立っていた。

「参事官、どうしてこちらへ？」

大友は啞然として訊ねた。いかにも自信なさげに特捜本部に入ってきた後山だが、わずか五分で話をまとめてしまった。鷹栖の取り調べは引き続き、町田の特捜本部が行うこと。何か情報が出たら、遅滞なく二課に提供すること。二課の方でも、情報提供を積極的に行うこと。

亀井は顔を真っ赤にして抗議しようとした。プラスマイナスを計算して、二課の方が損をする、と判断したようである。だが後山は涼しい表情で、「私は刑事部長の名代ですから」と言って事態を収束させた。さすがに部長の名前を出されたら、誰も反論できない。

話がまとまった後、大友と後山は署の屋上に上がっていた。誘ったのは後山である。二人が揃って特捜本部を出て行くのを見て、奇妙な視線を投げてきた刑事は少なくない。それも当然だ、と大友は思った。自分は福原の直の子分だと思われているのだから。今頃は、「新しい庇護者に乗り換えた」と噂されているだろう。自分では何もしていないのに……人生は、思った通りにいかない。仕事も、子育ても。

「実にみっともない話です」後山が首を振った。吹きつける冷たい風が、その髪を乱す。後山が鬱陶しそうに髪をかき上げた後、手すりに両腕を預けた。さらに風が強く当たり、髪形があっという間にオールバックになる。風のせいでまともに会話が交わせそうにないので、大友は彼に近づいて自分も手すりに左腕だけを預けた。半身だけ、後山と向き合う格好になる。

「本庁は、えらい騒ぎになっていましてね。一課長と二課長が、衝突寸前でした。そこは刑事部長と福原指導官が何とか抑えたんですが、現場まではコントロールできませんからね。何しろ町田は遠い。それで私が、ここまで出張ってきたわけです」

「それは……ご苦労様です」他に言葉が浮かばず、大友は少しうつむいて苦笑を隠しながら言った。

「こういうことも給料のうちだとは思いませんでした」

「そうですか？」

「私はまだまだ、経験が浅いですよ」微笑しながら後山が首を振る。「途中で留学もしていますし、在外公館に出向になっていたこともある。あなたのように、刑事一筋でキャリアを積んできたわけじゃない。現場経験は、絶対的に少ないんです」

「ご存じだと思いますが、私のキャリアは途中で折れていますよ。今、こうやって現場にいるのは、あくまで特例なんです」

「失礼」後山が咳払いした。「あなたの働き振りを見ていると、つい、今の状況が当たり前だと思ってしまいます」

「私にとっては、あくまで特殊な状況です」大友は繰り返した。

「とにかく今後は、二課ともできるだけ協力して捜査を進めて下さい」

「分かりました」大友は不満を呑みこんだ。元はといえば、二課がいかにも秘密を隠した、上から目線の態度で接してきたから、こんな風になっているのだ。ただ、一歩引けば、自分はあくまで刑事総務課の人間である。現場の刑事がスムースに捜査できるよう、調整してやるのも仕事の一つなのだ。

「それより、二課の事件がどういうことなのか、教えてもらえませんか」

「非常に複雑な経済事犯です。二課は、よくここまでこぎつけました」

大友は無言でうなずき、先を促した。屋上は思ったよりも寒く、コートも着ていない状態では、それほど長くはいられないだろう。後山が手すりから腕を離し、大友と正面から向き合った。

「そもそもの発端は、イトハラ・ジャパンが計画したM&Aです」

大友はもう一度、素早くうなずいた。一課的な感覚からは外れた言葉である。

「イトハラ・ジャパンは、台湾の電子機器会社に対する買収工作を進めていました。ところが、一連の経緯の中で、不正な金の支出があったんですね。その金が、創業者一族の海外口座に流れていた、というのが事件のあらましなんです」

「額は？」

「数十億。逮捕容疑は、はっきり裏づけられる十億円ほどの部分になるでしょう」

大友は力なく首を振った。創業者一族が今も経営に参画し、筆頭株主でもある会社。潜在的に様々な問題があるのは想像できるが、金とは……だいたい、創業者一族なら、保有している株からの配当も相当な額になるはずだ。この不況時にあって、イトハラは会社が傾くような状況ではないのだし、今後も金は入ってくるだろう。しかし、欲望に限りはないということか。

「M&A自体には、問題はないんですか」

「今のところは。実際には、イトハラ主導ではなく、台湾企業側の要請によるものなんです。世界的な不況の影響で、あちらも相当大変なようですからね。イトハラ傘下に入ることで、何とか技術の生き残りを考えていたようです」

「だったら、金の流用は、イトハラ内部だけの問題ということですね」

「ええ……その中で、奥沢さんがどういうポジションにいたかは、だいたい想像がつきませんか？　経理部の次長というのは、一番金に触れるポジションでしょう。本人の意思に関係なく、上から命じられれば、ねえ」後山が顔をしかめる。

「実際にそうだった、という確証は得られているんですか？」

「それをこれから調べるところだったんです。だから奥沢さんの自殺は、捜査二課には大きな痛手だったんですよ」

「分かります。彼は容疑者だったんですか？」

「容疑者かどうかはともかく、少なくとも、ハブになり得る人間でした」後山がうなずいた。「だから、今後の捜査は難しくなるかもしれない」

「諦めるんですか？　もしかしたら、今日の強制捜査もタイミングが早過ぎた……」

「これは、前から決まっていたことです。ただ、昨日の奥沢さんの自殺は、まったくのアクシデントでした。しかもあなたたちが、裏の事情を知らずにイトハラに突っこんでいったから、捜査二課が疑心暗鬼になるのは分かるでしょう」

「ええ」

「二課からは、だいぶ失礼なことを言われたと思いますが、気にしない方がいいですよ。誰でも、重要な局面にあって、関係ない人が突然乱入してくれば、焦ります」

「分かっています」

「結構です」後山が微笑んだ。キャリア官僚とはいえ、修羅場を何度もくぐったであろう警察官とは思えないような、柔らかい表情だった。「今後は、連絡を密にして下さい。友永管理官も、よく理解してくれていると思います」

本当に？　どちらかといえば温厚な友永が、瞬間的にだが、あれほど激しい怒りを見せたではないか。大友は、彼が陰で臍《ほぞ》を噛んでいるのでは、と想像している。

「あなたも、上手く一課と二課のブリッジになって下さい」

「元からそのつもりです」実際には、一課に肩入れしてしまうのだが。

「結構です」後山が繰り返し、体重移動して右手を手すりから離した。腕がだらりと垂れ、体に当たる。「それでは、私はこの辺で。後はよろしくお願いします」

「あの、参事官？」

「何でしょう」後山が、不思議そうに大友を見た。少年――というか、子どものような目つきになっている。

「私に向かって、丁寧に話すのはやめていただけませんか？　何か……変な感じがしますので」

「すみません、これは生まれつきなので。こういう仕事を選んでいなければ、私は今頃、お茶の先生になっていたと思います」

「は？」

「実家が、茶道の家元でしてね。私は、ああいう古臭い世界が嫌で家を出てしまったんですが、子どもの頃から染みついた習慣は、簡単には変わらないようです」

「うちの義母も、お茶を教えています」

「ああ」後山の笑みが少しだけ大きくなった。「そのうち、お会いしたいですね」

「それともう一つ、いいですか」

「何なりと」後山が腹に手を当て、軽く体を折った。

「前に、『子どものことではいろいろある』と仰っていましたよね。差し支えなければ、どういうことなのか教えてもらえませんか？　お節介かもしれませんが、一人で子育てしている人間としては、気になるんです」大友は、彼もシングルファーザーで、育児に苦労しているのではないかと想像していた。だとしたら、数少ない仲間同士だ。大友の経験では、母親同士はすぐに子どもを共通点にしてくっつく。だがその輪の中に、男である自分が入っていくのは、まず不可能だった。あの雰囲気には……とても馴染めない。彼が同じような問題で悩んでいるとしたら、情報交換できる貴重な相手だ。

「それは、ちょっと」後山がひょこりと頭を下げた。「プライベートな問題ですので、人に教えることではないと思います。申し訳ありませんが」

「いえ……」

「いずれ話すことがあるかもしれません。もう少しあなたと一緒に仕事をして、親しくなれれば、ですね」

「参事官から仕事が降ってくるということは、私はまた、他の人間から疎まれる可能性が高いんですが」

「何事も経験です。私のような若輩者が言う台詞ではないかもしれませんが……それでは」もう一度頭を下げ、後山が階段の方に戻って行った。

一人取り残された大友は、寒さに耐えかね、思わず両手を擦り合わせた。

やはり考えは、あのアタッシュケースに向かっていく。今思えば、全ての筋がぴたりと合うのだ。大友の想像は一気に走り、あっという間に完璧なシナリオが出来上がった。

奥沢は、イトハラ・ジャパンの事件で重大なキーパーソンだった。実際に金を動かす仕事をしていたか、あるいはその全貌を知る立場。おそらくあのアタッシュケースの中には、事件の鍵になる資料が入っていたのだろう。何故そんな物を持って自宅近くをうろうろしていたかは分からないが、ひったくりに遭ったのは、まったく想定外の出来事だったはずだ。そういう状況なら、警察に届け出られなかったのも理解できる。仮にアタッシュケースが見つかっても、中身について説明を求められたら、答えに窮したのではないだろうか。特に、二課の捜査の手が自分に迫っていると意識していれば。

問題は、何故平山が殺されたか、だ。最悪の想像が頭を過ぎる。奥沢が、あるいはイトハラ・ジャパンが一丸になって、警察より先に平山を見つけ出した。アタッシュケースのありかを吐かせようとしたが、平山は強硬に拒否し、その結果、殺されてしまった――一流企業の社員たちがやることとは思えないが、今やあの企業は大友の中では「一流」ではない。創業者一族が適当に金を回し、自分たちの私腹を肥やしているだけではないのか。もちろん、仮に平山殺しにイトハラの人間がかかわっているとしても、自分たちの手を汚したとは考えにくいが。大企業は、裏の人間とつながりがあることも少なくない。いざという時、手を汚してでも「仕事」をしてくれる人間を探すのは、さほど難しくないだろう。

平山をすぐに捕まえられる人間？　それなら、森野が知っているかもしれない。

大友は、腕時計を見た。後山と別れてから一分ほどしか経っていない。ということは、鷹栖を放置してから二十分が経ったことになる。あいつには、もう少し孤独な時間に耐えてもらおう――これは、警察がやれるぎりぎりの拷問だ。取り調べをするでもなく、ただ一人きりでその場に放置する。当然、何の説明もなし。どんな容疑者でも、これをやられると疑心暗鬼になるものだ。次に刑事が取調室のドアを開けた時、その顔が死刑執行人のように見える。

まず、森野。この事件は彼から始まり、彼に終わるのかもしれない。

「奴のスリ仲間ね……いないこともないが」しばらく話し合った末、森野がようやく認めた。

3

「教えて下さい」大友はプラスティックの湯呑みに入った薄い茶を啜った。少し場所を変えて森野をリラックスさせようと、署の食堂に誘ったのだが、大友は自分がうんざりしているのを意識していた。本庁の食堂は清潔で、大会社の社員食堂という感じがするのだが、所轄の食堂はどこも、微妙に投げやりな雰囲気が漂っている。手っ取り早く署員にカロリーを補給させるだけが狙いなのだ。「味わい」の概念はない。

「手がかりになるかもしれません」

「ああ」渋い表情で、森野が紙コップのコーヒーを啜った。そこから一気に飲み下すと、さらに顔をしかめる。

「イトハラの人間が、自分たちだけで平山に辿りつけるとは思えないんです。例えば同業で、平山を知っている人間を摑まえて金を渡して喋らせたとか」

「あり得る話だな。その線で考えると、イトハラのブラックな面にかかわっていた人間が怪しくなる」

「ええ……いくら何でも、イトハラの社員が直接、平山を手にかけるとは思えません」

「分かった」森野が紙コップをテーブルに叩きつけた。まだ残っていたコーヒーが跳ね、天板に薄茶色の染みができる。「行くか」

「お願いします……どこですか」

「ちょっと遠いんだ。八王子なんだけどな」

「それなら、横浜線で一本ですよ」

「ああ、そうか」森野が頭を掻いて苦笑いを浮かべた。「どうも、多摩の地理は分からんな」

「町田は、東京の飛び地みたいなものですから」うなずき、大友は立ち上がった。森野も続く。「他に誰か、連れて行かなくていいですか？」

「心配いらない。そいつは平山より年上だからな。それより、鷹栖はどうする？」

「岩波に相手をさせておきましょう。二人で、バイク談義で盛り上がってくれればいいですよ」

「いつまでも引っ張れないぞ」森野が眉を顰める。

「岩波の話術に期待します」

「それはちょっと、無理じゃないかな」森野が苦笑した。「あいつは、弁が立つとは言えない」

「いい訓練になるでしょう」大友は森野の紙コップを取り上げ、中が空になっているのを確かめて握り潰した。そのまま近くのゴミ箱に放ると、ストライクになる。

幸先いいスタート、と思いたかった。

森野が平山の知り合いだと言った門山《かどやま》は、京王線狭間《はざま》駅の近くに住んでいるという。

「平山より年上っていうことは、もういい年ですよね」車の中から家を探しながら、大友は訊ねた。

「七十四歳」森野が無愛想な口調で言った。門山に会うのに気乗りしないのは明らかだった。

「当然、スリは引退してるんですよね」

「もちろん。平山みたいに、七十歳を越えてもあんなことをやってる奴は阿呆だ」

「どうやって暮らしてるんですか」

「子どもが援助してるんだよ。これがまた、よくできた息子でね……親父は何回も刑務所に入って、学校とかでも大変だっただろうに、きちんと奨学金を貰って国立大学まで出て、自分で小さな会社を興した」

「それは……大変だったでしょうね」普通に就職するわけにはいかなかったのかもしれない。父親が犯罪者と分かれば、人事担当者は偏見の目で見る。間違った見方だが、それが現実だ。

「たぶん、俺たちが想像してるよりもずっと、な。今は老人向けの給食会社をやってるんだが、高齢化が進んで、商売は繁盛してるらしい。繁盛っていう言い方も嫌らしいが」

「別々に住んでるんですね？」

「息子は、父親を引き取ってもいいと思ってるようだが、門山本人が嫌がってな。散々子どもに迷惑をかけて、これ以上面倒を見てもらうわけにはいかないと言ってる。仕方なく、息子の方は、金銭的な援助だけを続けてるんだ。お互い、それぐらいの距離感の方がいいのかもしれないがね……そこだ」

「普通のアパートですね」大友はゆっくりとブレーキを踏みこんだ。木造二階建て、大家が一階に住んでいるタイプだ。建物の前には車が四台停められる駐車場。一番右側には、銀色のシートを被ったバイクが二台、停めてある。

「取り敢えず、俺が喋るわ」言って、森野が溜息をついた。

「構いませんけど……何か、嫌なんですか？」

「奴はもう、耳が遠いんだよ」森野が自分の耳を引っ張る。「すっかり話しにくくなってな」

「それにしても森野さんも、よく今でも面倒見てますね」

「そういうわけじゃない」

森野が激しく首を振る。照れ隠しだ、と大友にはすぐに分かった。

「こっちも、もう年寄りだ。ジイサンと話している方が楽なんだよ……ほら、何笑ってるんだ。行くぞ」

森野が乱暴にドアを開ける。大友もすぐ後に続いた。部屋は一階の南東側。窓にはカーテンがかかっており、中に門山がいるかどうかは分からない。

「出かけてるってことはないですか？」

「出かけてても、すぐに帰って来るよ」左右を見渡し、道路を渡り始めながら森野が言った。「最近は近所で買い物か、病院ぐらいしか、行くところがないからな。一人暮らしの七十四歳のジイサンなんて、そんなものだ。侘しい限りだな」

森野が、門山の部屋のドアをノックした。反応はない。大友は「いないんじゃないですか」と言ったが、森野は「焦るなよ」と言い返して、もう一度ドアをノックした。かなり激しく、夜中だったら隣近所を気にしなければならないぐらいの音量だった。

「門《かど》さん、いるんだろう？　おい、開けろよ。森野だよ」ドアに顔を近づけ、思い切り怒鳴る。大友は少し離れて、周囲の様子を窺った。昼間だからなのか、アパートに他に人はいないようで、それだけが救いだった。

森野が一歩下がる。ほどなく、ドアが細く開いた。そもそもないのか、チェーンはかかっていない。

「門さん、駄目だろうが。すぐにドアを開けちゃいけないって何度も言っただろう」

「面倒なんだよ」怒られたと思ったのか、門山の声には元気がなかった。

「面倒でも、こういうことはちゃんとしなくちゃ駄目だ。物騒な世の中なんだからな」

元スリに防犯の心得を説く刑事……奇妙な光景だったが、大友はようやく、森野の人間性を理解し始めていた。本気で怒りながら、本気で面倒を見る。そうでなければ、とうにスリの一線から引退し、息子の援助で静かに暮らしている老人の様子を知っているわけがない。

「ちょっと上がっていいかい」

「ああ、まあ……」

「別に見られて困るような物もないだろう……ああ、こっちは俺の後輩でね」後ろに控える大友に向かって、親指を向ける。「いい男だろう。女にもて過ぎて困ってるんだ」

「森野さん……」

溜息と一緒に言葉を絞り出すと、森野が振り向いてにやりと笑う。それから、門山のはっきりした許可を得ないまま、平然と靴を脱いで部屋に入って行った。

典型的な単身者用の１ＬＤＫ。ＬＤＫの方も六畳ほどしかなく、実質的には１Ｋという感じだ。台所は雑然として、傷だらけになったテーブルにはカップ麺やパンの袋が乗っている。冷蔵庫には、マグネットでメモがべたべたと貼りつけてあったが、それがスーパーの特売日を示した物だと大友にはすぐに分かった。大友の場合、近くのスーパーのチラシを持っていって、警視庁の食堂で昼飯を食べながらチェックするのが日課になっている。かすかに焦げ臭い臭いがしたが、ガス台の上に、洗っていない魚用の網が乗っているせいだと気づいた。

森野は奥の部屋へ入り、コタツの前で胡坐をかいた。大友に目配せし、近くに座るよう、指示する。大友はコタツには近づかず、畳に直に腰を下ろした、門山がのろのろと部屋に入って来て、森野の向かいに座る。改めてみると、ひどく弱っている感じがした。ひょろりとした体形で背中は丸まっているし、両耳の上にわずかに残った髪はすっかり白くなっている。薄い茶色の畝織のシャツに、目の詰まった分厚いセーターを着こみ、下はジャージ。すっかり膝が抜けているところを見ると、ジャージは十年ぐらい穿き続けているのではないかと思えた。

森野は、籠に積み上げてあったミカンを勝手に手に取り、いきなり皮をむき始めた。一房口に放りこむと、顔をしかめて「酸っぱいな」と文句を言った。

「安かったから」

「じゃあ、しょうがない」

こういうやり方は自分にはできないな、と大友は感心した。相手によってある程度は対応を変えるが、その場合でも「図々しく」演じることはない。そういうのは自分のキャラクターではないと思っているし、照れもある。

「それで、最近どうよ」森野がくだけた口調で続けた。

「まあ、いろいろね」

「体調は？」

「この年になると、何もない方がおかしい」

「だろうねえ。俺ももうすぐ定年だ」

「お疲れ様で」

奇妙なやり取りを聞き、大友は下を向いて笑いを堪えた。年は離れているが、立場的には森野の方がずっと強いだろう。門山は恐縮しきっていた。顔を上げた瞬間、大友はセーターから突き出た門山の右手首に、赤黒い痣《あざ》があるのに気づいた。それほど古い傷ではない。殴られたか、あるいは縛られた……嫌な予感が膨らむ。

「ちょっと聴きたいことがあるんだけどな」森野の声は、普段の五割増しで大きい。耳が悪いという門山に気を遣っているのだろう。

「はあ」門山が溜息をつくように相槌を打つ。

「門さん、平山は知ってるよな。平山治朗」

「ああ」

「最近、会ったか？」

「いや、どうだったかな」

「惚けるなよ」言い方は厳しかったが、目は笑っている。「会ってるんだろう？　あんたにとっちゃ、数少ない友だちじゃないか」

「友だちじゃないよ」門山が苦笑する。

「ああ、まあ、言葉は何でもいいんだが、知り合いは知り合いだろう」

「まあね」

「あいつが殺されたの、知ってるよな」

「……ああ」溜息をつくような返事。

「奴はどうして殺されたんだ」

「知らんよ」びくり、と体を震わせて顔を上げる。自分に容疑がかかっていると勘違いしたのかもしれない。今の門山には、人を殺すことなど絶対に無理だろうが。

「奴が、先々週の土曜日に、町田の駅前でひったくりをやったのは知ってるか」

「さあ……そんなニュースは見た覚えがないねえ」

「奴から連絡があったんじゃないか？　ちょっと家捜しさせてもらおうかな。奴がひったくったアタッシュケース、この家にあったりしてな」森野が立ち上がりかけた。

「ちょ、ちょっと」門山が慌てて腕を伸ばし、森野のコート——家に入っても着たままだった——の袖を摑む。

「何だよ」森野が片膝ついた姿勢で、門山を睨む。「調べられると、何か困るようなことでもあるのかい」

「そうじゃないよ、森野さん」年下の相手に懇願するような、情けない口調だった。「俺はもう、そういうのには縁がないんだから。自分でもやらないし、そういう連中ともつき合いはない」

「そうかね」森野がまた胡坐をかいた。「だけど、平山とは連絡を取り合ってたんだろう？　会って昔話でもしてたのかい」

「まあ、それはいろいろ……」

「はっきりしねえな、おい」森野がこたつの上に身を乗り出した。口調が荒っぽく変わっている。「こっちはな、何も昔話をしたくてここへ来たんじゃねえんだよ。捜査なんだぜ？　人一人の命が失われたんだ。知ってることがあるなら話せよ。平山とは、何か話をしたんだろう？　奴から何か預かってないか？」

「そんなことはないよ」

門山の唇が震え出した。隠しているからではなく、おそらく恐怖のために。とうの昔にスリ稼業からは足を洗い、今は忍び寄る老いと静かに戦っているだけの日々。そこへいきなり、昔馴染みの刑事が踏みこんできたら、恐怖におののくのも当然だろう。

大友は素早く立ち上がり、門山の横へ移動した。右手首を摑むと、門山の顔に苦痛と恐怖の表情が浮かぶ。

「この怪我はどうしたんですか」

「いや、別に……」

門山が視線を逸らす。大友は森野に視線を投げ、この場は自分に任せて欲しい、とサインを送った。腕組みしたまま、森野が渋い表情でうなずく。

「最近の傷ですよね。どうしました？　誰かに殴られたか、縛られたかしたんじゃないですか？　誰かがここに訪ねて来たんでしょう」

門山がびくりと体を震わせる。想像が当たったのだ、と大友は確信した。

「誰ですか？　あなたを脅して、平山さんの居場所を確かめようとしたんでしょう」

「……知らんよ」まだ顔を背けたまま、門山がつぶやいた。

「名前は知らなくても、顔は分かるでしょう。どういう人間だったのか、説明して下さい。我々が割り出します」

「そんなこと……」

「仕返しを心配しているなら、考え過ぎですよ」大友は小さく笑った。「そいつをぶちこみますから。刑務所に入ってしまえば、もうあなたに危害を加える恐れはない。協力してもらえますね？　平山さんを殺した犯人に辿りつけるかもしれないんです」

門山が、もごもごと話し始めた。説明されても、思い当たる節があるわけではない。これは組織犯罪対策部の仕事なのだ、とすぐに分かった。それなら、データベースのような人間がいる。森野がスリの顔と名前を何百人も記憶しているように、暴力団の幹部からチンピラまで、しっかり頭に情報をインプットしている専門の刑事を、大友は何人も知っている。

そして門山が話す男の特徴は、それほど記憶力のよくない人間でも、簡単に覚えられるものだった。

右耳がない。


門山の家を出て、これからの動きを頭の中でまとめる。まず特捜本部に連絡を入れ、先々週の土曜日に門山を脅した人間——片耳の男——を特定しなければならない。ここはやはり、組織犯罪対策部の力を借りるしかないだろう。もう一つ、門山が明かした、平山が密かに用意していたというアジトの捜索が必要だ。そこにアタッシュケースがある可能性は高い。それさえ見つかれば、二課は満足するだろう。そうすればこちらは、邪魔されずに平山殺しの捜査に専念できる。もちろん、イトハラ・ジャパンの会社としての関与が証明されれば、もっとややこしい捜査が始まるのだろうが。

覆面パトカーの助手席で、森野が特捜本部に電話を入れている間、大友は京王線の狭間駅まで車を走らせた。まだ電話が終わらないので、そのまま放置して駅へ走り、売店で夕刊を三紙、仕入れてくる。どの新聞も、イトハラ・ジャパンの件は一面に掲載されていた。車へ戻り、ちょうど電話を終えていた森野に一紙を渡す。

「こりゃあ、大スキャンダルじゃないか」森野が唸るように言った。

「そうですね」

大友は記事に意識を集中した。

『精密機器メーカー最大手、イトハラ・ジャパン（本社・東京都港区）が、台湾企業の買収に絡んで、買収資金の不正操作をした疑いが強まり、警視庁は十五日、業務上横領などの疑いで同社の家宅捜索を始めた。買収資金に見せかけた金の一部は、創業者一族が持つ海外口座に移されていた疑いがあり、警視庁では金の流れの解明に全力を注いでいる』

めくって、社会面。昨日自分たちが事情聴取のために赴いたイトハラ・ジャパンの本社ビルに、捜査員が大挙して入る場面の写真が大きく掲載されていた。見出しは『創業者一族　不正蓄財にメス』。あれだけ大きな会社になっても、実態はほとんど私物のようなものだったのではないか、と大友は想像した。従業員にしたら、たまったものではないだろう。自分たちが汗水垂らして働いた金を、不正な操作で創業者一族が懐に入れていたとしたら。

『同社では、一昨年一月、台湾企業の買収に社内的に合意。この際、買収資金として、実際よりも多い金額を計上し、買収費用との差額を、ヨーロッパにある創業者一族の銀行口座に移し、ロンダリングしていた。額は三十億円程度と見られる』

『イトハラ・ジャパンは、一九二九年創業の、精密機器メーカーの老舗。工作機械の分野では国内トップのシェアを誇り、海外にも展開している。ここ数年は海外企業に対する買収策を積極的に押し進め、海外展開をさらに拡大していた』

『現社長の糸原忠義《ただよし》氏は四代目。親族が経営陣の多くを占め、創業者の故・糸原佐吉《さきち》氏直系の親族が筆頭株主になっている』

記事を読んだだけでは、家系図がはっきり分からなかった。社長と筆頭株主の関係はどうなっているのか。おそらくこの新聞は、事前に情報をキャッチしていなかったのだろう。少しでも情報が漏れていたら、もう少し詳しく調べるぐらいの余裕があったはずだ。せめて、創業者一族のしっかりした家系図を載せるとか……社長からして、四代目ではあるが、創業者の直系の家系ではないようにも読める。そもそもこの記事では、肝心の金を手に入れた人間が誰なのか、分からない。社長なのか、大株主の中の誰かなのか。もう一紙にも目を通してみたが、必要な情報は得られなかった。二課は、かなりの秘密捜査を展開していたのだろう。マスコミに漏らすなど、御法度だ。

だったら何故、有香は二課の動きを知っていた？　少なくとも東日新聞は、事前に二課の動きに感づいていたはずである。そちらの方がもっと詳しく……記事を確かめようと思って、森野に渡してしまったのが東日だと気づいた。

「そっち、どうですか？　少し詳しく載ってると思いましけど」

「ああ、あのお嬢ちゃんの新聞か」森野が新聞から顔を上げ、にやりと笑った。

「知ってるんですか？」

「有名人じゃないか。だいぶ一生懸命動いたみたいだな」

「そもそも誰の懐に金が入ったか、書いてありますか？」

「いや。どうも、えらく複雑な一族だったみたいじゃないか。大株主ってのは、創業者の二番目の奥さんの孫たちらしいな」

「会社の経営を引き継いだわけじゃないんですね？」

「そっちは、最初の奥さんの子どもたちが継いだように読めるな……ただ、この記事を書いたのがあのお嬢ちゃんだとしたら、あまり頭は良くないね」森野が苦笑いした。「いくら家系が複雑だからって、少し整理すれば分かるだろう。一夫多妻制のアラブの王様とかじゃないんだから」

「明日の朝刊には、もっと詳しい記事が載るでしょう」

「事件の経過を新聞で知るのか？　それは警察官としてどうなんだよ……まあとにかく、さすがに二課も、これで話す気になるんじゃないか？　それぐらい、管理官にきちんと仕事をしてもらおう。今夜の捜査会議では、この事件についてきっちり解説してもらわないとな……それより、そっちの新聞には、事件の端緒について何か書いてあるか？」

「なかったですね」大友は二紙を丁寧に畳んで森野に渡した。

「そうか。だったら東日さんは一歩リードしていたかな。発端は内部からのリークだったらしいぞ。そう書いてある」

「タレコミですか」

「ああ。まさか、それが奥沢の仕業ってことは……」

「違うでしょう」大友は断言した。「情報提供者なら、二課も全力で守るはずです。社内の不正を告発しようとして、それで殺されてしまったら、内部告発しようとする人なんか、いなくなってしまいますよ」

「ということは、奥沢は会社側の人間だったわけだな。何か証拠を握っていた」

「やっぱり、アタッシュケースの中に入っていたのは、事件の重要な証拠だったんですよ。会社側がそれを取り返そうとして、平山を殺してしまった」

「嫌なシナリオだな、ええ」吐き捨てるように森野が言った。「どうする？　特捜本部に戻るか？」

「いや、平山のアジトに直行しましょう。鷹栖も連れてきてもらいます。あいつが知らなかったわけがない。少し絞り上げます」

「そうだな」うなずき、森野が新聞を畳んで後部座席に放り投げた。

「運転、替わってもらえますか？　特捜に話をします。それと、門山を脅した人間を割り出したいので」

「組織犯罪対策部に知り合いでもいるのか？」

「何人か。刑事総務課ですから、全方位外交なんですよ。ちょっと連絡を取ってみます」

一度外へ出て、運転を交替した。午後遅く、街は弱い日光に暖められていたが、大友は思わず身震いした。捜査の終わりが近いのを予感していたが、行き着く先を想像すると、暗澹たる気分になるのだった。

4

「そいつなら知ってるぞ」組織犯罪対策部の荒熊《あらくま》が即座に断言した。

「誰ですか？」

「南関東連合の本間《ほんま》っていうチンピラだ。頭のいい奴だぜ」

「片耳がないっていうのは……」

「若い頃――それこそ十代の頃に、喧嘩でやっちまったそうだ。耳を削ぎ落されたんだよ」

大友は思わず身震いした。そういう荒っぽい話は、自分の専門ではない。

「まあ、若気の至りってやつだな」

「今でも荒っぽいことはしますかね」

「それは、必要ならやるだろう。仮にも代紋を背負ってるんだからな。最近、連中も金では苦労してるが、舐めちゃいけないぞ。手負いの動物は凶暴になるしな。で、そいつがどうした」

大友は簡単に事情を説明した。荒熊に喋っても、どこかに話が漏れる可能性は低い。口が固く、信頼できる男なのだ。

「なるほど。奴もえらくでかい事件にかかわってるんだな」

「雇われただけだと思いますが」

「パクるのか？」

「もう少し周りを固めてからです」

「手が要る時は声をかけてくれ。南関東連合の連中とは、久しく会ってないからな。たまにはご挨拶してやらないと」

あなたのご挨拶は「挨拶」では済まないでしょう、と大友は苦笑した。荒熊はまず、その絶対的な存在感で、相手を威圧してしまう。巨体を常にダブルのスーツに包み、足元は何故か、スーツとまったく合わないコマンドソールのブーツ。顔の傷が迫力を増幅させている。笑うとその傷がさらに際立って、凄みも増す。暴力団に対して、まったく臆せず立ち向かえる男だ。そもそも本人の風貌が、暴力団以上に周囲に恐怖を与えるのだが。

電話を切ると、「荒熊かい？」と森野が声をかけてきた。

「ええ」

「奴の情報なら間違いないだろう。で、相手はどの程度の幹部なんだ？」

「荒熊さんは、チンピラだって言ってましたが」

森野が声を上げて笑った。

「奴から見れば、どんな大幹部でもチンピラだよ。まあ、実際にパクりに行くのは、もう少し情報を仕入れてからにした方がいいだろう」

「そうします」

「……で、どの辺だ？」

大友は地図を見ながら、細かい道順を指示した。アジトというか、隠れ家というか……そのマンションは、平山の家から直線距離にして五百メートルも離れていなかった。

車から降りてマンションを見上げながら、森野が「こっちの方がよほど立派じゃねえか」と悪態をついた。

このマンションについても、門山から聞いたのだった。門山は、本間たちに脅されて「町田近辺でひったくりをやりそうな男」として平山の名前を挙げてしまったというが、彼のもう一つの住まいについては明かさなかったという。恐怖に耐えることはできなかったが、全てを話さないことで、平山を守ったつもりだったのかもしれない。

「確かに立派ですね」

茶色いタイル張りのマンションは十階建てで、まだ新しい。築五年以内、といったところだろう。

「平山の野郎が……」森野が歯ぎしりをした。死んだ男に対する同情は消え、スリを追う刑事の顔になっている。「こんな贅沢する金があったのかよ」

「この近辺のスリやひったくりの被害を、もう一度調べ直した方がいいかもしれませんね。平山は、相当の数をこなしていたんでしょう」

「被疑者死亡で送検するためだけに、面倒な捜査なんかやりたくないね」森野が吐き捨てた。「それで、鷹栖はまだか？」

「おっつけ、来ると思います」

大友の言葉に重なるように、クラクションが鳴った。振り向くと、岩波がハンドルを握る覆面パトカーが、大友たちの車の後ろに停まったところだった。三課の刑事が二人、後部座席から出てきて、鷹栖を両脇から挟みこむようにしてこちらに連れてくる。

「鑑識もすぐに来ます」岩波が報告した。

「よし、取り敢えずの戦力としては十分だな」森野がうなずき、マンションの出入り口に向かって歩き出した。

「やっとここを見つけたのかよ」大友の顔を見た鷹栖が皮肉を飛ばす。

「知ってたんだな?」大友は立ち止まり、振り返った。

「知らない……ここだということは」

「隠れ家があることは知ってたけど、その場所は知らなかったということか」

「そういうこと」鷹栖の喉仏が上下した。どうやらようやく、平山の全てを知っていたわけではないと実感したようだ。

「いい加減にしろ、ガキが!」振り向いた森野が、鷹栖の頭を平手で叩いた。ぱしん、と軽い音がする。「一々もったいぶった言い方をしないで、最初からきちんと喋ればいいんだ」

鷹栖が無言で、森野を睨みつける。森野はその態度を叩き潰そうと、さらに声を荒らげた。

「お前も中へ入れ。今度はちゃんと協力するんだぞ」

森野はまだ、鷹栖が何かを隠していると疑っているようだった。しかし大友の目から見ると、鷹栖は落ちこんでいる。平山との距離感を覚えて、がっくりきているのだろう。

逆に平山は、鷹栖とある程度の距離を意識して置いていたのかもしれないと思う。興味本位で自分にくっついてくる人間を、犯罪者にしてはいけない、と思っていたのではないか。

マンションの大きさから見て、部屋はワンルームではないかと思ったのだが、実際には2LDKだった。しかし、家具の類はまったくない。人が生活している形跡はまったくなかった。

「何だよ、これ」森野が呆れたように言った。「ここが本当にアジトなのか？　門山のジイサン、ぼけちまったんじゃないのかね」

「確かにアジトなのか？」大友は鷹栖に訊ねた。

「だから、知らないって」鷹栖がそっぽを向いた。「こういう部屋があるって、話に聞いただけだから」

「で、ここを何に使っていた？」

「聞いてない」

倉庫だろうか、と大友は考えた。盗んだ品物を、一時的に隠しておく場所……違う。平山は、それほど大きな物は盗まなかったはずだ。財布か、せいぜいアタッシュケースぐらいだろう。そんなものはどこにでも隠しておける。

部屋に入り、中を慎重に調べていく。二つの部屋のクローゼットを確かめたが、完全に空だった。金庫や隠し扉の類もない。もちろん、賃貸住宅に勝手に隠し扉などをつけたら、大問題になるだろうが。

　これほど短時間に終わった家宅捜索は初めてだ、と大友は呆れた。全ての部屋を調べても十分。そもそも、空っぽの部屋を調べることに何か意味があるとは思えなかったが。

「まだ諦めるな」森野が気合いを入れ直す。「平山はここで襲われたか、拉致された可能性がある。血痕の類がないか、徹底的に調べるんだ」

　その結果、大友たちは床に這うことになった。冷たいフローリングの床に頬をつけるようにして、どこかに不審な染みはないか、観察していく。まだワックスの痕が残っているぐらいで、染み一つなかった。

「参ったな、こりゃ」リビングルームの中央で立ち上がった森野が、がしがしと頭を掻いた。舞い落ちたフケが、鑑識の調査に悪影響を与えるのではないかと、大友は心配になった。

　いきなりドアが開き、刑事たちの視線はそちらに釘づけになった。ドアを開けたのはこのマンションの管理会社の人間で、その場で凍りついている。見えない弾丸に体を貫かれたようだった。

「あの、すみません……不動産会社の方をお連れしました」

「ああ、ご苦労さん」森野が威勢良く――やけっぱちにも聞こえる――声をかけた。それから刑事たちを、リビングルームの中央に集める。四人の刑事と鷹栖がいても、狭くなった感じがしないだけの広さだった。

「大友、岩波と一緒に不動産会社から事情を聞いてくれ。他の連中は、近所の聞き込みだ。平山を見た人間がいなかったかどうか、捜せ。特に先々週の土曜日の午後から夜にかけて」

「了解です。ここをお願いします」大友は言い残して部屋を出た。外廊下に風が吹き渡り、思わず身をすくめる。よく晴れた一日で、街は既に綺麗に赤く染まり始めていた。

不動産屋は、岩波と同年輩の若者で、萎縮しきっていた。プラスティック製の書類フォルダを両手で胸のところに抱え、何度も頭を下げる。

「ここは寒いですね」彼の耳が赤くなっているのに気づき、大友は管理人に声をかけた。

「どこか、部屋を貸してもらえませんか」

「集会室が空いています」

「集会室まであるんですか?」

「分譲ですから。理事会の時なんかに使うんですよ」

平山が家を買った? たかがスリやひったくりで、そこまで金を儲けられるものだろうか。たぶん賃貸だろう——大友の想像は、すぐに裏づけられた。

集会室はがらんとした部屋で、壁際に長テーブルと椅子が積み重ねられている。岩波がすぐに長テーブルを下ろして、椅子も用意した。二対二で向き合って座る格好になる。

「平山さんは、ここを買ったんですか」

「いえ、賃貸です」飯田《いいだ》と名乗った不動産会社の男が、即座に否定した。「こちらのオーナーの方が、貸しに出していまして」

「家賃は？」

「月十万円。まだ新しい物件ですから」何故か言い訳するように、飯田が慌てて説明した。

「いつから借りているんですか？」

「契約は二月前です」飯田がファイルフォルダから書類を取り出し、ぱらぱらとめくって確認した。

「まだ引っ越していないようですけど」

「ええ。引っ越し予定はまだ決まってないようです。決まったら、すぐに連絡いただくことになっていましたけど、まだですね」

「平山さんが亡くなったこと、ご存じないんですか？」

「はい？」飯田が目を見開いた。

「殺されたんです。ニュースでも散々、やっていましたけど、見てなかったんですね？」

「……すみません」叱責されたと思ったのか、飯田が目を伏せてしまう。

「いや、責めているわけじゃありません」大友は苦笑しながら言った。「ニュースは、見逃すこともありますよね。そもそも、きちんとお金が振りこまれていれば、会社としては問題ないんでしょう?」

「ええ、もちろんですけど」飯田の顔は、目に見えて蒼くなっていた。今までの人生で、「殺人」と相対することなどなかったのだろう。

「楽にして下さい」

大友は肩を上下させた。釣られて飯田も同じようにする。溜息をついて、「本当なんですか」と訊ねた。

「ええ。先々週の土曜日に、遺体で発見されました」

「すみません、会社に連絡してもいいですか」背広のポケットから携帯電話を引き抜く。手が震えていた。「こんなこと、初めてです」

「どうぞ。ただし、ここでかけてもらえますか」

うなずき、飯田が立ち上がったが、椅子に足を引っかけてしまい、転びそうになる。相当動転していて、見ていて可哀想なほどだったが、今ここで、できる限りの情報を引っ張っておかなくてはならない。

飯田が、窓際に歩み寄って電話をかけ始めた。口元を手で隠しているし、かなりの早口だったせいで、何を言っているかまでは聞き取れない。ちらりと顔を見ると、こめかみを汗が一筋、伝っていた。部屋には暖房も入っていないのだが、冷や汗をかくには十分な情報だったのだろう。

「すみません。今、上司が来ますので」飯田が盛んに頭を下げながら席に戻って来た。

「結構です。それまでに、できる範囲で話を聴かせて下さい。家賃に関しては、どういう具合になっていますか」

「口座から自動引き落としです」

「その口座を教えて下さい」

大友はちらりと岩波に目をやった。岩波がうなずき、手帳をめくっていく。メモ魔のこの男なら、どこかに平山の口座を控えているはずだと思ったが、予想通りだった。岩波がうなずきかけてきたので、飯田に話を進めるように促す。彼が告げた口座番号を聞き、岩波が顔をしかめた。

「違います」

予想されたことだった。平山のアパートから見つかった通帳に、このマンションの家賃に相当する額の引き落としが記載されていなかったのは、大友も覚えている。平山は、別の口座を持っていたのだ。それもおそらくは、もっと大きな額を出し入れする口座を。

「契約の時、平山さんとお会いになりましたよね」

「はい」

「どうしてここに引っ越すのか、事情は聞いていませんか」

「いえ、ただ引っ越すとしか……あまりお話し好きな方ではなかったようなので」

「一人、ですか」

「特に聞いていません」

「平山さんは七十二歳なんです。今のアパート――その書類にも住所が書いてあると思いますが――で一人暮らしをしていて、それでも十分なはずなんですよ。2LDKだったら、広過ぎるでしょう」

「申し訳ありませんが、その辺の事情は分かりかねます」

飯田がズボンのポケットからハンカチを引っ張り出し、額の汗を拭った。コートを脱げばいいのに、と大友は思ったが、人間は切羽詰まると普通の判断力さえ失ってしまうものである。大友は、ターゲットを管理人に変えた。

「このマンションで平山さんを見かけたことはありませんか」手帳に挟んでおいた写真を示す。

「いや……ないですね。ないと思います」

「あの部屋を誰かが訪ねて来たり、荷物が送られてきたようなことは？」

「それもないと思います」

「こういうのは普通なんですか？」大友は首を傾げて飯田に訊ねた。「契約だけして、実際には住まないということは」

「あまりないと思います。住まないのに、家賃を払うのは勿体ないですからね。でも、何かの事情で引っ越しのタイミングが合わないということはありますよ。そういうのは、私も何件か経験しています。大抵は、引っ越せないからその分家賃を引いてくれないかとか、そういう話なんですが」

「引かないですよね」

「出る時は日割りでお返ししますが、入る時は……ちなみに平山さんからは、そんな話は一切なかったです」

「家賃はきちんと払っていたんですね」

「ええ。問題ありません」

「なるほど……」

考えれば考えるほど、事情が分からなくなる。平山はいったい、何をしたかったのだろう。どうして住みもしない部屋を契約した？　いくら現役で犯行を続けていても、唸るほど金を持っていたわけではあるまいし。

「最初に払った金額……敷金や礼金を合わせるとどれぐらいですか」

「それぞれ一か月分、それに家賃一か月分を前払いですから、仲介手数料と合わせて四十万円ですね。それと消費税」

安くはない。大友だって、それだけの金額が必要になったら、躊躇《ためら》う。優斗のことなら話は別だが。

「どういうことなんでしょうね」

「さあ……弊社としては、契約には何の問題もなかったですから」飯田が唇を引き結んだ。既に守りに入っている。何とか、会社にはトラブルが及ばないようにと必死になっているのだ。

「あなたのところに問題があるとは思いません」大友は微笑んだ。「もう少し、平山さんに関する情報があるとありがたいんですが」

「これ以上のことは分かりませんよ」飯田が首を振った。「契約の時にお会いしただけですし、何もトラブルはなかったですから」

「あなたの印象を聞かせてもらえませんか」

「はい？」飯田が目を細める。

「平山さんと実際に会って話してみて、どんな印象を受けました？　どんな人だと思いました？」

「それは、特には……」

「一々契約者の顔を見ていない？」

「そういうわけでもないです」飯田が唇を尖らせて、ささやかな抗議の姿勢を見せた。

「ずいぶん年を取った人だな、とは思いましたけど」

「分かります」大友は表情を緩めた。「七十二歳ですからね……その年齢の人が、新しく家を借りることについて、どう思いました？　お年寄りの一人暮らしで、新しく家を借りるというのは、どういうことが考えられますかね」

「誰かと住むから、だと思います」

「そうなんですか？」大友は身を乗り出した。「何か、具体的な話でも？」

「いや、そういうわけじゃなくて、最初に捜しに来た時に、二人でも住める物件を、と仰いまして」

　その相手は誰だ。

　大友は佐奈の顔を思い浮かべていた。彼女の頑強な抵抗に遭って、二人の関係は未だにはっきりしないが、平山は、佐奈との同居を前提にこの部屋を借りたのかもしれない。佐奈の部屋もワンルームだし、平山の部屋も二人暮らしには狭い。同居するために、新しい部屋を探すのは自然なことだが、いま一つ、二人の関係がぴんとこない。佐奈の戸籍や住民票に、平山との関係を示すものはない。愛人……年齢差に関係なく恋愛は成立するが——もっと奇妙な例も大友は見たことがある——だったら佐奈の態度はおかしい。愛する人間が殺されたとなったら、もっと取り乱すはずだし、自分から警察に飛びこんできてもおかしくない。

　何かが足りない、何かが……事情聴取が手詰まりになったところで、森野が部屋に飛びこんできた。鷹栖は相変わらず、ぶすっとした表情で両腕の自由を奪われている。しかしこの男は、実際にはまだ何か知っているのだ、と大友は直感で分かっていた。そうでなければ、抵抗するか逃げ出そうとしているはずである。

　不機嫌な表情を浮かべてはいるが、鷹栖はおそらく、この状況を楽しんでいる。もしかしたら、世の中の出来事全てが、暇潰しだとでも思っているのではないだろうか。後で少し怖い目に遭わせてやる必要があるが、今は駄目だ。まだ、使い道があるかもしれない。

「ここには何もないな。平山も目撃されていない。そろそろ、次の段階に移るぞ」森野が低い声で言った。

大友は無言でうなずき返し、鷹栖の目を見た。涼しい表情をしている。今にも口笛でも吹き始めそうだった。この余裕は何なんだ？　警察の仕事は遊びじゃない。撃ち合いになるようなことはないが、常に危険と隣り合わせなのだ。それを面白がっているとしたら、お前はいつか、痛い目に遭う。

「イトハラのことを、何か知っているな？」先程その話をした時、鷹栖が動揺したのを思い出す。

訊ねると、鷹栖の表情が急に真剣になった。

「そんなこと、警察に言えるかよ」

「アタッシュケースの中身がイトハラに、何か関係があるのか？」

鷹栖は答えなかった。だが震える手、顔に浮かんだ汗が、鷹栖が何かを知っている、と証明していた。

必ず、落とす。

5

捜査の方向は二つに分かれた。大友たちは、消えたアタッシュケースの行方を追う。

こちらには森野や岩波ら、最初からひったくり事件にかかわっていた刑事が割り振られた。一方柴や敦美たちは、荒熊らの援助を受け、平山殺しの最重要容疑者を追い詰める。

夜の捜査会議の後、早速動き出すことになった。ようやく捜査の手ごたえを感じたのか、指示を飛ばす友永は生き生きとしている、その明るい雰囲気は、刑事たちにも自然に乗り移った。会議の終了、作戦開始を友永が告げると、鬨《とき》の声が上がる。捜査が最終局面を迎えた時などによくある光景だ。大友はこういうのが照れ臭く、声を上げることはなかったが。

優斗のことが気になる。出発する前に、署の駐車場に一人で出て自宅に電話を入れてみたが、出なかった。昨夜と同じ状況かと思いながら、聖子の家に電話をかける。

「もしもし」

「パパだけど」

優斗だった。思わず頬が緩む。

「うん」

「今日もおばあちゃん……聖子さんの家に自分で来たのか」

「そう」優斗の返事はどこか素っ気無い。

「夕飯、ちゃんと食べたか」

「うん」

「宿題は？」まるっきり口うるさい父親だと苦笑しながら、やはり聞かざるを得ない。

「ちゃんとやってる。パパは仕事だよね」

「ああ、遅くなるかもしれない」

「僕は大丈夫だから。自分のことは自分でできるし」

「そうか」胸の奥に、冷たい風が吹いたように感じた。「じゃあ、あまり遅くならないようにな」

「うん」

最後の返事だけが、いつもの優斗だった。素直で、軽い調子で。それで少しだけ気が休まったが、自分だけが取り残されてしまったような感覚は消えない。こういうものだ、いつまでも父親べったりの息子などいるはずもないと理屈では分かっているのだが、感情的にはどうしても納得がいかない。

「どうした」

柴がいつの間にか隣に立っていた。しょげた姿を見られたかもしれないと、照れ笑いを浮かべて携帯を畳む。小さく溜息をつくと、白い息になってすぐに消えた。

「優斗が、ね」話すつもりはなかったのに、気安い相手のせいか、つい愚痴を零してしまった。

「親離れってことだろう」

「簡単に言うなよ」

「簡単に言うしかないじゃないか」柴が大友を肘で小突いた。「こっちは子どもがいないどころか、結婚もしてないんだから。分かる訳がないのに、深いことは言えない」

「まあ、そうだな……無責任な態度じゃないところは褒めておくよ」

「何を、偉そうに」柴が声を上げて笑った。「ま、この件はちょっと脇にどけておけよ。家族のことならいつでも悩める。今は事件に集中しろ」

「分かってる」大友は肩を上下させた。そこへちょうど、森野と岩波が庁舎から出て来る。二人にうなずきかけ、昼間から使っている覆面パトカーに乗りこんだ。鷹栖は後から連れられて来て、助手席の後ろ——一番いい席に堂々と座る。

「じゃあ、アタッシュケースのありかを喋ってもらおうか」隣に座った大友は低い声で言った。

「知らないんだけど」

「何だと、このガキ！」助手席に陣取る森野が気色ばんだ。「お前、警察をからかってるのか」

「知ってるなんて、一言も言ってないけど」澄ました表情で鷹栖が言った。

「話を最初に戻す気か？」

「本当に知らないって」鷹栖が肩をすくめる。「だけど、推理はできる。何で警察は、ちゃんと考えないの」

鷹栖と森野のやり取りを聞きながら、こいつはまだ自分の身を守ろうとしているのだ、と大友は理解した。本当に事情を知っているとして、迂闊にあの日——先々週の土曜日のことを喋れば、自分も共犯として逮捕される。それだけは避けたいのだろう。だから、曖昧な説明をしているのだ。

鷹栖を構っている暇はない。大友は即座に言った。

「君は逮捕しない」

「ああ？」鷹栖が目を見開いた。

「逮捕しない。この場で約束する」

「おい、大友」森野が鋭い声で警告を飛ばした。「そんなことは保証できないぞ」

「私の首をかけても構いません」鷹栖に話しかける。「逮捕しないと確約されれば、すぐにでもアタッシュケースのありかを教えるだろう？」

「俺はそんな安っぽい男じゃないよ」

「いい加減にしろ！」自分でも想像もしていなかった大声が出てしまい、大友は驚いた。車内がしんと静まりかえる。一つ深呼吸をしてから続けた。「君がどういうつもりで平山さんとつき合っていたのか、僕には理解できない。スリなんかに憧れていたとしたら、単なる馬鹿だ。いつかは捕まって、刑務所行きになる――」

森野の携帯が鳴り出し、大友は口をつぐんだ。まずいタイミングだ。もう少し脅し上げれば、鷹栖は喋ったかもしれないのに。

「はい、森野……ああ、門さんか。どうした……何だと！」いきなり声を張り上げる。車の中でなければ、立ち上がっていただろう。「それはいつだ？　三十分前？　あんた、怪我はしてないのか……ああ、大丈夫なんだな？　それで、場所はどこなんだ」

断片的に漏れてくる会話を聞きながら、大友は事情を察した。門山はまた、チンピラの本間に脅迫されたのではないか。二度目ともなれば、恐怖と痛みに耐えられないだろう。彼にも監視をつけておくべきだった、と後悔する。

「よし、そうか。あの店だな？　あんたは、平山から事情を聞いていた。間違いないな。分かった。今、そっちにも人をやるから、大人しく待ってろ」

一度電話を切ると、森野はすぐに別の番号をプッシュした。

「岩波君、店だ。『パーク・カフェ』だ」

大友が告げると、森野が素早くうなずく。エンジンが息を吹き返し、岩波がタイヤを鳴らして車を発進させる。署からパーク・カフェまでは五分もかからないだろうが、三十秒でも一分でもタイムを削り取ろうという勢いだった。大友は強烈な加速で背中がシートに押しつけられるのを感じながら、いずれは平山と佐奈の関係を明らかにしなければならない、と思った。

ただし、最優先事項ではない。

今はとにかく、本間たちより先にアタッシュケースを見つけ出すことが先決だ。

特捜本部に電話をかけ終えた森野が、大きく息を吐く。

「平山は、アタッシュケースを開けたそうだ。でも、金は入ってなかった。何かヤバい物が入ってるって分かったようだが、捨てるわけにもいかなかったんで、一時的に隠すことにしたようだ」

「そうですか……」

自分に直接関係ないところに……少なくとも外部の人間が知らないところに。もしかしたら平山は、アタッシュケースの中身を見て、恐喝を思いついたのかもしれない。今までスリで細々と稼いできたのとは、比べ物にならないほど巨額の金が手に入る、と。しかし、スリと恐喝では、ノウハウがまったく違う。慣れない犯罪に手を出そうとすると、火傷するものだ。

そして今、佐奈に危険が迫っている。大友は身を乗り出し、岩波にもっとアクセルを踏むよう、命じた。


パーク・カフェは閉店間際だった。既に客の姿はなく、佐奈がテーブルを拭いているのが外からも見える。本間たちがいないのを確かめて安心し、大友はそのまま店の前を通り過ぎて、表通りに停まっている覆面パトカーに向かった。助手席のウインドウが開き、森野が顔を突き出す。

「バイトの姿は見えませんね」

「よし」森野の目が輝いた。「正面から行こう。念のため、あと二、三人応援を呼んだ方がいいな。お前さん、ちょっと店を監視しておいてくれないか」

「了解です」

大友は引き返し、店の入口が見える場所に陣取った。電柱の陰に身を隠して見守っていると、ほどなく佐奈が店から出て来て、テラス席のテーブルを片づけ始めた。かなり大きなテーブルなのだが、案外簡単に持ち上げて、次々と店内に運びこんでいく。三分ほどで、テーブルと椅子はすっかりなくなった。女性にしては大柄なので、こういう力仕事は得意なのだろう。

ほどなく、看板の灯りが消える。大友は少しだけ大胆になり、店へ近づいた。直接店内が見える場所までじりじりと移動し、様子を窺う。佐奈は中へ入れたテーブルをきちんと拭き、椅子を積み重ねた。それが終わってやっと一段落したようで、カウンター席に座って、マグカップに口をつけ始める。店内の照明はほとんど落とされていたが、ほっとした表情を浮かべているのは分かった。長い一日が終わり、好きな飲み物を楽しむ時間。そういう時は、やはり普通よりも丁寧に、気合いを入れて準備するものだろうか。自分も同じようなものだ、とふと思う。ばたばたと優斗の食事を作り、宿題の面倒を見て、洗濯を終えて……風呂上り、寝る前に呑む一缶のビールに、どれだけ助けられているか。

無線から森野の静かな声が聞こえた。

「三人、応援に来た」

「了解です」

「動きは？」

「片づけ終わって、一休みしてます。そろそろ店を閉める時間ですね」

「よし、踏みこむぞ。そっちへ行くまで待て」

「了解」

無線が途切れた。いよいよだ。今はただ正面から入り、「店の中を見せて下さい」と言うだけでいい。鷹栖の曖昧な予想しかないから令状を取れるはずもなく、あくまで任意だが、彼女が断れば断ったで別のやり方はある。

森野たちが来るまで、三十秒ほどだろう。大友は、一度だけこの店に入った岩波の報告と、ここから見える様子だけで、何とか店内の様子を頭の中で思い描こうとした。ドアは右側。その左側にはテラス席があり、背後は全面が窓になっている。中には四人がけのテーブルが四つ——今は外のテーブルも引き入れられているので、かなり狭くなっている——にカウンター。カウンターの向こうが調理場で、その右側にあるドアはトイレだ。他には隠れる場所もない。つまり、アタッシュケースを隠しているとしても、見つけるのはそれほど難しくはないはずだ。案外、調理場の床に無造作に置いてあるのでは、と大友は想像した。もしかしたら、先日店に入った岩波が見落としていただけで、ロッカールームぐらいはあるかもしれないが——いや、あるはずだ。佐奈やバイトの店員が着替えたり、自分の荷物を置いておく場所が必要だろう。それでも、捜すべきポイントはそれほど多くない。

腕時計に視線を落とす。覆面パトカーが停まった方に目をやったが、まだ誰の姿も見えなかった。少し遅いのではないか……無意識のうちに反対側を見ると、二人組の男が店に近づいて来るのが目に入った。嫌な予感を覚え、歩道から車道に出る。見ているうちに、二人組は特に急ぐ様子もなく、ごく自然に店のドアを開けた。カウンターについていた佐奈が上半身を捻り、ドアの方を向く。口が動き……「閉店です」と言ったのだろうが、営業用の柔らかい表情は、あっという間に凍りついた。

本間ではなさそうだが……手下か？　大友は店に向かって突進していた。だがそれより先、どこから現れたのか、鷹栖が店に入りこむ。

店内に踏みこんだ瞬間、大友は凍りついた。二人組は、カウンターに座る佐奈の両脇に陣取り、険しい表情で彼女に詰め寄っている。佐奈は両腕で自分の体を抱き、誰にぶつけていいのか分からない様子で怒りの表情を浮かべていた。左側にいる男の手には血まみれのナイフ。空いた手で佐奈の腕を摑み、自分の方に引っぱり寄せる。それを見て、大友は瞬時に血の気が引くのを感じた。右側にいた男が、カウンターの後ろに入りこむ。狙いは同じ……こいつらが、平山を殺したのだろうか。

しかも、鷹栖が床に転がっている。血塗れになった左肩を右手で押さえ、細い呻き声を上げていた。大友より一瞬早く店に入った時に、刺されたのだろう。立ち上がろうともがくが、痛みのためか体に力が入らないようだ。佐奈は蒼褪めていたが、怪我はなさそうだ。

「何やってるんだ！」叫んだが、返事はない。覆面パトカーから、隙を突いて逃げ出したのか……馬鹿者が。「動くな」と命じておいてから、カウンターのところにいる男たちと対峙する。

「何だ、てめえは」ナイフを持った男が鋭く脅迫する。笑っている。だが、目の色がおかしい。乏しい店内の灯りを受けて煌《きら》めく様は、明らかに薬物の影響を感じさせた。頭は丸刈りにし、顎の下に安っぽい髭を生やしている。「今夜はもう閉店だぜ」気取った台詞のつもりかもしれない。

「ナイフを捨てろ」

「ああ？」

「警察だ」

男が突然、声を上げて笑い出した。それが引き金になったように、カウンターの背後でしゃがみこんでいた男が立ち上がる。ひょろりとした長身で、てかてか光るナイロン素材のジャンパーに体を包んでいる。妙に顎が長く、顔が間延びして見えたが、やはり目の輝きがおかしい。こいつらを雇ったのが誰にせよ、ドラッグ用のドーピング検査をしなかったのは失敗だ。こいつらは、必ず自滅する。

「警察が何の用だ」ナイフの男が大友を睨みつける。

「ナイフを捨てろ」出来るだけ平板な声で繰り返す。

「ああ？」

男が自分の右手に握ったナイフに視線をやった。認知と行動の間に、わずかだがずれがある感じ。明らかに薬物の影響下にあったが、それが自分にとって有利に働くか不利になるか、大友には予想もできなかった。

「出てけよ。余計なお世話だ」絞り出すような男の声はしわがれている。細い目。薄い唇。それなりに場数は踏んでいるようだ。「出て行かないと、この女を殺すぞ」

男が佐奈を思い切り引き寄せた。彼女は抵抗しようと試みたが、ナイフを突きつけられた状態ではどうしようもない。男が佐奈の首に左腕を回してさらに自由を奪い、耳の上にナイフを突きつける。

「おら！　さっさと出て行け！」

「君たちは包囲されてる」

「どこのテレビドラマの台詞だよ」男が嘲笑ったが、次の瞬間には顔から血の気が引いた。

大友の背後でドアが開き、刑事たちが雪崩《なだれ》こんでくる。大友は両腕を大きく広げ、刑事たちが店内に入るのを止めた。

「大友、どういうことだ！」森野が低い声で鋭く叫ぶ。

「ご覧の通りです」カウンターの二人に視線を向けながら、大友は答えた。「どうやら、柴たちが捜していた人間が、先回りしたようですね」

「ごちゃごちゃやってんじゃねえよ！」ナイフの男が叫ぶ。声が少し細く、甲高くなっていた。ナイフの刃が耳に触れ、佐奈が体を固くした。

「人質を放せ」大友は両腕を広げたまま命じた。

「そっちこそ、出て行け」

ドアが開いたままなので、外の騒音が容赦なく入ってくる。こちらのやり取りも、近所の人に聞かれてしまうだろう。大友は前を向いたまま、「出て下さい」と森野に言った。

「駄目だ」森野が抵抗する。床に転がってもぞもぞと動いている鷹栖に目をやり、「だいたい、そいつはどうしたんだ」と目を剝く。

「動かさない方がいいです」床についた血の筋を見ながら、大友は答えた。死ぬようなことはないだろうが、危険だ。鷹栖は何も言わず、カウンターの二人を睨みつけている。

「私が何とかします」

「何とかって、お前……クっ」

森野が吐き捨て、他のメンバーに向かって「おい」と言葉をかける。数秒後には、大友は背後の殺気立った気配が消えるのを感じ取った。ドアがゆっくりと閉まり、外からの音が消える。深呼吸してから、一歩だけ前へ進んだ。

「動くな！」ナイフの男が叫ぶ。声のトーンは変わらず、場慣れしているのは明らかだった。人質を取って、警察官と交渉することに慣れている人間などいるはずがないのだが、と大友は皮肉に考える。恐怖感を失っているのは、やはり薬物の影響か。

「おい、ないぞ」カウンターの奥でしゃがみこんでいた男が、再び立ち上がる。ぼんやりとした性癖を窺わせる顔つきだった。攻めるならこちらかもしれない、と思う。だが店内は、外のテーブルと椅子が運びこまれているせいで、営業時間帯よりも狭くなっており、簡単には身動きが取れない。飛びかかるには、カウンターと自分の間のテーブルが邪魔になる。乗り越えるにしても跳ね飛ばして突進するにしても、数秒はロスするだろう。

「よく捜せ！」ナイフの男が苛ついた口調で命令する。「間違いなくこの店にあるんだ」

「その情報、どこで聞いた？」大友はできるだけさりげない口調で訊ねた。

「お前、出てけって言っただろうがよ」ナイフの男の口調に、わずかだが焦りが滲む。

「この女が死んでもいいのか？」

「僕の目の前で人を殺したら、殺人の現行犯だぞ。刑務所暮らしは経験したことがあるのか？」

「うるせえ」低い声に怒りを滲ませながら、男が言った。焦っている。こいつらは、門山を脅して情報を得た本間の指示を受け、アタッシュケースを捜しに来たはずだ。それが外れて、この先どうしていいのか分からなくなっているのだ。無論、人を傷つけて、無傷でこの場所から脱出できるとは考えてもいないだろう。

「盛田さん」

大友は少し表情を柔らかくして話しかけた。

「アタッシュケースはここにあるんですか？　平山さんから預かったんですか？」

佐奈の顔は引き攣り、額には汗が滲んでいる。言葉が途切れると、エアコンが暖気を吐き出す音がやけに大きく聞こえた。

「黙れよ」

ナイフの男が唸るように言った。佐奈の首に回した腕に力が入り、彼女の顔から血の気が引く。逮捕時には暴行、いや、殺人未遂をくっつけよう、と大友は心にメモした。

「どうやら狙いは同じようだな。君たちは、イトハラ・ジャパンに頼まれたのか？　それともイトハラ・ジャパンとお前たちの間には、誰か他にエージェントが入ってるのか？」

「エージェント……」

言葉の意味を捉えかねたのか、男が低くつぶやく。

「本間だよ。お前たちに金を払っている人間だ」

「お前、いい加減にしろよ」男がほとんど目を閉じるようにして大友を睨みつけた。「べらべら喋ってないで、さっさと出て行け。さもないと、この女を殺す」

「そうしたら、アタッシュケースの在処は分からなくなるぞ。お前みたいな間抜けに、見つけ出せるわけがない」

カウンターの向こうで何かが割れる音、さらに悪態が続いた。佐奈がぎゅっと唇を引き結ぶ。自分の身に危険が迫っていることより、大事なカップを割られた方がショックなのかもしれない。

「ねえよ。どうするんだよ」長身の男がまた立ち上がり、声に焦りを滲ませた。

「もっとよく捜せ！　そこのドアだ」

「そこはトイレだよ。そうですよね、盛田さん」

佐奈が小さくうなずく。ナイフの男が、腕にさらに力を入れた。それほど太そうな腕ではないが、それ故、首にきつく食いこんでいるのかもしれない。佐奈の唇が白くなってきた。

「少し力を抜けよ。そのままだと、彼女、本当に死ぬぞ」

「いい加減にしろ。てめえが出て行けば、女は放すよ。捜し物の在処を喋ってもらわなくちゃいけないからな。殺すわけにはいかないんだよ」

「アタッシュケースを捜していることは認めるんだな？」

男が舌打ちした。一瞬でナイフを持ちかえると、佐奈の首筋に押し当てる。

「揚げ足取ってるんじゃねえよ」

「いい加減、諦めたらどうだ？　ここから逃げ切れると思ってるなら、大間違いだぞ。それとも、逃走用の車でも用意させるか？」喋り過ぎだ、と自分でも思う。だが、言葉は止まらなかった。「そんなことが上手くいくはずがない。今のうちなら手遅れにならないから、手を放せ」

「お前こそ、失せろ！」唾を飛ばしながら怒鳴った。

この様子は……間違いなく覚醒剤の影響だ、と大友は改めて確信した。異常に鋭敏になっているから、わずかな刺激で何をするか分からない。これから膠着状態になるのは明らかだった。何とか突破口を……ふと、カウンターの後ろにあるドアが細く開くのに気づく。裏口なのか？　細い隙間から、一瞬敦美の顔が覗いた。どうしてここにいる？　それはともかく、大友は、激しい鼓動が一気に落ち着くのを感じた。彼女がいれば百人力である。だが敦美は、すぐにドアを閉めてしまった。突入のタイミングを計っているようだが……何とか時間を稼がないと。

「誰に頼まれた」

「知らないね」

「だったら、お前が自分で判断してやってるのか？」

「そんなこと、言う必要はない」

「おい、見つからないぞ」長身の男が、また愚痴を言って立ち上がる。

「お前は、一々余計なことを言うな！　黙って捜せ！」ナイフの男が怒鳴りつけた。声にははっきりとした焦りが感じられる。この相棒を信頼していないのは明らかだった。

「だけどよ、これ以上捜すところなんか――」

長身の男は、最後まで抗議を続けられなかった。背後のドアが勢いよく開き、敦美が躍りこんでくる。長身の男が驚いて振り返ったところで、顔面に肘を叩きこんだ。男がのけぞり、鼻血が吹き出す。敦美は一切手加減せず、露《あらわ》になった男の喉の右側に手刀を見舞った。声も出せないまま、男が崩れ落ちる。

ナイフの男が、啞然として振り返る。一瞬、喉からナイフが離れた隙を狙って、佐奈が男の腕を払いのけた。同時に大友はダッシュし、椅子、さらにテーブルを駆け上がって踏み台にし、上空から男の側頭部に膝を打ちつけていった。勢い余って、二人ともカウンターに衝突する。並べてあったカップが一斉に床に落ち、派手な音を立てて全滅した。背後でドアが開く音が響き、刑事たちの怒声が響き渡る。

大友は床に倒れてしまった。テーブルと椅子に埋め尽くされた場所なので、すぐには身動きが取れない、クソ、冗談じゃないぞ……そう思ったが、ナイフの男は既に、敦美に制圧されていた。肉を打つ鈍い音が何度か響いた後、膝から床に崩れ落ちる。大友は、倒れかかってきた男の頰を思い切り張り、勢いで横倒しにしてやった。掌に、じんじんと痛みが走る。

次の瞬間、騒ぎが大きくなった。

「お前ら、殺す！」鷹栖の叫び声だ、と分かった。動けない振りをしていたのか、普段よりもずっと元気な様子で、床に倒れた男を思い切り蹴りつける。大友は慌てて起き上がり、彼を背後から羽交い絞めにした。左肩に痛みが走ったのか、一瞬怯んで動きが止まる。この男は、最初からこれを狙っていたのかもしれない。平山を殺した人間を警察に見つけさせ、自分の手で復讐する。そのために、ちょろちょろと顔を見せて、こちらの動きを見張っていたに違いない。もちろん、復讐などさせるわけにはいかないが。

大友は、鷹栖を岩波に引き渡した。鷹栖は子どものように泣いている。平山への思いは純粋に伝わってきたが、それでも素直に感動はできない。店から引きずり出される鷹栖に向かって、「素直じゃないな」と声をかける。鷹栖が振り向き、大友に鋭い一瞥を送った。興奮のせいか、今は痛みを感じていない様子である。

「おうおう、アクションが苦手な人間が、珍しいことをするじゃないか」ナイフの男に手錠をかけながら、柴がからかった。「怪我してないか？」

「ホント、無理すると泣く娘がいるんじゃないの」敦美が笑いながら言った。

大友は自分の体を両手で撫で下ろし、無事を確かめた。鷹栖がこちらを振り向き、憎悪に満ちた視線を投げつけてきたが、それでも大友には、どこか澄んだ目つきに見えた。

「どうしてここへ？」激しい鼓動はなかなか静まらない。

「私たちが追ってたのは、この二人だったのよ。本間の手下。尾行したらこっちへ向かって来たから、自分から網に引っかかったようなものね。これは本格的に、頭が悪いわ」

ナイフの男が口を開いて、何か言いかけたが、柴が平手で勢いよく頭を叩き、黙らせる。

「お前は黙ってろ。馬鹿がばれるぞ」

「もうばれてるじゃない」敦美が、唇に薄い笑みを浮かべた。「これから本番よ。早く連行して」

岩波たちが、慌てて二人を引っ立てていく。敦美は腰に両手を当て、その様子を満足そうに見ていた。

「さすが、名コンビだ」大友は二人に声をかけた。

「誰が」柴が吐き捨てる。

「冗談じゃないわ」敦美も同調した。

「お互いに気に食わないという点では、気が合ってるんだね」

二人が同時に大友を睨みつける。誰かが合図したように、見事にシンクロした動きで。大友は二人にうなずきかけると、床に倒れたままの佐奈に手を貸した。佐奈は呆然としていたが、大友がカウンターに寄りかからせ、そっと腕を叩くと、我を取り戻した。

「怪我は？」

「大丈夫……です」そう言いながら、佐奈が暗い表情で喉に手を当てた。死がごく間近に迫っていたことを、今になって実感したようだった。

「無理に抵抗しないで、アタッシュケースを渡せばよかったのに。ここに隠してあるんでしょう？　平山さんのアタッシュケース」

「渡せません」

「どうして」

「頼まれたから」

「隠しておくように？　でもあなたには、そんな義理はないはずですよ。平山さんとは、いったいどういう関係なんですか」

佐奈が無言で首を振った。まだ黙秘する気なのだろうか……黙ってトイレに入ると、ドアを開け放したままで、上の戸棚を開けた。トイレットペーパーが横一列に並んでいるのをどけると、奥から鈍い銀色のアタッシュケースが姿を現す。記憶にある通りの大振りなサイズで、長年の酷使に耐えてきたのか、あちこちに細かい傷がついている。

大友はズボンのポケットからラテックスの手袋を取り出し、彼女からアタッシュケースを受け取った。振ってみると、からからと軽い音がする。中に入っているのは書類の類だろう、と想像した。鍵はかかっていない——平山が壊したのだ——が、中身を見る権利があるのは、自分たちではなく二課の連中である。いずれ分かることだ、この場で確認するのはやめよう。だいたい、自分たちが先に見たら、亀井の怒りはまた沸点に達するはずだ。それは、彼の健康にもよくない。

「署までご同行願います」大友は彼女の腕を取った。

佐奈は抵抗しなかった。ただ、店を出る時に、柴が持ったアタッシュケースをじっと見ただけだった。まるでそこに、平山との想い出が全て詰まっているとでもいうように。

彼女がぽつりと言葉を漏らす。最初は聞き間違えかと思った。だが、真っ直ぐ大友の目を見て打ち明ける佐奈の目に、迷いはない。

その迷いのなさが、大友を迷わせる。

6

　夜の取調室。大友は岩波を相棒にして、佐奈から話を聴くことにした。意外にも、最初に口を開いたのは彼女の方だった。

「私、逮捕されるんですか」怯えても怒ってもいなかった。

「今のところ、逮捕状は請求していません」容疑を作ろうと思えば作れる。一番簡単なのは、贓物《ぞうぶつ》隠匿だ。盗んだ物を頼まれて隠したということで、窃盗の共犯も適用できるかもしれない。だが大友は、少なくとも今の段階では無理だと直感していた。

「あのアタッシュケースのことを話して下さい」

「先々週の土曜日の夕方……平山さんが店に来たんです。それで、ちょっと預かって欲しいって」

「中身については？」

「何も聞いていません」

　佐奈が首を振った。おそらく、ろくに説明もせずに押しつけたのだろう。困り切った彼女の様子が頭に浮かぶ。

「黙って預かったんですね」

「嫌だったんですけど、カウンターに置いてすぐに出て行ってしまったから。お客さんがいたから、追いかけられなかったし」

「その後、平山さんと連絡は？」

佐奈が無言で首を振った。

「彼が殺されたことは、すぐ分かったんですか？」

「次の日のニュースで聞きました」消え入りそうな声で佐奈が言った。

大友は言葉を切り、彼女の顔を観察した。うつむいているので表情ははっきりしないが、極端な反応は現れていない。怒りも悲しみも、どこか中途半端な様子だった。

「あなたは、平山さんがスリだということを知っていたんですか」

「はっきりとは……」

「知らなかった？」

「そうかもしれないとは思いましたけど、確かめませんでした」

「あのアタッシュケースも、盗まれた物だとは思わなかったんですか」

「確かめていません」

大友は腕を組んだ。「知らない」ではなく「確かめていない」。言葉の違いは微妙だが、実は大きい。盗品だと知って預かったのでなければ、彼女を告発する理由はさらに薄れてくる。それに、平山に普段は何をしているか確かめなかったとしても、罪には問えないのだ。

「平山さんは、アタッシュケースの中身が何か、知っている様子でしたか？」

「それは分かりません。何も聞いていないので」

「あくまで、仕方なく預かったということですね」

「はい」

「今まで、誰かにアタッシュケースのことを聞かれませんでしたか？」

「いえ……今夜、急にあんなことになって……」

　顔を上げた佐奈が、唇を噛む。小さく震えているのに大友は気づいた。今になって、恐怖が心を侵し始めたのか。大友は緩い笑みを浮かべ、「大丈夫ですから」と励ました。佐奈も釣られて笑おうとしたようだが、顔が引き攣ってしまう。

「平山さんが殺された後で、アタッシュケースを処分する手もありましたよね。そうじゃなくても、私たちが以前訪ねた時に、言ってくれてもよかった。そうしたら、こんな面倒なことにはならなかったと思います」

「約束ですから」

「平山さんとの、ですね」

「はっきり口にはしなかったけど……頼まれましたから」

「でも、彼は死んでいるんですよ」

「頼まれたから、です」佐奈の口調が、急に力強くなった。何かスイッチが入ったようで、目にも光が宿っている。

「盛田さん……あなたと平山さんは、どういう関係なんですか」

彼女が告げた事実は、大友を得心させるのに十分なものだった。悲しみを呼び起こすにも。

殺人未遂の現行犯で逮捕された二人の男は、柴と敦美の取り調べを受けていた。今、取調室にいるのは遠野《とおの》――ナイフの男である。背の高い方――島本《しまもと》は、別の取調室で、制服警官の監視つきで放置されている。何も聞かれず、ただ座らされている状況に、そろそろ不安が恐怖に変わりつつあるだろう。

大友は、取調室の外で、森野と並んで、室内に設置されたマイクからの音声を聞いている。取り調べには敦美が当たっていた。威圧感のある彼女を前にして、遠野が萎縮しきっているのが、マジックミラーを通して見える。

「――本間からの依頼の内容は？」

「だから、アタッシュケースを見つけることだって」

「それより前の話。そもそもどういうことだったの？」

「どうもこうもないね」

遠野が体を捩り、椅子の背に腕を引っかける。一瞬間を置いて、敦美が右手を拳に固め、テーブルに叩きつけた。マイクが壊れそうな大音響が響き、大友は思わず壁から体を離した。遠野が顔色をなくし、ゆっくりと両手を揃えて腿に置く。

「強烈だねえ、あのお嬢さんは」森野が零した。

「ええ……彼女の取り調べは受けたくないですね」あのやり方だと、後々問題になりかねない、と大友は冷や汗をかいていた。精神的な拷問だ。

「同感だ」森野が苦笑する。

　敦美が、無言のままゆっくりと身を乗り出した。遠野が椅子の背に体を押しつける。喉仏が上下するのが見えた。

「先々週の土曜日の行動、教えてもらいましょうか」

「命令されただけだから」

「その件も後で話してもらう。あなたは、ただの手先ということね？　言われたら、何でも言うことを聞くんだ」

「しょうがねえだろう」

　遠野が顔を背けた。柴が記録用のデスクを離れ、遠野の肩に手を置いて体重をかける。

「素直に話しておけって。命令されてやっただけなら、裁判員の心証も少しはよくなるぞ」

「ただし、ちゃんと話さなかったら、どんどん心証が悪くなるわよ」敦美が声を低くして脅しつけた。「素直になるのが一番だから」

「まあ、あんたも大変だと思うよ」柴が嘘臭い同情の言葉を告げる。「しょうがねえ、その通りだ。上から言われたら、反抗はできないからな。でも、喋っちまえよ。ここまできたら、抵抗するだけ無駄なんだぜ。で、どうなんだ？　平山を殺したのか？」

「アタッシュケースのありかを喋らせようとしたんでしょう？　でも、やり過ぎたのね……そのつもりがあったのかどうかは知らなかったけど、少し強く頭を殴り過ぎた。それで、遺体をあの駐車場に捨てた。違う？」

遠野は無言を貫いていたが、敦美の指摘がほぼ正確なことは、顔を見れば分かった。頬が引き攣り、額には汗が浮いている。どういう風に喋れば自分が一番得をするか、必死で考えているのだろう。もっとも、この男がいくら考えたところで、妙案が出てくるとは思えなかったが。二十六歳。高校を中退して、渋谷でうろうろしていたところを南関東連合にスカウトされ、暴力団の構成員になった。ただし、今まで逮捕歴はない。つまり、大した事件も起こしていない小物、ということだ。今回が初めての大仕事で、それで長期間ぶちこまれるのだから、運が悪い。あるいは頭が悪い。

大友は、今分かっている限りで話をまとめにかかった。

「今日分かった限りでは、こういう構図ですよね。あの二人組は、本間に命令されて、アタッシュケースの回収に向かった。おそらく、平山と盛田佐奈の関係も摑んでいたんでしょう」

事情を話すと、友永の顔から血の気が引く。

「連中がそれを知っていたのはどうしてだ？」

「昼間、私たちが話を聴いた門山がキーです。先ほど、もう一回確認しました。門山は、本間から二回も脅されていたんです。一回目は、町田近辺でひったくりをやりそうな人間を教えろと、と。二回目は、アタッシュケースの場所を聞いてきたんです……つい、先刻のことでした。その時に、盛田佐奈の名前を漏らしてしまったんです。脅されて、仕方なく、でしょうが。二人組は、本間に指示されて、パーク・カフェの家捜しに向かおうとしたんです。ところが出発しようとしたところで、ちょうど柴たちが捕捉して、結果的にあの店まで尾行することになりました」

「なるほど」

「本間のカウンターパート――イトハラ・ジャパン側の人間は誰なんでしょう」

「それは、本間を捕まえてみないと分からないが……ちょっと待て」友永が、ワイシャツの胸ポケットに入れた携帯を取り出した。「はい、友永……ああ。よし、分かった。すぐにこっちへ連行してくれ」

電話を切り、右の拳を左の掌に打ちつける。ぱちんと乾いた音が、彼の興奮をそのまま表していた。

「見つかりましたか」

「阿呆が……本間はあの二人組に全部任せて、自分は車で逃げてやがった。高速に乗ったから、ナンバーを追跡してすぐに分かったよ。今、首都高から常磐道に出たところだった」

大友は腕時計を見た。間もなく午前零時……今夜も遅くなりそうだ。

「悪いけど、本間の取り調べは頼む。お前が一番頼りになるから」友永が、大友の肩をりだった。

軽く叩いた。「遅くなるけど、大丈夫か？」

「ええ」言われて初めて、しばらく優斗のことを考えていなかった、と気づいた。侘しい気持ちはあるが、それよりも事件が山場を迎えた興奮の方が上回る。片時も、優斗を忘れたことはないのに。大友は、初めて芽生えた気持ちに戸惑うばかりだった。

時間が時間なので、本間の取り調べは一時間しか行えなかったが、それから作戦会議が延々と続いた。そしてようやく会議が終わった午前二時頃、アタッシュケースを引き取るために二課から武本たちがやって来た。武本はどこか申し訳なさそうな表情をしていた。亀井は憮然。一方、友永が嬉しさを隠そうともしないのが、大友にはすぐに分かった。明らかに精神的に優位に立っている。

「どうぞ、お持ち下さい」芝居がかった仕草で、友永がアタッシュケースを持ち上げる。

「先に中身を確認するか？」

亀井が無言でうなずき、武本に向かって顎をしゃくる。武本は、遠慮がちにケースを受け取ると、慎重にテーブルに置いた。

「アタッシュケースの本来の持ち主は、パクったのか？」友永が訊ねる。

「まだ、逮捕者は一人もいない」亀井は明らかに悔しそうだった。

友永が肩をすくめた。何を言ったわけではないが、亀井の頬が引き攣る。「仕事が遅い」という無言の非難を、亀井は確かに受け取ったようだった。

ぱちん、と小さな音がして、アタッシュケースの周囲に小さな溜息が満ちた。武本が、爆発物でも入っているように慎重に、蓋を開く。大友も前に出て覗きこんだが、中にはノートが二冊、青い表紙の帳簿が一冊と、USBメモリが数本入っているだけだった。とはいえ、USBメモリの容量を考えると、このアタッシュケースには小さな図書館並みの情報が詰まっていることになる。

亀井が帳簿を開き、武本は持ってきたノートパソコンを立ち上げてUSBメモリを挿した。大友たちはしばらく無言で二人の様子を見守っていたが、やがて武本が「よし」と短く声を上げた。顔を上げると、口を尖らせて息を吐き、ゆっくりと表情を緩める。

「ありました。精査は必要ですが、間違いないでしょう」

亀井が武本を押しのけるようにノートパソコンの前に立ち、画面を凝視する。顔色が明るくなっていた。「これならいけそうだな」とつぶやき、武本に回収を指示する。武本は即座にパソコンをシャットダウンし、USBメモリをアタッシュケースに戻した。武中に入っている物をメモして、もう一度蓋を閉じる。今度は鍵を閉めなかった。

「ご協力、どうも」亀井が誰にともなく声をかけ、頭を下げる。

「中身は何だったんですか？」知らないままでいるのは我慢できず、大友は訊ねた。

「金の流れに関する重大な証拠だ」言って、亀井が顎を引き締める。「奴らは、金を海外の口座の間で何度も移して、ロンダリングしている。本人たちも覚えきれないぐらいで、こういう風に残しておかないと駄目だったんだろうな。ついでに、社内でどうやって金を捻出したかの資料もここにある」

「一つ、お願いがあります」

「何だ」亀井が目を細めた。

「このアタッシュケースの本来の持ち主に会わせてもらえませんか」

「本人の取り調べはまだ終わっていない」亀井が表情を硬くする。

「逮捕していないんですよね？　でも、いずれはこちらの一件でも逮捕することになります。今のうちに、話を聴かせて下さい。全体の構図を知りたいんです」

亀井が唇を引き結んだ。逮捕すれば、二課は二勾留は引っ張るだろう。そうなったらこちらの事情聴取は、最低でも二十日以上先になる。大友はおそらく、その頃にはこの帳場を離れている。その前に、自分の手で事件の真相に迫りたかった。単なる我儘だし、筋が通らない話でもあるが、どうしてもこれだけはやっておきたかった。

「――分かった」亀井が素早くうなずき、友永に目を向ける。「この件、これでちゃらということで？」

「結構ですな」友永がうなずき返す。こちらは重大な証拠であるアタッシュケースを引き渡した。その代わりに、殺しの肝になる人間の事情聴取をする。五分五分の取り引きだ。だが友永の顔に浮かんだ小さな笑みには、大きな余裕が感じられる。秘密捜査を旗印に現場を混乱させたのは二課の方だ、という意識があるのだろう――意識だけではなく、それは事実だ。プラスマイナスしても、まだ自分の方に分がある、と思っているに違いない。

　大友は、急にすっと気持ちが引くのを感じた。今は一課の手伝いをしているが、元々は三課の応援から始まった事件である。いずれは、二課や組織暴力対策部に応援にいくこともあるだろう。気持ちをニュートラルに保たなければならないと。

　自分はそういう立場の人間なのだ。

7

　家に帰らず、道場で三時間の仮眠。ほとんど眠れず、ごろごろしていただけだったが、時間になると何故かすっきり目が開いた。朝食も取らないまま、早朝の小田急に乗りこみ、二課が捜査本部を置いている品川南署に向かう。同行した柴は、電車の中ではほとんど居眠りしていて、会話はなかった。午前六時台の電車はさすがにがらがらで、ゆったりと座れるが、そのためにどうしても眠気を避け得ないのだ。このところ忙しかった柴が、貴重な睡眠を貪るのも理解できる。

　だが大友は眠くなかった。眠りたくもなかった。この事件は間もなく――自分がミスさえしなければ――最初の幕を下ろす。それほど難しいことではあるまい。二課がまだ誰も逮捕していないのは、決定的な証拠が入ったアタッシュケースが見つかっていなかったからで、今日中にも何人かは身柄を拘束されるはずだ。そうなったら、容疑者は黙秘し続けられないだろう。これまで何十年も、無難にサラリーマン生活を送ってきた人間が、取調室という閉鎖空間で取り調べに耐えられるとは思えない。たとえどれほど丁寧で、優しい取り調べではあっても、あの部屋には独特の「場の力」がある。座った瞬間、耐え切れずに喋り出してしまう容疑者もいるほどなのだ。

町田から品川まで、小田急線とＪＲを乗り継いでほぼ一時間。柴は新宿の手前で目覚めると、山手線ではしっかり目を開けていた。既に座席は埋まっており、立っていざるを得なかったからだが。

「何か食っておくか？」

品川駅で降りると、柴がぼんやりした口調で訊ねた。時間はある……二課の捜査本部は今日、午前七時に容疑者を引っ張る予定だ。しかしすぐには取り調べにかからないだろうし、昨夜もまともに食事をしていないので腹は減っている。だが、どうしても食べる気にはなれなかった。聖子に知られたら叱責される——彼女は三食のうち、朝食を一番大事に考えるのだ——と苦笑しながら、「やめておこう」と答える。

「そうか……こんな時間じゃ、飯を食えるところもないよな」

まだ人気の少ない品川の街を、肩を並べて歩いて行く。真新しいビルが多く、清潔なイメージが強い街だ。ビル街にもかかわらず緑は多いのだが、どうしても取ってつけたような感じが否めない。気温はぐっと下がり、薄いコートだけでは寒さが身に染みた。

背中を丸めるようにしていると、二人ともいつの間にか歩くスピードが上がってしまう。会話は弾まなかったが、それは自分のせいだと分かっている。柴は単に、疲れて眠いだけ。自分は……今日、事件の真相がある程度明らかになっても、その先にはまだ問題があるのだ。つまり、第二幕。それを誰かに話すべきか、それとも自分の胸の中にしまいこんでしまうべきか、まだ判断がつかない。事件に直接関係あるとは言えないが、この一件の本質を突く問題でもあるのだ。

関係ないのだから、しばらく忘れておこう。今は、これから始まる事情聴取に備えなければ。

品川南署までは、駅から歩いて二十分ほどもかかる。警察署は必ずしも公共交通機関の位置とは関係なく設置されるので仕方ないのだが、朝方から二十分の早歩きは大友にわずかだがダメージを与えた。年かな、と一瞬思ったが、このところ疲れが溜まっているせいだと自分に言い聞かせる。

署に到着すると、既に七時半。亀井が何か皮肉を飛ばしてくるかと思ったが、驚くべきことに、彼は捜査本部に使われている小さな会議室に——捜査一課の特捜と違い、ここに大勢の刑事が集中する必要はないのだ——コーヒーとサンドウィッチを用意して待っていてくれた。

「毒でも入れてるんじゃないか？」柴が大友の耳元に口を寄せて皮肉を吐いた。

「まさか。素直になれよ」

二人のやり取りは聞こえていないようで、亀井が素直な口調で言った。

「うちの調べが少しある。それが終わるまで、待っていてくれないか」ほとんど寝ていないはずだが、昨夜から今朝までの短い時間に、何か考えることがあったのだろう。

「食べ物も飲み物も、自由にやってくれ」

「じゃあ、遠慮なく」

柴が手を伸ばす。いかにも手作りらしい大振りなサンドウィッチは、署の食堂で作らせたものだろう。依然としてあまり食欲のない大友も、無理にでも食べておかなければと自分に言い聞かせ、卵のサンドウィッチに手を伸ばした。歯にまったく苦労をさせない柔らかさ。卵の甘みとマヨネーズの軽い酸味は、口にも胃にも優しかった。そんなつもりはなかったのに、食パンを斜めに切った大きなサンドウィッチを二つ、あっという間に平らげてしまう。

柴がポットから注いでくれたコーヒーに、砂糖とミルクを加える。ミルクが渦を巻くコーヒーを、玩具のようなプラスティック製のスプーンでかき混ぜ、濃い茶色を消した。

「砂糖にミルク入りなんて、珍しいじゃないかよ」ブラックのままコーヒーを啜りながら、柴が言った。

「たまには自分を甘やかしたいんだ」

「その程度で甘やかされてると思うなら、安いもんだな」

「ささやかな幸せだよ」

食事を終えると、柴が煙草を吸いに外へ出て行った。一人取り残された大友は、椅子にきちんと腰かけたまま、次第に鼓動が早くなってくるのを感じる。取り調べの手順、相手の反応に対する切り返しを、頭の中でシミュレートした。難しい調べになるとは思えなかったが、この先のことを考え出すと気持ちが重くなる。

柴はなかなか戻って来なかった。大友はコーヒーをもう一杯、今度はブラックで飲んだ。苦いだけでコクがないが、取り敢えずは目が覚めたような気分になる。柴が部屋に入って来た直後、亀井が顔を見せ、険しい表情で「準備ＯＫだ」と告げた。反射的に壁の時計を見る。午前八時、ジャスト。

戦闘開始だ。

大友は、亀井にそれほど詳しく事情を聞かなかった。気持ちが真っ白な状態で、相手に話を聴きたかったから。だが、取調室で相対した人間を見た瞬間、自然と苦い物が喉にこみ上げてくる。総務部次長の須賀。二日前には、会社で話を聴いた相手である。この男が実質的な黒幕だったと見抜けなかった悔しさ、それに加えてこれからの彼の人生の転落ぶりを想像すると、胃が締めつけられる。

須賀は一瞬、大友を認識できないようだった。

「先日、御社でお会いしました。刑事総務課の大友です」

「ああ……」呆けたように言って、目を擦る。昨夜もろくに寝ていないのは明らかで、目が充血していた。スーツにネクタイ姿だったが、昨日から着替えていないのかもしれない。ネクタイは緩められ、ワイシャツには皺が寄っていた。

「こういう形でお目にかかるとは思いませんでした」

無言。亀井から聞いた話では、須賀はまだ、事実関係を認めていない。二課では、業務上横領のハブに当たる人物だと読んでいるようだが、本人は頑強に容疑を否認しているという。だがそれも、今日までだろうと大友は想像した。昨日の段階では、二課はまだ戦えるだけの材料を揃えていなかった。しかし今日は、あのアタッシュケースがある。

「今日は、まったく別件でお話を伺いたいんです」

「何ですか」

「まあ……ちょっと喉が渇きませんか？」

須賀が顔を上げ、大友の目を見る。何か罠でもあるのでは、と疑っている様子だった。大友は黙って立ち上がり、取調室のドアを開けた。すぐ側に待機していた柴にうなずきかけると、彼がすぐにコーヒーを用意し始めた。紙コップを二つ持って取調室に入り、テーブルの上に置くと、自分は小さなデスクについた。

「自分がどうしてここで調べられているかは、分かっていますよね。昨日も、相当厳しく調べられたはずですが」

「私は何も知らない」

「その一件については、私は聴きません。私の仕事は、そこから派生した事件の捜査です……私が御社に伺った時、何の話を聴いたかは、当然覚えていらっしゃいますよね」

須賀が唇を引き結び、一瞬怒ったように大友の顔を凝視した。大友は、彼の顔に影のように浮かぶ無精髭に気づいた。この前会った時は、こんな風ではなかった。本来は身だしなみに非常に気を遣う人間に見えたが、今はそんなことをしている暇もないわけか。

「自殺した奥沢さんが持っていたアタッシュケースが、見つかりました」

須賀の肩がぴくりと動く。大友はブラックのコーヒーを一口飲み、彼にも勧めた。須賀は手を出そうとしない。

「奥沢さんは、先々週の土曜日、町田駅前でそのアタッシュケースをひったくられた。ところが、警察には届け出なかったんです。そのことは、この前お会いした時にもお話ししましたね」

反応を待つ。何もない。須賀はゆっくりと腕を組み、すぐに解き、眼下のコーヒーに視線を落とした。何かひどく汚い物でも入っているように、すっと身を引いてしまう。

「届け出られなかった理由は、今では分かっています。そのアタッシュケースには、御社の大規模な犯罪の証拠が入っていたから。警察にあれこれ事情を聴かれると、やっかいなことになると思っていたんでしょう。奥沢さんは当然、あなたに連絡したはずです。それは、電話の通話記録を調べれば、すぐに裏づけられます」

「その件については――」須賀が口を開いたが、すぐに閉じてしまう。大友の知っている彼らしくない甲高い声で、内心の焦りが感じ取れた。

「盗んだ犯人に、中身の重大さが分かっていたとは思えませんが、あんな物が他人の手に渡ったら、どうなるか分からない。だからあなたたちは、アタッシュケースを回収するために、反社会的な人間たちに仕事を頼んだ」

「反社会的」意味が分からないとでもいうように、須賀がつぶやく。

「有り体に言えば、ヤクザですよ。どうしてそういう連中とのつき合いができたのかは、これからゆっくり聴かせてもらいますが、あなたたちは、南関東連合という暴力団の幹部、本間に相談を持ちかけた。本間は本間なりに、裏社会の情報は持っていますから、門山という元スリを脅して、すぐに犯人を割り出した。しかも警察より早く、犯人に接触することに成功したんです。しかし、犯人――平山は、アタッシュケースの所在について何も話さなかった。遺体の状況を見た限り、拷問も受けていたようです。それでも何も話さなかったので、本間たちはやり過ぎた。平山はその日の夜、遺体で見つかっています。この件に関しては、既に本間の自供が得られています。あなたたちに頼まれたことも」

「違う！」須賀が叫び、両手をテーブルについて立ち上がった。

「何が違うんですか」大友は冷ややかに訊ねた。「そんなことは依頼していないと？」

「当然だ」大友を見下ろしたまま須賀が言ったが、目に力がない。そして大友とは、決して目を合わせようとしないのだった。

「では、本間の自供が嘘なんですか？」

「当たり前だ。そんな男は知らない」

「だったら、ここで対面しますか」そんなことはできないと分かっていて、大友は脅しをかけた。

　須賀が黙りこむ。急に体から力が抜けたように、椅子にへたりこんだ。

「あなたたちは本間に、引き続きアタッシュケースを捜すよう、依頼した。しかし一週間経っても、アタッシュケースは見つからない。結局、私たちとほぼ同着になりました。それが昨夜のことです。本間の手下が二人、ある女性を襲って、アタッシュケースの在処を吐かせようとしました。ところがこの二人がとんだ間抜けで、あっさり逮捕されたんです」実際は、敦美と柴がいなかったら、事態はもっと悪化していたかもしれない。かなり綱渡りの状態だったのだ、と大友は冷や汗をかいた。「逮捕された人間は、全て自供しています。あなたもそろそろ、認めたらどうですか？　あまり粘ると、もっと取り調べは厳しくなりますよ。それに、印象も悪くなる。最悪、殺人の従犯ということにもなるかもしれません」

「私は――」須賀の顔面は蒼白で、唇は震え始めている。

「この一件、元々はあなたに責任があるわけじゃないでしょう？」大友はギアを切り替えた。「こんな巨額の金を動かすのは、あなた一人の判断でできることではない。そもそも、創業者一族の中に、不正な手段で金を稼ごうとする人間がいたから、こんな事態になったんでしょう」

「ギャンブルなんだ」須賀がつぶやいた。

「ギャンブル?」

「阿呆な役員が一人いる。創業者のひ孫に当たる男で、まだ四十二歳だ。ただ、将来の社長の座は約束されている……こいつが、海外でのギャンブルにはまった」

「ああ」大友は全身の力が抜けるのを感じた。発端は、そういう下らないことだったのか。真相を知って、大友は一気に暗い気分になった。ギャンブルにはまって身を持ち崩した人間は何人も見たことがあるが、伝統ある一部上場企業の命運を左右するほどとは……。

「ギャンブルで損した分を穴埋めする必要があった。そのために、今回のM&Aが利用されたんだ」

「まさか、そのためだけに買収攻勢をしかけたんじゃないでしょうね」

「それは違う」須賀が首を振る。「買収は正当なビジネスだ。うちとしてもどうしても欲しかった会社で、きちんとした手続きに則って作業を進めていた。問題は、金の流れだけだったんだ」

大友は首を振った。サイコロの目が自分の思うように出なかっただけで、何十億もの金を会社から吐き出させようとする人間——どこかがずれている。仮にこの役員にまで捜査の手が伸びても、それほど長く服役することにはならないだろうと考えると、絶望的な気分になる。

ふと、心の中に悪魔が忍びこんだ。

「その役員は、今回のひったくりの件も知っていたんですか？」

「もちろん、全て報告していた。阿呆なくせに、何でも知らないと怒り出すんだ」

そういう人間か……知ってどうなるわけでもないのに、自分だけがつまはじきにされると怒り出すタイプは、確かにいる。上司だったら、一番扱いにくいタイプだ。

「あなたたちが本間を使うということも、知っていましたか」

「知っていた。了承していた」

本間と会社の関係を認めた瞬間だ、と大友は思った。

「だったら、最終責任は、その役員にありますね。殺人に関しても、包括的に考えれば、その役員の責任になるじゃないですか。あなたはあくまで、部下ですから。決断を下せる立場じゃない」

柴がちらりとこちらを見て首を振る。やり過ぎだ、と警告しているのは分かったが、大友は止まらなかった。この一件の筋書きをきちんと描けさえすれば、後で須賀に恨まれるようなことになっても後悔はしない。

「素直に話してくれませんか？　私は何も、個人を糾弾するつもりはない。この一件は、言ってみれば完全な組織犯罪でしょう。あなたは駒の一つに過ぎなかった。駒の一つということは、責任もその程度しかない、ということではないですか」

須賀が顔を上げた。助けを求めるように、大友の目を凝視する。

「あなたを助けるとは言いません。あなたにも罪はある。でも、もっと大きな責任を背負っている人もいるでしょう。そういう人間を野放しにしたくないんです。できるだけ長く、刑務所に叩きこんでおきたい。そのために、協力してもらえませんか？　だいたいあなたは、たまたまこういう立場にいたから、汚い仕事を引き受けざるを得なくなったんでしょう？　正直言って、私は同情しています。あなたは間違いなく、泥沼に足を突っこんでいる。でも私は、そこから少しでも出ることができるように、お手伝いしたいんですよ」

須賀は依然として無言だった。目が落ち着きなく動き、必死で考えているのが分かる。テーブルに置いた両手を二度、三度と拳に握っては開いた。狭い取調室は寒いのに、テーブルに小さな汗の染みがついている。

恐怖は十分に染みこんだだろう。大友は小さく息を吐き、少しだけ緊張を解いた。警戒レベルは最高の「五」から一段階下がって「四」へ。

「とんだアクシデントでしたね」

「あんな男がいなければ、こんなことにはならなかったはずだ」ようやく須賀が口を開いた。声はしわがれ、いかにも話し辛そうである。一つ咳払いをすると、明瞭になった声で続ける。「あのアタッシュケースが盗まれなければ」

「そもそも奥沢さんは、どうしてあのアタッシュケースを持っていたんですか？　彼は、この犯罪の構図の中で、どこに当てはまるんですか」

「ほとんど関係ない」須賀が首を振った。「ほとんど、ではない。不正流用の件に関してはノータッチだ。あの事情を知っていたのは、社内でもごく一部の人間だけだから」

「ではどうして、アタッシュケースを？」

「処理を頼んだだけだ。処理というか、取り敢えず預かるように、と。あの日……あの土曜日の昼、私は資料をまとめて彼に渡した。彼は町田に住んでいるから、その近くで。会社で、そんなやり取りをするわけにはいかなかったから」

「土曜日に出社しても、記録が残りますしね」

無言でうなずき、須賀がコーヒーを一口啜った。わずかに顔色がよくなり、言葉も少しだけ滑らかになる。こんな薄いコーヒーに、これだけの効能があるのが、大友には意外だった。

「奥沢は戸惑っていた。いきなりアタッシュケースを押しつけられて、どうしていいか分からなかったと思う。しかし、私も焦っていた。とにかく、証拠になる物を手放してしまいたかった」

「本当は、処理させるつもりだったんじゃないですか？　決定的な証拠がなくなれば、事件を隠蔽できる」

だが、金の動きを完全に隠すのは難しいはずだ。海外の銀行を経由している場合、どのようにデータを吐き出させるか、大友は知らなかったが、不可能ではあるまい。スイスの銀行が、マネーロンダリングの舞台になっていたのはずいぶん昔の話で、今は捜査当局の圧力に屈している、とも聞いている。テロ対策を理由にされれば、情報提供は拒否しにくくなるはずだ。

「その件を、はっきり話したんですか」

「私と彼は、長いつき合いだ。いろいろな職場で一緒になったし、難しいプロジェクトを同じチームで請け負ったこともある。同志なんだ」

「はっきり言わなくても分かってくれる相手、ということですね」

須賀がうなずく。いつの間にか、目に自信が戻っていた。全力で仕事を成功させたサラリーマンの、充実の表情。百通りもの非難の言葉を浴びせることはできたが、大友は罵りの言葉を呑みこんだ。この男は、犯罪者であると同時に被害者である。阿呆な上司がいなければ、こんなことに巻きこまれずに済んだのだから。そろそろ定年が見え始め、第二の人生に思いを馳せることもあっただろう。彼の世代なら、何とか逃げ切れる。定年後は他の仕事でしばらくつないで年金生活に入ってもいいし、そつなく仕事をこなしていけば、部長から役員への道が見えてくるかもしれない。どれだけ年をとっても、人には明日を夢見る権利があるのだが、それは一人の人間の愚かな行動で奪われてしまった。

組織にいる人間なら誰でも、こういう危険を背負っている。間抜けな上司が間違った判断を下しても、すぐに訂正できるとは限らない。特にイトハラ・ジャパンの場合、一人のギャンブル中毒者が暴走し、気づいた時には手の施しようがないほど、状況が悪化してしまったのだろう。そしてその阿呆は、無理に金を捻出すれば、危険なことになると気づいていなかった。穴埋めできると甘く見ていた。

「奥沢さんは、暗黙の了解で、あのアタッシュケースを処理しようと思ったんでしょうね」

「私もそれを期待していた」

「ところが、ひったくり事件が起きて、全ての計画が狂ってしまった。奥沢さんも焦ったでしょうね。あのアタッシュケースが持つ意味の大きさは、十分理解していたはずだ。すぐ、あなたに連絡したんですね」

「私も焦った。あれがなくなったら……誰かの手に渡ったら、会社は破滅する」

本当は既に、イトハラ・ジャパンは破滅行きのエレベーターに乗っていたのだ。アタッシュケースがあろうがなかろうが、二課は強制捜査に着手していたはずである。

筋書きはだいたい読めた。だが、一つだけ疑問が残る。

「奥沢さんは、どうして自殺したんですか」

途端に、須賀の顔から生気が失せた。顔からは血の気が引き、目もどんよりと曇る。

「平山が殺されたことに責任を感じたんじゃないですか？　肝心のアタッシュケースは見つからないし、犠牲者まで出た。平穏な気持ちではいられませんよね。一週間、悩み抜いたんじゃないですか」

「……そうだ」

「相談は受けていたんですか？」

「ああ」

「つまりあなたは、私が訊ねた時、奥沢さんの自殺の動機を隠していたことになる」

「話せるわけがない！」須賀がテーブルの上に身を乗り出した。「話せば、会社の問題が明るみに出てしまう」

「それで、自殺には思い当たる節がないと断言したんですね」

「あの日の朝、奥沢から連絡があった」須賀の喉仏が上下する。「事件のことをずっと気に病んでいて、自分の責任だと言ったんだ」

「彼が自殺するとは思わなかったんですか？　話していて、何か感づかなかった？」大友はゆっくりと怒りがこみ上げてくるのを意識した。

「私に何ができた？　彼の家へ行って、自殺を思いとどまるように説得しろと？」

須賀が挑みかかるように言った。大友は冷たい視線で、彼の攻撃を迎撃する。目が合った瞬間、須賀は体を萎ませてうつむいてしまった。

「彼は死なずに済んだかもしれません。最終的な責任は誰が負うべきか、分かってますよね？　できるだけ、捜査二課の取り調べに協力して下さい。それが、あなたが助かる道でもあるんです」一息つき、大友は立ち上がった。「終わります」

「あれだけでよかったのか？」取調室の外に出ると、柴が首を傾げた。

「慌てる必要はないよ。本間たちを使ったことは認めたんだから、二課の捜査が終わった後で、ゆっくりやればいいだろう」

「ずいぶん先になるだろうけどな」柴が腕時計を見た。「ま、その前に俺たちは、昨夜取っ捕まえた三人を叩かないとな。徹底的に絞り上げてやろう」

「ああ」大友は顎を撫でた。少し伸びた髭が鬱陶しい。

「見事だったな」近づいてきた亀井が、淡々とした口調で褒めた。

「どうも」大友も淡々と答える。

「あんたには、特別な才能があるみたいじゃないか。どういうわけか、あんたの前に出ると、皆ぺらぺら喋ってしまう」

「意識してやっていることではありません」大友は首を振った。ひどく疲れている。

「これなら、福原指導官が使いたがるわけだ。刑事総務課でくすぶっているのはもったいないな。うちに来ないか？」

からかっているのか本気なのか、にわかには分からない。大友は答えを曖昧にするためにゆっくりと首を振りながら、一つだけは言っておかねばならないと思った。

「刑事総務課でくすぶる、という表現は取り消していただけませんか？」

「ああ？」亀井が目を細める。

「どんな組織にも、いらない部署はありません。もちろん、明らかに不要なセクションを抱えている組織もあるでしょうけど、警察は違いますよね？　刑事総務課には刑事総務課で仕事があります」

「まあ、そうだな」渋々といった感じで、亀井が認めた。「我々は、言ってみれば須賀や奥沢と同じようなものです。組織にとっては裏方なんですから」

「それは違う」亀井が真顔で否定した。「お前たちは、あいつらみたいに、クソの役にもたたない不祥事の後始末をすることはない」

「ああ」大友は、自分でも呆れるほど間抜けな声を出してしまった。「警察がそういう組織じゃないことを、俺は祈ってるよ」亀井が一瞬顔をしかめ、ズボンのポケットに手を突っこんだ。携帯電話を引き抜き、「亀井」と無愛想に応答する。その表情がゆっくりと崩れ、やがて笑みと呼んでも差し支えないものに変わった。「問題のクソ役員を呼んだ。あんたも、顔ぐらいは拝んでおきたいんじゃないか?」

「そうですね。お供します」

うなずき、亀井が歩き出す。大友と柴は、無言でその背中を追った。柴はどこか居心地悪そうにしていたが、大友はいつの間にか、疲労感が抜けているのを意識した。自分には、全ての根源を見ておく権利と義務がある。

三人は、三階にある刑事課の取調室の前に立った。マジックミラーを覗きこみ、問題の役員の顔を拝む。

「何か……」柴が思わず漏らした。「冴えない野郎じゃねえか」

柴がどんな男を想像していたかは分からないが、大友も彼の感想に心の中で同調した。

地味なグレーの背広。ネクタイはしていない。まだ逮捕されたわけではないから、警察側がネクタイを外すよう求めたわけではなく、している暇さえなかった、ということだろう。中途半端に伸びた髪にたっぷり整髪料をつけ、オールバックに整えている。近寄ったら、整髪料の臭いで鼻が曲がってしまうかもしれない。椅子の上で背中を伸ばすと、突き出た腹が目立った。

「ずいぶんいい物を食ってるみたいだな」

柴の皮肉を受け流し、大友はさらに観察を続けた。ちらりと顔が見えたが、冴えない、という柴の感想を追認することになった。小さな目、分厚い唇、青年期に悩まされたであろうニキビがあばたになって残った頬。間違っても、女にもてそうなタイプではない。

彼が、若い頃から外見的なコンプレックスを抱えて生きていたであろうことは、容易に想像できる。いくら金を持っていても、高い地位にあっても、満たされた気持ちを味わったことはないのではないか。

そういう人間がギャンブルにはまるのは、理解できる。勝とうが負けようが、カジノは金を使う人間を上客扱いするのだ。最高の酒、料理、あるいは女。そこにいる時だけ、この男は自分が最上級の人間だと酔えたのかもしれない。

しかし、彼がどれほど強いコンプレックスに満ちた青春時代を送っていたとしても、同情はできない。歪んだ形でしか自己実現できないのは、不幸でしかないのだ。だがそれは、自分で避け得る類の不幸である。どこに幸せを見いだすか……それを見失うと、不幸は雪だるま式に大きくなっていく。

音声は切ってあるので、中の会話は聞こえない。だが、男の様子を見る限り、既に取り乱して焦っているのが分かった。こめかみに流れ出す汗をしきりにハンカチで拭い、呼吸を整えようとするように、肩を激しく上下させている。パニックに陥って、取り調べができなくなるのでは、と大友は心配になった。

「逮捕するんですか？」と亀井に訊ねる。

「マスコミ用語を使えば、容疑が固まり次第、というところだな。ま、証拠は揃ってる。昨日のアタッシュケースは情報の宝庫だった。スイスの銀行、ケイマン諸島にあるダミー会社の所在——その辺りへの金の流れが分かったからな。ちなみにスイスの銀行は、奴が個人で作ったペーパーカンパニーの名義になっていた。その会社の実態も、すぐに解き明かせる。こっちにはきちんと証拠があるからな」亀井の声には自信が溢れていた。

恐らくこの事件は、彼のキャリアの中でも最高のものになるだろう。何十年と刑事を続けて、新聞の一面になるような事件を一度でも手がけることができれば、最高の人生ではないか。あとは想い出だけでも生きていける。

「一つ、お願いがあるんだが」妙に神妙な様子で亀井が言った。

「何でしょう」

「友永管理官に会ったら……礼を言っておいてくれないか」

「そんなの、自分で言えばいいじゃないですか」

柴がぶすっとした口調で反論する。亀井が一瞬柴を睨んだが、すぐに大友に視線を移した。

「今度のことでは世話になった。一段落したら、一杯奢る」

「ありがとうございます」大友は素直に頭を下げた。その席には是非敦美を加えよう。彼女がいつものペースで呑み続けたら、亀井の財布はあっという間に薄くなるが。「一つ、聞かせてもらっていいですか」

「何だ」亀井が身構えた。

「最初から、アタッシュケースに固執していましたよね。つまり二課は、あの中に重大な証拠があると知っていた。どうしてですか？」

「それは当然、関係者に尾行はつける」

「つまり、須賀の行動を見張っていたんですね」

「当然だ。土曜日、自分の家とも会社とも関係ない場所で、アタッシュケースを持ってぶらぶらしているのは怪しいだろう」

「盗まれた瞬間も見ていたんじゃないですか？」

亀井の耳が赤くなった。やはり……その時から協力して捜査していれば、事態はここまで悪化しなかったかもしれない。だが大友には、彼を責めることはできなかった。亀井が咳払いして、話を続ける。

「だいたいこの事件、俺たちがどうやって着手したか、知ってるか？」

「——内部告発、ですよね」

東日の記事も、それを臭わせていた。亀井がにやりと笑う。

「会社の中にスパイはいるんだよ。この件に関して、かかわっていた人間は少ないが、その中の一人が内部告発した」

「誰なんですか」

「あんたも会ってる」

須賀ではない。となると——。

「あの経理部長ですか？」

「全ての金の流れを知る立場だよな」

金の流れだけではなく、事件そのものの筋書きも。だとしたら何故、会った時に正直に話してくれなかったのだ？

「彼を責めるなよ」大友の気持ちを読んだように、亀井が釘を刺した。「情報提供者は守らなくちゃいけない。彼だって、平山が殺されたこと、奥沢が自殺した裏の事情は知っていたんだ。知っていて、情報漏れを防ぐために黙っていた。忸怩《じくじ》たるものがあっただろうよ」

情報漏れを防ぐ——この場合は、警察の動きを会社側に察知されないことだ。経理部長は、完全に会社を裏切っていたことになる。この先どうなるのか、と心配になった。会社にいるわけにはいかないだろうし、辞めた後の人生は……。

「何を心配してるかは分かるけど、あんたが気に病むことじゃない。貴重な情報提供者は、絶対に守る。二課は、それぐらいは考えてる」

それを信じていいんですか。もう少しで口に出しそうになった。秘密主義で、冷徹に捜査を進める二課が、関係者の人生まで守ろうとするものだろうか。用事がなくなった人間はさっさと捨ててしまう、ということも考えられる。

そんなことにならないように、自分が注意していようと思った。刑事総務課の人間として、二課の動きに注意を払う。もしも亀井が、経理部長を危険な目に遭わせるようなことがあったら、ケツを蹴飛ばしてやろう、と心に決めた。

8

心に刺さった小さな棘。

それは、捜査に直接は関係ない。だが大友は、どうしても放っておけなかった。今のうちに何とかしないと……刑事総務課の通常業務に戻ると、昼間は自由に動けなくなるのだ。大友は、しばらく身柄を特捜本部に置いて欲しい、と友永に頼みこんだ。虫のいい話だとは分かっていた。だが、逮捕した三人の調べと、二課との情報交換に忙殺されていた友永は、何も言わずに刑事総務課長に断りの電話を入れてくれた。

自由な時間を手に入れた大友は、それを最大限に利用した。まず、千葉の習志野へ。

役所と交渉するのは、それほど難しいことではなかった。そこで入手したデータを元に、今度は関係者の聞き込みを始める。最大の情報源は北海道にいることが分かった。さすがにそこまで飛ぶ余裕はなかったが、何とか電話で裏を取ることができた。

刑事としての自分、ということを思う。性癖なのか、長年の訓練で培われたものかは分からないが、間違いなく自分には刑事の血が流れている。少しでも謎があったら、解き明かさずにはいられない、という気持ち。ただそれに従い、動いてきた結果、糸は全てつながった、証言は間違いなく裏づけられたと思った。

それで満足すべきだったかもしれない。この事実を知れば、傷つく人間もいるのだ。しかし、自分の胸の中にしまっておくこともできない。

話す相手は、一人しか思いつかなかった。

福原は、酒の相手としては悪くない。悪くない……などと気軽に言えるような立場の相手ではないのだが。彼の場合、たまに説教臭くなるのを除けば、一緒に呑んでいて鬱陶しくはないのだ。例によって格言めいた台詞を吐かれても、にこにこしてうなずいていれば、満足してくれる。

しかし、そこに他の人間が絡むと、宴席は必然的に堅苦しい物になる。後山、そして森野。特に森野は、自分がどうしてここに呼ばれたのか分からない様子で、戸惑いを隠そうともしなかった。当然、酒も進まない。酔っぱらってヘマをしでかすのを恐れているのだろう。乾杯から三十分経っても、彼はコップ一杯のビールをずっと持たせていた。

　場所も悪い。福原が選んだのは、もう少し背伸びすれば「料亭」と言っていいような店だったのである。畳敷きの個室は、普段ならリラックスできる空間なのだが、この日ばかりは勝手が違い、何となく落ち着かない。大友は、自分が何かよからぬ密談をしている高級官僚か政治家であるような気分になってきた。

　あるいはあの馬鹿役員も、こういう席で金を捻出する密談をしていたのだろうか。金を作るために金を使う？　大友には理解し難い世界だった。

「指導官、今後はどうされるつもりですか」

　少しアルコールが回ったのを感じながら、大友は切り出した。

「どうもこうも、宮仕えの人間は、自分の将来を自分じゃ決められん。ただ、もうしばらくしたら、今のポジションを離れることは決まっている。その後は、後山参事官に任せてある」

　後山が小さくうなずいた。呑んでもまったく変わらないタイプのようで、顔にも赤みがない。

「参事官はそれでよろしいんですか？」

「仕事であれば」

　大友はうなずいたが、どうにもぼんやりした表情を浮かべているだろうな、と自分で意識した。福原がいなくなる――いや、すぐに警視庁を退職するわけではないが、これからは今までのように直接接触する機会はぐっと減るだろう。仮に接触しても、それは今までのような「特命」の形ではない。シビアな話題の絡まない、もっと呑気な会合になるはずだ。今まで散々悩まされてきたにもかかわらず、そういう緊張感がなくなると思うと、少しだけ寂しい。

「まあ、これは後山参事官のためでもある」福原が真面目な口調で打ち明けた。「現場のことをよく知らないと、良きリーダーにはなれないからな。かといって、参事官が自分で現場に出る機会は少ない。実際、そういう仕事は期待されていないんだから。だから、テツ、お前が参事官の目や耳になるんだ。現場の様子を伝えて欲しい」

「できる範囲で」そう言うしかない。優斗との関係が少しずつ変わり始めている今、自分を取り巻く環境がどのように変わっていくかは想像もできない。

「森野さんも、今回はご苦労でした」

福原がビール瓶を取り上げる。自分より階級ははるかに下、しかし年齢は少し上の男に対し、福原は大事な先輩に接するような口調で話していた。森野が、小さなグラスに入ったビールを一息で干し、両手で捧げ持つ。福原がビールを満たす様を、何か大事な儀式であるかのように凝視していた。

「とんでもない一件だったね」

慰めるように、福原が声をかける。森野は小さくうなずいただけで、何も言わずにビールを舐めた。

「元気がないですね」心配そうに後山が言った。どうもこの男は、気の利いた台詞回しなどは苦手なようである。慎重ではあるが、喋ると決めたら、はっきりと口に出すタイプのようだ。高級官僚としては珍しい。彼らは、言質を取られないことに気をつけ、明確に物を言わないのが常なのだ。

「あの」森野が遠慮がちに口を開く。「私がここに呼ばれたのはどうしてですか？　その……そういう立場ではないと思いますが」

「私がお願いしました」

森野が、目を見開いて大友を見る。

「どういうことだ？」

「森野さんは、平山の面倒をよく見ていましたよね。それはもう、刑事と犯罪者の関係を超えていたと思います。そういう風にしようと考えても、なかなか実行に移せないんじゃないでしょうか」

「よせよ」森野が顔をしかめる。「それで、最後はあいつは殺されちまったんだぜ？　それは俺の失敗じゃないか」

「そのことについては、私にはあれこれ言う資格がありません。でも、もう一つのことについては……」まだ決心がつかない。

「テツ、言いたいことがあるならさっさと言え。思わせぶりな態度を取るな。俺はそう教えたはずだよな」

福原の叱責に、大友は肩をすくめた。そう……言うかどうか迷っているなら、ずっと口をつぐんでいるべきなのだ。言いたくない、言うべきではないという戸惑いがあると、人の口から出た言葉は誰かを苦しめることがある。今回の場合、森野を。だが大友は、自分はずっとこの秘密を持っていられるほど強くない、と自覚していた。

「森野さんは、平山をよく見ていました。でも、百パーセント完全に、ではありません」

「まあ、な」森野が渋々認める。

「それは当然です。森野さんが面倒を見なくちゃいけないスリは、何百人もいるんですから」

「そうだよ」福原が同調した。「何でも完璧にできるわけじゃないんだ」

「平山と会って、三十年ぐらいになる、という話でしたよね」

「ああ」この話がどこへ行き着くのか分からないのだろう、森野の顔には不安気な表情が浮かんでいた。

「その間、全然接触していない時期もありましたよね」

「服役中、とかな。出所しても、大人しくしていてくれる限り、こっちは用がないわけだし」

「平山が千葉で暮らしていた時期があるのをご存じですか？」

「ああ。二十年……もっと前かな。二十五年前になるかもしれない。奴さんが秋葉原の駅構内でスリをやって、俺が捕まえた時、奴の住所は千葉だった」
「そうですよね……一つ、思い出してもらいたいことがあるんです。盛田佐奈さんの本籍地は、どこでしたか？」
「本籍地？　習志野じゃなかったか？」
「ええ」大友は唾を呑んだ。「彼女は、平山の実の娘なんです」

佐奈の打ち明け話を、大友は最初は信じられなかった。だが、簡単な調査でそれが裏づけられると、この事実が大変な重荷になってしまった。彼女が告白する前、どこかで気づいているべきだったのだ。佐奈と平山の関係――それが男女の関係ではなく、親子関係なのだと。

佐奈は、自分の父親が誰か、母親から知らされていなかった。本籍地が習志野になっていたのは、母親が出産当時、そこに住んでいたからに過ぎない。母親は女手一つで佐奈を育て上げたが、父親のことについては、娘には一切説明しようとしなかった。それが佐奈にとっては一種のトラウマになっていたのだが、成長するに連れ、そういう気持ちも薄れていた。

だが、偶然が彼女の運命を揺さぶり始める。あのガソリンスタンドでのアルバイト。そこで佐奈に出会った平山は、彼女が自分の娘だと気づいたのだ。溢れる気持ちを抑えきれずに打ち明けたが、高校生の彼女には、その事実を受け止めるだけの心の余裕がなかった。結局動揺して、五日間勤めただけでバイトを辞めてしまう。

その時は、母親には確かめなかったという。親子の関係を壊すことになるのではないかと恐れて。だが、彼女だけが抱えていた秘密は、母親の病気で崩れた。闘病生活、それに看護が続く中、佐奈は母親から父親の話を聞いたのだという。

「要するに、佐奈さんを妊娠中に、平山は逮捕されてしまったんです」

大友が打ち明けると、森野の喉仏がゆっくりと上下した。目を見開き、大友の顔を凝視する。それを見て、大友は喉が詰まるような思いを味わったが、何とか話を続けた。

「その事件の時は、一審で判決が確定したんですよね？　実刑判決を受けて、服役が始まったばかりの頃に、佐奈さんは生まれた。母親は、平山の服役中、一度だけ面会に行ったそうです。佐奈さんが一歳の頃ですね……平山は全面的に謝罪して、できる限りのことをするから、もう二度と会わないようにしよう、と提案したそうです。母親の方では、やり直してもいいと思っていたらしいんですが、平山は頑なでした。母親はその時、町田に住んでいることは伝えていたんですね」

「そもそも何なんだ？　二人は結婚してたのか？」

福原が身を乗り出す。大友は苦笑しながら首を振った。この人は……優秀な刑事の素質の一つとして、「好奇心が強い」というのがある。福原の今の態度は、現役時代を彷彿させるものだった。今と同じように、興味津々で色々な出来事に首を突っこんでいたに違いない。

「結婚はしていませんでした。その頃平山は、比較的安定した時代で、習志野で細々と仕事をしながら暮らしていたんです。その頃、仕事先で知り合ったのが、佐奈さんの母親だったんですね。結構年下だったんですが、二人はすぐに男女の関係になり、佐奈さんが生まれることになったんです」

「信じられん」森野が低い声で言って首を振った。「奴は、そういうタイプじゃなかった。女と縁があるような感じでは……」

「でも、以前にもつき合っている相手がいたって言ったじゃないですか」

「ああ、まあな……それが例外的なことだと思っていたんだ」

「森野さん、男と女のことは、何でもありなんだよ」福原が諭すように言った。「そうじゃなけりゃ、びっくりするようなカップルが、世の中にこれほど多い理由が考えられん」

「仰ることは分かりますが、平山は家庭生活には向いていない男だったんです」森野が反論した。

「実際、そうだったと思います」大友は同意した。「ただ、その時の平山は、人生を少しだけ真面目に考えていたのかもしれない。結婚して、本当にきちんと生活を立て直そうと考えていた節があります。だから相手の女性も、心を許したんでしょうね。ところが実際には、平山はまたスリをやって、森野さんに逮捕された。結局女性の方は、何とか平山のことは忘れて、一人で佐奈さんを育てていこうと決心したんです」

「その佐奈さんと平山が再会したのは、偶然だったのか？」福原が訊ねる。完全に、部下に報告を求める上司の口調になっていた。

「半分偶然です。平山は最後に出所した時、町田に住みたいと言ったんですよね」大友は森野に確認した。

「ああ」

「かつて愛した女と娘が住んでいるかもしれない街に、住みたかったんだと思います」

「そんなことは、一言も聞いていないぞ」森野が憮然とした口調で言った。

「平山は以前、佐奈さんの写真を見せられたことがあるそうです。一歳の頃のものですが……その面影を覚えていたんですね。それに、名前も一致した。珍しい名前だから、ぴんときたんだと思います。だから、勤務先のガソリンスタンドで見かけた時には、確かめざるを得なかった。佐奈さんの方では、ひどく動揺したということですが」

「それがどうして、関係ができたんだ？　佐奈さんの方では避けてたわけだろう」福原が訊ねる。

「母親の死がきっかけだったんです。母親としては、福原を憎むのと同情するのと、相反する気持ちを最後まで抱いていました。病気で死ぬ間際、娘には、『あの人を憎まないで欲しい』と言い残したそうです」

その話を打ち明けた時の佐奈の様子を思い出す。彼女自身、自分の気持ちと折り合いがついていない様子だったが、口調はしっかりしていた。

『私もいろいろ考えました。親は母親だけだと思っていて、急に父親と会っても、どうしていいか分かりませんよね。言葉は悪いけど、前科者でしょう？　でも、母親の言葉はずっと気になっていたんです。憎まないで、って。実際、憎めませんでした。私、そんなに不幸じゃなかったと思うんです。母親と二人の暮らしでも、別に何の不自由もなかったし。だから、母が亡くなった時、そのことだけは直接教えておかなくちゃいけないと思って、会いに行きました。平山さんは、土下座して謝りました。目の前でそんなことされたの、初めてで、びっくりしちゃって……でも、本当に申し訳ないと思わなければ、土下座なんかしないでしょう？　それに前科があるといっても、何年も前の話じゃないですか。平山さんも年を取って、昔のようにスリなんかできなくなっていたわけだし、普通のおじいちゃんにしか見えませんでした』

「それで、二人は緩いつき合いを始めたんです。最初は時々会って食事をするぐらいだったんですけど、そのうち佐奈さんが平山さんの服をコーディネートしてあげたり、家に食事を作りに行ったり……店を出す時には、平山さんも協力したそうです」

「全然緩いつき合いじゃないだろうが……まさか、その金は人から盗んだものじゃないだろうな」森野が鋭い声で訊ねた。

「今となっては分かりません。年金以外の平山の収入源に関しては、追及しようがありませんからね。でも佐奈さんは、悪い金ではないと信じていた」

「実際は違うだろうな」福原が溜息をついた。「奴は死ぬまで、現役の犯罪者だったんだよ。盗んだ金で、店の開店資金を捻出していた可能性は高い」

「そうかもしれませんが、もう証明しようがないですね」大友は首を振った。「二人の関係は次第に親密になり、平山は二人で住もう、と言い出したんです。先走りして、部屋まで借りてしまった。でも佐奈さんにすれば、さすがにそこまでするには抵抗があったんですね。返事を引き延ばしているうちに、あんな事件が起きたんです」

「結局、佐奈さんを共犯で逮捕することはできないんだな」福原が念押しした。

「ええ。あくまで、アタッシュケースを押しつけられた、というだけですから。事情が分かっていて預かったわけではないですから、立件するには無理があります」

「あの、鷹栖とかいうガキはどうするんだ?」

「立件しません」森野が暗い声で答える。「要件を揃えるのが難しいですね。特に害はないですから、放っておいてもいいでしょう。また悪さをするようだったら、今度は痛い目に遭わせますが……」

「彼は、ひょんなことで平山と知り合ったんです」大友が補足した。「実は、電車の中で、財布を抜かれそうになったんですよ。でも、平山は失敗した。それで、スリは諦めてひったくりに変わったようです。鷹栖は、ぶちのめしてやろうかと思ったそうですけど、年寄りを苛めても仕方ないと思ったんでしょうね。話を聞いてみると、過去の経験が面白い。それで、スリのテクニックについていろいろ聞いていたそうです。ただ、平山本人には、鷹栖が弟子だという意識はなかったようですし、鷹栖も自分でスリをやったことは一度もない、と言っています。あの事件の時、自殺騒動を起こしたのが、唯一平山の手伝いでした。年の離れた変わった友人同士、ということだったんでしょうね……だから鷹栖は、自分で復讐しようとした。そのために我々に接近して、情報を引き出そうとしたんです。褒めるわけにはいきませんが、上手いやり方だったかもしれませんね。結果的に我々は、鷹栖を犯人のところまで引っ張っていってしまったんですから……怪我も大したことはなかったですし、後は放っておいてもいいでしょう」

「それより大友、どうしてこんな話を俺にした？　盛田佐奈の話の裏を取るために、最近色々動き回ってたんだろう。俺の失敗を責めるためか？」森野が訊ねる。

「失敗ではないと思います」大友は首を振った。「どんなに優秀な刑事でも、全てに目を配るのは不可能です。それに、平山に女がいることが分かっても、それで何かが変わったわけでもないでしょう」

「まあ、な」森野の言葉は歯切れが悪い。

「どうしてこんなことを調べようと思ったのか、正直、自分でも分かりません。もしかしたら、ただの興味かもしれない。平山には、スリの常習犯という表の顔がありました。でもその裏に、家庭人になり損ねた男という、もう一つの顔があった……そういうところに惹かれたのかもしれません。何か、深みのある人間に見えたんでしょうかね」

自分と同じようなものだ。刑事と父親、その二つの顔は、明らかに表と裏である。そして平山は、最後には父親としての顔を優先させた。思わずパーク・カフェに預けてしまったアタッシュケース。そのありかを明かせば、娘に危害が加えられるかもしれない。娘を守ろうと黙っているうちに、拷問はエスカレートして殺されてしまったのだ。

「まあ……テツの言う通りかもしれんな」福原が渋面を作る。怒っているわけではなく、元々こういう顔なのだが。「森野さんは、本当によくやっていたと思う。あんたみたいに、犯罪者の更生にまで気を遣う刑事は、なかなかいないからね。今回の件も、あんたのせいじゃないんだ」

「私は……」森野がうつむいた。顔を上げると、グラスを摑んで一気にビールを飲み干す。「この件は、死ぬまで忘れないと思います。スリはあくまで犯罪だ。金を盗まれたことで、不幸のどん底に落ちこむ人がいるかもしれない。そういう意味では、人殺しと罪の重さは変わらないと思う。自分は、馬鹿なことをする人間を少しでも減らそうと思って頑張ってきたけど、まだ努力が足りなかったんですね」

「森野さん、そんなことは――」福原が慰めの言葉をかけたが、語尾は頼りなくかすれてしまった。

「もしも二十年前に、平山の事情を知っていたら、もう少し何とかできたかもしれません。平穏な家庭を築いて、スリからも完全に足を洗って、まともな社会人になれたかもしれないのに……そうなっていれば、こんな風に殺されることはなかった」

森野が語っていることは理想論に過ぎない、と大友は思う。年間、日本全国で何人の人間が逮捕されるか。それに対して、警察官の数は圧倒的に少ない。もちろん、犯罪者の全てが常習であるはずもなく、たまたま罪を犯してしまった人が圧倒的に多い。そういう人は、罪を償えば、何とか社会に復帰しようと必死に努力をするはずだ。少数の常習犯罪者の更生に、どれだけ力を注ぐべきか——明確な答えはない。

「森野さんの後悔は、正しいと思います」それまで黙っていた後山が顔を上げた。アルコールの影響は感じられない。

「つまり、森野さんが失敗したと言いたいんですか」大友は思わず、責めるような口調で言ってしまった。

「違います」後山がゆっくりと首を振る。「ハードルを下げない、ということですよ。全ての犯罪者を救うのは、実質的には不可能かもしれない。ただ、最初から諦めてしまったら、実際に救えるはずの人も救えなくなるでしょう。理想や目標は高く、できるだけ高くが正しいんです。そうすると、後悔することも増えるかもしれない。でも、後悔しないためだけにハードルを下げてはいけません」

狭い和室に沈黙が満ちる。大友は、この部屋で飛び交った数々の言葉の意味を、じっくりと噛み締めた。平山の死は、彼自身に責任がある。だが、どうしても責める気にはなれなかった。死ねば罪が全て許されるというわけではないが、彼が年老いた体に鞭を打って犯行を繰り返してきたのは、おそらく金が必要だったからだ——娘のために。

そして、森野の後悔も心に染みる。

「さあ、呑もうじゃないか」福原が明るい声を上げた。表情は相変わらず渋かったが。「俺たちの打ち上げは、湿っぽくなったらいかん。今回の件、刑事部全体としてみれば、大成功なんだ。お前らも、二課の成功を祝ってやれ。気に食わないかもしれないがな」

「いえ」大友は短く言ってビールに口をつけた。

祝福したい気分ではない。平山の死に関して、自分にまったく責任がないかといえば、嘘になるからだ。最初に現場で取り押さえておけば、彼は死なずに済んだ。鷹栖のアシストがあったとはいえ、平山の犯行を完遂させてしまってはいけなかったのだ。

「失敗に落ちこむ人間は、失敗を無視する人間よりも成長できる」呪文を唱えるように福原が言った。

「指導官、それは……」

「オリジナルだ」福原がにやりと笑う。「そろそろ、本格的に格言集を作ろうかと思っている」

刑事部から離れ、退職を迎える日を指折り数えるようになれば、今よりずっと余裕ができるだろう。本当に格言集を作る暇もできるかもしれない。

しかし、と大友は思った。福原の格言——特にオリジナルには、馬鹿馬鹿しい物、うなずけない物も多い。それを本で読まされたら、さらに白けるかもしれない。あなたの口から直に聞くからいいんですよ——宮仕えである以上、人事での別れや退職は避け得ない。それが分かっていても、大友は侘しい気分を拭えなかった。

「そうか、優斗がな」帰り道、大友は電車で福原と二人きりになった。途中からピッチを上げた福原は、かなり酔いが回っている。元々、「早く呑んで早く酔い、早く抜く」という警察官の宴会ルールを、普段から実践している人なのだ。

「ええ。ちょっとショックです。いつまでも子どもだと思ってたんですけどね」

「それは、お前の勝手な希望だ。子どもはあっという間に大きくなるんだぞ」つり革を両手で摑み、電車の揺れに耐えながら福原が言った。

「それは分かっていたつもりですけど、もっと先かと思ってました」

「もう五年生だろう？　お前、自分がその年の頃のこと、覚えてるか？」

「素直な子どもでした」

福原が突然、低い笑い声を漏らす。体を折り曲げ、息を全て吐き出そうとでもいうように、低く笑い続ける。やっと顔を上げた時には、笑い過ぎで目に涙が溜まっていた。

「何と言うべきかね……お前は、素直なのかひねくれてるのか、よく分からん」

「ええ」

「優斗は素直な子だろうが」

「そうですね」ちょっと前までは。

「ここまで素直に育てただけで、俺はお前を褒めるよ。これは、いい機会になる。本格的に一課に復帰するタイミングを、真面目に検討すべきだな」

「まだ早いですよ」

「そうか」

沈黙。車内は空いており、この車両で立っているのは、自分たちも含めて五人ほどだけだった。

「子どもはな、何かと親に逆らうもんだ」

「ええ」

「うちの息子を見ろ」福原が顔をしかめた。「あの馬鹿、何で検事になんかなったのかね」

「父親と同じ側で働きたいと思ったんでしょう」

「そんなんじゃないんだ。父親に命令する立場に立ってみたかっただけなんだよ」

「その機会はまだないですね」駆け出しの検事である福原の長男は、確か今、京都地検にいるはずだ。そして福原が現場を離れることになった今、今後二人が同じ事件にかかわる可能性は、ゼロになったと言っていいだろう。

「娘は勝手に結婚しちまうし」

大友は無言でうなずいた。娘は確か、大学を出てすぐに結婚してしまった。その時、福原が「相手の男を逮捕する」と息巻いたのを覚えている。実際、「身辺を探れ」と大友に命じてきたのだ。当然笑って受け流したのだが、今考えるとあれは本気だったのかもしれない。今は孫も生まれ、親子の関係は改善されたようだが。

「後山参事官も、何か家庭の問題を抱えているんですか」大友は声を潜めて訊ねた。公共の場である電車の中に相応しい話題ではないのだが……声を小さくしたことで、最低限の礼儀は守ったつもりである。

「何もない家庭なんかないだろう」

「そういうことではなく、もっと深刻な問題、という意味です」

「俺は話さない」福原が、唇の上で右手を左から右へと動かした。チャック完了。「話すべきじゃないんだ。プライベートなことだから、本人から聞けよ」

「話してくれるとは思えませんが」

「それを話させるのが、お前の得意技だろうが。絶対に口を割りそうにない容疑者を、何人も落としてきたじゃないか。その手でいけ」

「参事官は容疑者じゃありませんよ……だいたいあの人、キャリアにしては変じゃないですか？　妙に馬鹿丁寧だし」

「そういうキャラだっていうだけだ。心の底には熱い物があるさ」福原が、拳で胸を叩く。「それは、さっきの話を聞いて分かっただろう」

「ええ」

「とにかく、これからはあいつと上手くやってくれ」

「指導官……」

「異動したら、お前のところへも遊びに行こう。久しぶりに、優斗にも会いたいしな」

「喜ぶと思います」

頭を下げながら、大友は自分のモラトリアムの時代は終わったのだろうか、と不安を感じていた。自分を使う人間が代わり、優斗が少しずつ自分から離れようとしている。

電車の揺れに身を委ねながら、大友は一年後の自分の姿を思い浮かべようとしたが、上手くいかない。未来は——わずか一年先のことであっても——はるか遠くのことであるようにしか思えなかった。

ふと、何者かの視線に気づく。周囲を見回すと、少し離れたところに鷹栖が立っていた。左腕はまだ包帯で吊られているが、にやにやしながらこちらを見ている。右手で拳銃の形を作り、人差し指を上に向けた。あの馬鹿……まさか、また僕をつけているのか？　それとも偶然？

人生は、自分で完璧にコントロールできるものではない。闖入者に乱される人生——それも悪くないかもしれない。

本作品は文春文庫のための書き下ろしです。

文春文庫

消《しよう》失《しつ》者《しや》

アナザーフェイス４

定価はカバーに表示してあります

2012年11月10日　第１刷

著　者　堂《どう》場《ば》瞬《しゆん》一《いち》
発行者　羽鳥好之
発行所　株式会社　文藝春秋

東京都千代田区紀尾井町 3-23　〒102-8008
TEL　03・3265・1211
文藝春秋ホームページ　http://www.bunshun.co.jp

落丁、乱丁本は、お手数ですが小社製作部宛お送り下さい。送料小社負担でお取替致します。

印刷・凸版印刷　製本・加藤製本

Printed in Japan
ISBN978-4-16-778705-9

（　）内は解説者。品切の節はご容赦下さい。

イニシエーション・ラブ
乾《いぬい》くるみ

甘美で、ときにほろ苦い青春のひとときを瑞々しい筆致で描いた青春小説――と思いきや、最後の二行で全く違った物語に！「必ず二回読みたくなる」と絶賛の傑作ミステリ。（大矢博子）

い-66-1

リピート
乾くるみ

今の記憶を持ったまま昔の自分に戻る「リピート」。人生のやり直しに臨んだ十人の男女が次々に不審な死を遂げて……。『イニシエーション・ラブ』の著者が放つ傑作ミステリ。（大森　望）

い-66-2

Jの神話
乾くるみ

全寮制の名門女子高で生徒が塔から墜死し、生徒会長が「胎児なき流産」で失血死をとげる。背後に暗躍する「ジャック」とは何者なのか？　衝撃のデビュー作。（円堂都司昭）

い-66-3

嫉妬事件
乾くるみ

ある日、大学の部室にきたら、本の上に〇〇〇が！　ミステリ研で起きた実話を元にした問題作が、いきなりの文庫化。作中作となる書き下ろし短編「三つの質疑」も収録。（我孫子武丸）

い-66-4

夏光《なつひかり》
乾ルカ

スナメリの祟《たた》りと忌み嫌われた少年の左目の秘密とは？　少年たちのひと夏を鮮やかに描いたオール讀物新人賞受賞作ほかグロテスクな美意識が異彩を放つ驚愕の短篇集。（香山二三郎）

い-78-1

遺骨
内田康夫

殺害された製薬会社の営業員が、密かに淡路島の寺に預けていた骨壺。それを持ち去った謎の女性。更に寺に現れた偽の製薬会社社員。浅見光彦、医学界の巨悪に立ち向かう！（三橋　曉）

う-14-6

はちまん（上下）
内田康夫

全国の八幡神社を巡る飯島が、秋田で死体となって発見される。浅見光彦は、飯島殺害を調べるうち、八幡と特攻隊を巡る因縁に辿りつく。この国のかたちを問う著者渾身の巨編。（自作解説）

う-14-10

（　）内は解説者。品切の節はご容赦下さい。

内田康夫
棄霊島《きれいじま》（上下）
三十年前、長崎・軍艦島で起きた連続変死事件。その背景には、悲しき過去が隠されていた——。はたして島では何が起きたのか？　浅見光彦、百番目の事件は手ごわすぎる。（自作解説）
う-14-12

内田康夫
しまなみ幻想
しまなみ海道の橋から飛び降りたという母の死に疑問を持つ少女と、偶然知り合った光彦。真相を探るべく二人は、小さな探偵団を結成して母の死因の調査を始めるが……。（自作解説）
う-14-14

海月ルイ
子《こ》盗《と》り
京都の旧家に嫁いだ美津子は子供に恵まれず、夫とともに産院から新生児を奪おうとして看護師の潤子に見咎められる。情念が交錯する第十九回サントリーミステリー大賞受賞作。
う-17-1

海月ルイ
プルミン
公園で遊んでいた四人の小学一年生は見知らぬ女から乳酸飲料のプルミンを貰い、それを飲んだ雅彦が死んだ。他の子を苛めていた彼は復讐されたのか。母親達の闇を描く傑作ミステリー。
う-17-2

海月ルイ
十四番目の月
京都で起きた幼女誘拐事件。犯人との接触はなかったはずだが、二千万円の身代金は消えた。犯人はどうやって金を奪ったのか。女の中に潜む光と闇を描く傑作ミステリー。（吉田伸子）
う-17-3

歌野晶午
葉桜の季節に君を想うということ
元私立探偵・成瀬将虎は、同じフィットネスクラブに通う愛子から霊感商法の調査を依頼された。その意外な顛末とは？　あらゆる賞を総なめにした現代ミステリーの最高傑作。
う-20-1

逢坂　剛
禿鷹《はげたか》の夜
ヤクザにたかり、弱きはくじく史上最悪の刑事・禿富鷹秋《とくとみたかあき》——通称ハゲタカは神宮署の放し飼い。だが、恋人を奪った南米マフィアだけは許さない。本邦初の警察暗黒小説。（西上心太）
お-13-6